Sonny Boy

ANNEJET VAN DER ZIJL

Sonny Boy

NIJGH & VAN DITMAR

AMSTERDAM 2007

Voor mijn zusje, Sietske van der Zijl

Het schrijven van dit boek werd mede mogelijk gemaakt door het Fonds voor Bijzondere Journalistieke Projecten, het Fonds voor de Letteren, de Stichting Democratie en Media en de Stichting Fondsenwerving Militaire Oorlogs- en Dienstslachtoffers SFMO.

Eerste druk november 2004
Achttiende druk mei 2007

www.annejetvanderzijl.com
www.nijghenvanditmar.nl

Boekverzorging Nanja Toebak
Foto omslag Waldy 'Sonny Boy' Nods op het strand, gefotografeerd door zijn vader Waldemar Nods in 1932
Foto's, tenzij anders vermeld, privé-collectie
Foto auteur Anja van Wijgerden
NUR 301/321 / ISBN 978 90 388 8742 5

Inhoud

De rivier, 1923 9

1 November in Holland 12

2 Waldemars wereld 30

3 De kostganger 59

4 Pension Walda 92

5 Aan de Zeekant 122

6 Schaduwleven 150

7 De ogen van Rika 182

8 Noordnoordoost 212

9 Het koekoeksjong 234

De zee, 1945 260

Nawoord 267

Verantwoording 273

When there are grey skies
I don't mind the grey skies
You make them blue, Sonny Boy

Friends may forsake me
Let them all forsake me
You pull me through, Sonny Boy

You're sent from Heaven
And I know your worth
You've made a heaven
For me right here on earth

And then the angels grew lonely
Took you 'cause they're lonely
Now I'm lonely too, Sonny Boy

'Sonny Boy' uit de film *The Singing Fool*, gezongen door Al Jolson, 1928

Wie iets van een bepaalde tijd wil begrijpen, moet biografieën lezen, en dan niet die van staatslieden, maar de in aantal veel te schaarse biografieën van onbekende burgers.

Sebastian Haffner, *Het verhaal van een Duitser, 1914-1933*

De rivier, 1923

Waldemar was een zwemmer. Nog niet eens vijftien jaar oud, en nu al zwom hij met gemak twintig kilometer langs verlaten plantages en drukke steigers, vanaf Domburg helemaal naar het grote huis van zijn moeder aan de Waterkant. Dit was de marathontocht, voorbehouden aan de allerbeste en sterkste zwemmers van Paramaribo. En de slimsten, want de Surinamerivier was als een krokodil met halfgeloken ogen: stil, maar levensgevaarlijk. Als hij 's ochtends naar school liep, klotste het water nog loom tegen de oevers en stroomde de rivier keurig stroomafwaarts naar de zee. Maar kwam hij 's middags thuis, dan lagen haar modderige ingewanden meters lager te glanzen in de zon en zochten de sabaku-reigers tussen de gestrande bootjes naar eten. En bij het vallen van de avond leek de rivier door een onzichtbare reuzenkracht stroomopwaarts te worden getrokken en likten de golven plots aan de stammen van de amandelbomen langs de Waterkant.

Met de wind speelde de rivier een al even onpeilbaar spel. Soms voegde ze zich er braafjes naar, op andere momenten ging ze er hardnekkig tegenin, zodat het water rimpelde en kolkte en alle kanten op stoof. Een sluipmoordenares, dat was ze, en bijna elke Surinaamse familie had wel een overmoedige zoon of neef verloren aan deze levensader van de stad. Toch bleven ze komen, de jongens met hun ranke bruine lijven, die als een vis door het water schoten. Want de rivier aankunnen was de wereld veroveren – het respect in de ogen van klasgenoten, de steelse blikken van de meisjes die op zondag in hun smetteloos witte jurken bij elkaar klitten op het Oranjeplein.

Waldemar stond bekend als een rustige, zelfs wat terughoudende jongen. Niet zo'n branie als zijn oudere broer en al helemaal niet zo'n verwend prinsenkind als zijn kleine zusje, dat zich maar al te graag voor liet staan op haar positie als dochter van een van de rijkste mannen van de kolonie. Maar als hij zwom gebeurde er iets bijzonders. Dan vielen zelfs de grootste praatjesmakers op de steigers stil en bleef ieders blik onwillekeurig kleven aan dat wonderlijk samenspel tussen jongen en water. Ze leken met elkaar te spelen, de rivier en hij.

Waldemar was nooit bang voor de hongerige rivier, want hij kende haar als geen ander. Als kleine jongen al had hij haar urenlang vanaf de veranda van hun huis zitten bestuderen en was hij ingeslapen bij het geluid van de golven. En naarmate hij ouder werd, was hij steeds beter gaan begrijpen hoe ze voortdurend heen en weer getrokken werd door de maan en de oceaan, en hoe ze, daarbij gestoord door de wind, koppig probeerde toch haar getijden te volbrengen. De bewegingen van het water waren hem even vertrouwd als de rituelen in de huishouding van zijn moeder. Zwemmen, wist hij, deed je niet alleen met je spieren, maar met respect voor de rivier, gebruikmakend van haar nukken en grillen, wetend waar je zwom en vooral: wanneer.

Eens in de vier weken vertrok de stoomboot van de Koninklijke West-Indische Maildienst naar Holland. Dan wapperden de vlaggetjes op het feestelijk versierde schip en schoot Fort Zeelandia een kanonschot af ten afscheid, terwijl de passagiers op het dek hun hals rekten om nog een laatste glimp van hun geliefden op te vangen. En dan lieten Waldemar en zijn vriendjes zich in een bootje voorttrekken in het schuimend kielzog en voeren kilometers mee, helemaal tot aan Fort Nieuw Amsterdam, daar waar de Surinamerivier kolkend samenkwam met de al even imposante Commewijne en je het blauw van de oceaan al kon zien. Daar maakten ze de touwen los om na een laatste geschreeuwde groet naar de passagiers terug te peddelen naar de stad. Maar Waldemar dook het zilte water in en zwom naar huis. Slag na slag, meter na meter, tot hij in zijn ritme kwam en als vanzelf door het water kliefde. Alles spoelde van hem af en uiteindelijk was het enige wat nog overbleef hijzelf, zoon van Suriname, groot geworden met de rivier. Zij droeg hem, het water was zijn vriend.

1

November in Holland

Nergens anders kan de wereld zo druipend en droevig zijn, het platteland zo rottend onherbergzaam en de straten zo uitgestorven onder de regenvlagen als in de late herfst in Holland. En nooit is de grote stad dan zo troostrijk en bieden de beslagen ramen van cafés zoveel beloftes van warmte en schuilen bij elkaar voor de winter komt. Dan kan de liefde op kousenvoeten binnensluipen – ook en misschien wel juist bij hen die zich moe en oud voelen, en bij wie de hoop op betere tijden dreigt te bezwijken onder het gewicht van het verleden.

Rika Hagenaar-van der Lans had wel honderd redenen om moe te zijn, die herfst van 1928. Moe van het eindeloze gesteggel met een echtgenoot die maar niet wilde begrijpen dat ze hem echt verlaten had en ervan uitging dat ze wel met hangende pootjes bij hem zou terugkomen. Moe van haar vruchteloze pogingen om als vrouw met vier jonge kinderen zonder beroep en middelen van bestaan een zelfstandig leven op te bouwen. Moe ook van de familie bij wie ze haar toevlucht zocht, maar die haar onomwonden duidelijk maakte dat wat God verenigd had niet gescheiden mocht worden, en zeker niet door iemand die – en hier werd veelbetekenend gekeken – toch echt zelf het bed had opgemaakt waaruit ze nu zo verwoed probeerde te ontsnappen.

Alsof Rika zelf ooit zou kunnen vergeten hoe ze als jong meisje alles, tot haar eer en eeuwige zielenrust aan toe, op het spel had gezet om te kunnen trouwen met de man die nu haar schrikbeeld was. Destijds was het een heel romantisch verhaal geweest, een soort *Romeo en Julia*, maar dan in het kleinburgerlijk decor van een middenstandsmilieu in het Den Haag van rond de eeuwwisseling. Hendrika Wilhelmina Johanna, zoals Rika voluit heette, was daar op 29 september 1891 geboren als oudste dochter van de katholieke aardappelhandelaar Jan van der Lans. Haar moeder stamde uit een familie met een nogal dubieuze reputatie en misschien was deze daardoor zo Victoriaans in haar opvattingen geworden – hard voor zichzelf, hard voor anderen. 'Ze leek op de sterke vrouw uit de Schrift', zoals haar bidprentje later zou vermelden. Ze regeerde haar vijf dochters en drie zonen met ijzeren hand, God en de rooms-katholieke kerk als een fort achter zich, terwijl haar man zich aan zijn zaken wijdde en zich met zichtbaar genoegen de rol van de toegeeflijke pater familias liet aanleunen.

De dochters Van der Lans waren een opvallend stel: mooie meiden, sterk aanwezig, voortdurend ruziënd en pogend elkaar af te troeven, maar ondertussen onafscheidelijk. Als oudste was Rika eigenlijk voorbestemd om als loyale adjunct van haar moeder te fungeren, maar echt geknipt voor die rol was ze niet. Daarvoor had ze te veel van een van de heldinnen uit de nogal dweepzieke meisjesliteratuur van die dagen: enerzijds te gevoelig en emotioneel voor de robuuste, luidruchtige omgeving waarin ze opgroeide, aan de andere kant geneigd tot een onafhankelijkheid van geest die destijds voor een jong meisje verre van passend werd geacht. Ze had iets rusteloos, en haar opvallende, bijna zwarte ogen leken altijd op zoek naar iets wat het leven van alledag zou overstijgen.

Als klein meisje was Rika intens gelovig. Het waren de tijden dat Kerk en ouders eendrachtig samenzwoeren om kinderen ervan te doordringen hoeveel dankbaarheid ze hun opvoeders verschuldigd waren, en jaar na jaar pende ze ijverig de weeïge teksten neer die meneer pastoor zo prachtig vond. Ter gelegenheid van haar eerste heilige communie in 1903 schreef ze een met engeltjes versierde dankbrief aan haar ouders:

> Hoe zal ik alles vergelden, hetgeen Gij aan mij gedaan hebt en nog doet. Geheel kan ik het niet, maar ik zal het zoveel als in mijn vermogen is. Heden morgen heb ik Jezus gebeden om zijn goddelijk zegen over U uit te storten. Geloof mij, Dierbare Ouders, nooit zal ik U vergeten in mijn gebeden, getrouw blijven aan God en op het pad der deugd voortgaan.

Op de foto die bij deze gelegenheid werd gemaakt was de twaalfjarige Rika een waar bruidje van Jezus. Niets in haar ogen deed vermoeden dat ze ooit naar iets anders zou verlangen dan naar het 'zalig genot' van Christus dat ze die dag naar eigen zeggen had leren smaken. Vier jaar later keken diezelfde ogen met diezelfde ernstige toewijding naar Willem Hagenaar, en wees niets erop dat ze ooit naar meer zou verlangen dan alleen naar hem.

Willem was negentien toen hij voor het eerst een blik wierp op de oudste dochter Van der Lans. Met haar fijnbesneden gezicht en mollige armen zag ze eruit alsof ze zo van een prentbriefkaart was gestapt en hij was op slag verliefd. Op zijn beurt beantwoordde de rijzige student met zijn intense blik volledig aan het beeld dat Rika zich van haar toekomstige echtgenoot had gevormd. Hun liefde leek echter weinig toekomst beschoren, want Willems vader was een protestantse hoofdonderwijzer die een diepe afkeer koesterde jegens alles wat paaps was. Daarbij vond hij de Van der Lansen maar ordinaire middenstanders. Rika's ouders op hun beurt gruwden al evenzeer van de gedachte dat hun dochter buiten haar geloof zou trouwen. Een huwelijk met een protestant zou haar, zo meenden zij, onherroepelijk in staat van doodzonde brengen.

Toen uitkwam dat het jonge stel elkaar ondanks alle verboden in het geheim bleef ontmoeten, nam moeder Van der Lans drastische maatregelen. Op zeventienjarige leeftijd verhuisde Rika naar de katholieke kostschool Sacré Coeur in Moerdijk, helemaal aan de andere kant van het Hollands Diep, zestig veilige kilometers van Den Haag verwijderd. Het leek te werken. De brieven die ze naar huis stuurde waren braaf en godvruchtig, en over de jongen Hagenaar werd niet meer gerept. Maar ondertussen deed de gedwongen scheiding de clandestiene liefde alleen maar hoger oplaaien. Vastbesloten blokte Willem zich door het ene na het andere technische examen heen, op weg naar de verwezenlijking van zijn jongensdromen: een baan bij de destijds door glamour omgeven Rijkswaterstaat. Als eindverantwoordelijke voor 's lands wegen, bruggen, kanalen en dijken speel-

Rika van der Lans ter gelegenheid van haar eerste heilige communie in 1903.

De kinderen Van der Lans omstreeks 1911. V.l.n.r.: Jo, Bob, Rika, Marie, Bertha, Mien, Jan en Marcel.

de deze overheidsdienst een stuwende rol in de industrialisatie, die essentieel was voor de Hollandse welvaart, zeker nu de koloniale bezittingen die van oudsher rijkdom brachten als inkomstenbron begonnen op te drogen.

In 1911 slaagde Willem voor het toelatingsexamen van de Dienst. Het eerste wat hij deed was zijn fiets pakken en in recordtempo naar Moerdijk rijden. Daar aangekomen klom hij over de hoge muur die het pensionaat scheidde van de zondige buitenwereld, baande zich een weg door de gillende meisjes en de verschrikte nonnen en nam Rika mee. Pas de volgende dag meldde het voortvluchtige stel zich in Den Haag. Rika was nu officieel geschaakt, had haar eer definitief verloren, en er bleef de wederzijdse ouders weinig anders over dan hun toestemming voor een huwelijk te geven.

Op de trouwfoto oogt Willem bepaald triomfantelijk. Zijn bruid staart met haar gazellenogen dromerig de camera in, zich ten volle bewust van de ultieme romantiek van

Rika op zeventienjarige leeftijd, 1908.

het moment: de Echte Liefde had getriomfeerd, net als in haar boeken en in de stomme films die ze in de bioscoop gezien had. Maar hoe lieflijk ze ook oogde, een doetje was Rika niet. Aangezien haar ouders geweigerd hadden de plechtigheid bij te wonen en ook haar zussen en broers verboden om erbij te zijn, liet ze na afloop de trouwkoets langs het ouderlijk huis aan de Haagse Binnensingel rijden. Bij het passeren ging ze uitdagend overeind staan, zodat iedereen alsnog kon zien hoe mooi hun zwarte schaap eruitzag in haar maagdelijk witte bruidsjapon – dit laatste tot extra verontwaardiging van moeder Van der Lans.

Het jonge echtpaar vestigde zich in een villa van Rijkswaterstaat in Apeldoorn, een stadje op de Veluwe dat zich sinds de aanleg van een kanaal had ontwikkeld tot centrum van de vaderlandse papierindustrie. Hier gaf Rika in 1915 het leven aan een zoon, die dezelfde voornaam als zijn vader kreeg. Twee jaar later volgde een dochter, die bij wijze van vredespalm richting Den Haag naar Rika's moeder Lambertina werd vernoemd. De verhoudingen waren inmiddels weer aardig genormaliseerd, al was het maar omdat de ouders Van der Lans voldoende rooms pragmatisme bezaten om te beseffen dat levenslange excommunicatie van hun lievelingsdochter niemand veel goed zou doen. Dus staken ze elke zondag een extra kaarsje op voor haar zielenrust en genoten ondertussen volop van hun eerste kleinkinderen die – klinkende overwinning voor de Van der Lansen, bittere nederlaag voor de Hagenaars – katholiek werden opgevoed.

Het waren optimistische tijden. De fabrieken dreunden, de schoorstenen rookten en de ene na de andere opwindende uitvinding veroverde het dagelijks leven – van elektriciteit en automobielen tot radio's en koffergrammofoons.

Niet lang na de geboorte van de kleine Bertha werd Willem overgeplaatst naar Den Bosch. De Bosche afdeling van Rijkswaterstaat stond bekend als uiterst sociaal en het jonge echtpaar Hagenaar werd er met open armen ontvangen. Het was dan ook een aantrekkelijk stel, dat perfect bij elkaar leek te passen. Beiden gezegend met een grote dosis charme, beiden ijdel en dol op mooie kleren, uitgaan en dansen, toonden ze zich nog steeds gepassioneerd verliefd – als 'tortelduifjes', zoals Rika's zussen hen plagerig schreven.

Rika en Willem voelden zich in het rijke roomse leven in de Brabantse hoofdstad als een vis in het water, en in 1921 werd hun derde kind geboren. Het jongetje werd Jan genoemd, naar zijn grootvader van moeders kant en ook misschien naar de imposante Sint-Jan kathedraal, waar ze vlakbij woonden. Het jaar daarop liet Willem een staatsieportret maken van zijn gezin. Hijzelf een succesvol man in de kracht van zijn leven, drie mooie kinderen en een vrouw met iets zo ondeugends in haar blik dat elke man hem erom benijdde – het leek alsof niets of niemand dit geluk ooit nog stuk kon maken.

God geeft, God neemt, zo zegt men, en eigenlijk gold hetzelfde voor Rijkswaterstaat. De Dienst zorgde uitstekend voor zijn mensen, maar het was aan het hoofdkantoor om te bepalen wat ze deden en waar ze woonden. En zo viel in de herfst van 1924 het besluit dat Willem Hagenaar een nieuwe tree op zijn glanzende carrièreladder zou zetten. Hij werd benoemd tot dijkgraaf van Goeree-Overflakkee, een eiland in Zuid-Holland dat voor zijn voortbestaan geheel afhankelijk was van een ingewikkeld stelsel van zee-

Het gezin Hagenaar, Den Bosch, 1922. V.l.n.r.: Willem, Wim, Bertha ('Zus'), Jan en Rika.

weringen, duinen en dijken dat het beschermde tegen de grillige Noordzee. De afgezant van Rijkswaterstaat gold er dan ook als een belangrijk man, nog belangrijker zelfs dan de plaatselijke burgemeesters. In december, kort na de geboorte van het vierde kind – de 'carnavalsbaby', zoals Henk liefkozend genoemd werd omdat hij tijdens die feestperiode verwekt moest zijn –, verhuisde het gezin Hagenaar naar Goeree.

Het verschil tussen het zwierige Den Bosch en het kale, winddoorblazen eiland had niet groter kunnen zijn. Hoewel hemelsbreed niet eens zo ver van de grote steden in het westen verwijderd, lag Goeree uiterst geïsoleerd. Het enige contact met de buitenwereld werd gevormd door de veerboot die eens per dag van Middelharnis naar Hellevoetsluis voer. Goedereede was een klein, tegen de dijk genesteld stadje en de winkels waren klein en pover, nog geen schim van de luxezaken die Rika in Brabant gewend was geweest.

De bevolking was zo vroom dat ze zondags steevast tweemaal ter kerke ging en door en door conservatief – de nieuwerwetse fratsen die in de grote steden opgang maakten werden dan ook met een intens wantrouwen bekeken. Het leek alsof de tijd hier had stilgestaan, en erger, dat nog heel lang zou blijven doen.

Als volbloed stadskind wist Rika van het plattelandsleven nauwelijks meer dan dat het er tijdens dagtochtjes in de lente best gezellig uitzag. Maar al tijdens die eerste winter op de nieuwe standplaats moet ze beseft hebben dat bloeiende bloesems en rondhuppelende lammetjes niet meer waren dan het fleurige randje om de trage, zware werkelijkheid van het boerenleven. Ze voelde zich levend begraven op het eiland en werd onrustig van het gestage ritme van de natuur. Bloemen kocht ze nu eenmaal liever met een papiertje eromheen bij een stalletje dan ze tergend langzaam in de zwarte aarde van haar achtertuin te zien ontkiemen en ze hunkerde naar de levendigheid van de stad en de vrijheid in de lucht. En vooral naar de anonimiteit, want overal en altijd waren hier de ogen van de mensen. Met een mengeling van nieuwsgierigheid en achterdocht keken de eilanders naar de nieuwe mevrouw in het Rijkswaterstaathuis. Paaps was ze en dus sowieso al een heiden, en in haar ogen lag, dat zag je duidelijk, de zonde maar al te zeer op de loer.

Rika's pogingen om zich te verzoenen met haar nieuwe leven maakten het er alleen nog maar erger op. Ze ging zwemmen in de zee bij Ouddorp, in de ogen van haar strenge dorpsgenoten een uitermate ongepaste activiteit voor een getrouwde vrouw van haar leeftijd. Daarbij zat haar grote woonkeuken altijd vol kinderen – die van haarzelf, vriendjes uit het dorp en neefjes en nichtjes uit de stad –

voor wie ze allerlei feestjes en zelfs het heidense carnaval organiseerde. En op een dag sleepte ze ook nog de grote koffergrammofoon van Willem naar de leegstaande salon en organiseerde er partijtjes zoals ze die in Den Bosch gewend waren. De kinderen boorden een gaatje in de houten vloer van hun slaapkamer zodat ze stiekem konden meegenieten en het eiland sprak er schande van: wilde dansfeesten tot diep in de nacht, dat was wis en waarachtig het werk van de duivel zelf.

Het duurde niet lang of de verhalen over het ongepaste gedrag van zijn vrouw kwamen Willem ter ore. Zelf beviel het hem eigenlijk wel op de nieuwe standplaats. Hij genoot van zijn positie en het respect waarmee naar hem, 'Den Hagenaar', werd opgekeken. Ook met de behoudende sfeer op het eiland had hij weinig moeite, al was het maar omdat die eigenlijk veel meer aansloot bij de rechtlijnige normen en waarden waarmee hijzelf was grootgebracht dan de roomse vrolijkheid in Den Bosch. Daarbij hield Willem van Rika met een grote, zelfs haast obsessieve hartstocht, en had hij altijd met lede ogen aangezien hoe aantrekkelijk ze was voor andere mannen. Het had geleid tot menige jaloerse scène, maar een echte aanleiding daarvoor was er nooit geweest en hij kon haar moeilijk verbieden zo te lachen en te bewegen als ze deed. Maar nu had hij eindelijk een reden om haar te vragen zich wat in te tomen. Een man in zijn positie, zei hij, kon toch geen vrouw hebben die aanleiding gaf tot geroddel. Het minste wat ze kon doen was zich een beetje schikken naar zijn rol op het eiland, die tenslotte zorgde voor het mooie dak boven haar hoofd, haar twee dienstboden en hun rijkelijk belegde boterham.

Maar hoe goedgehumeurd en makkelijk Rika in de dagelijkse omgang ook was, dwingen liet ze zich niet, zoals haar ouders al eerder tot hun schade hadden ondervonden. De hier nog wekelijks van de kansel gepredikte opvatting dat de man de baas was over zijn vrouw vond ze ronduit absurd. Misschien was dat zo geweest bij de Hagenaars, maar bij haar thuis was het haar moeder die tot volle tevredenheid van iedereen en vooral haar vader de lakens uitdeelde. In plaats van zich aan te passen, werd ze er alleen maar dwarser op en alles wat haar ooit zo in Willem had aangetrokken – zijn kracht, zijn doelgerichtheid, zijn passie – begon haar nu net zo te benauwen als het eiland zelf. Willem raakte in paniek van Rika's onrust. Hoe minder hij haar onder controle had, hoe bedreigder hij zich voelde en hoe jaloerser en driftiger hij werd. En hoe meer greep hij op zijn ongezeglijke vrouw trachtte te krijgen, hoe harder zij zich probeerde los te rukken.

Zo gepassioneerd als ze ooit voor elkaar hadden gevochten, zo temperamentvol vochten Willem en Rika nu tegen elkaar. Soms met de verbeten, dagenlang volgehouden stiltes waar ze in zijn ouderlijk huis het patent op hadden, dan weer met de luidruchtige scènes waarmee ze bij de familie Van der Lans hun conflicten plachten uit te vechten. Alleen het even hartstochtelijk goedmaken was er niet meer bij. Wanhopig liep hun oudste zoon met glaasjes water tussen zijn ouders heen en weer, vergeefs pogend ze tot bedaren te brengen, en zelfs de vriendinnetjes van de inmiddels achtjarige Bertha merkten dat de sfeer bij haar thuis wel heel gespannen was.

In de lente van 1926, anderhalf jaar na de verhuizing naar Goeree, liet het gezin Hagenaar zich weer fotograferen, nu in het gras onder de bloeiende fruitbomen achter hun huis. Idyllisch als de omgeving is, de gezichten spreken een andere taal. Willems glimlach is uitgesproken wrang en ook Rika oogt verre van gelukkig. Altijd al voluptueus van gestalte, was ze nu ronduit dik en zelfs wat slonzig. De neiging haar onvrede weg te eten was voor haar man reden gebleken om aandacht en bevestiging te zoeken bij vrouwen die wel tegen hem opkeken, waarmee er nog een bron van conflicten bij was gekomen. In hoog tempo rafelde het huwelijk uiteen en het roddelcircuit op het eiland maakte overuren. Willem Hagenaar had noch zijn vrouw noch zijn drift meer in bedwang, en op een gegeven moment zijn handen ook niet meer.

∽

Eind februari 1928 vluchtte Rika naar Den Haag. Ze nam alleen Henk, de peuter, mee. De drie schoolgaande kinderen liet ze achter in de zorgzame handen van dienstbode Jans, een meisje van het eiland dat zich uiterst toegewijd aan het gezin Hagenaar had betoond. Door haar ouders werd Rika echter verre van hartelijk ontvangen. Een huwelijk met een protestant was al erg genoeg geweest, maar tegen een scheiding konden alle kaarsjes en gebeden van de wereld niet op. Voor hen was het duidelijk: hun oudste dochter was weer eens in een van haar overemotionele buien en ze moest het maar zo snel mogelijk bij gaan leggen met haar echtgenoot, die zich, hoe protestants ook, naar hen toe toch altijd even charmant had betoond.

Maar Rika was voor geen goud te bewegen terug naar het eiland te gaan. Uiteindelijk vond ze onderdak bij een van haar zusters. Jo van der Lans wist uit eigen ervaring dat een gedoemd huwelijk niet overeind gehouden kon worden, want zelf was ze enkele jaren eerder verlaten door de Duitse echtgenoot aan wie haar vader haar ooit had gekoppeld.

Sindsdien onderhield ze zichzelf en haar twee dochtertjes met het verhuren van kamers in de Haagse bloemen- en bomenbuurt. Zeker in de hofstad, waar zich van oudsher veel verlofgangers uit de koloniën vestigden en dus veel vraag was naar tijdelijke woonruimte met verzorging, was dit voor ongeschoolde, alleenstaande vrouwen eigenlijk de enige fatsoenlijke manier om in eigen onderhoud te voorzien.

Die lente deed Rika wat vrouwen wel vaker doen na een belangrijke beslissing in hun leven: ze zette rigoureus de schaar in haar dikke donkere lokken. Met alweer iets van haar oude bravoure stuurde ze een foto van zichzelf met haar moderne bobkapsel op naar Goeree: 'Mama op het strand!' In juni voegden de overige kinderen zich bij haar. 'Jan weer bij zijn moeder!' schreef Rika verrukt op een foto van hen op het strand van Scheveningen, waar ze haar kinderen deze zomer bijna iedere dag mee naartoe nam in de hoop daarmee de grote veranderingen in hun leven enigszins te compenseren. Maar vooral voor de oudste jongens was de verhuizing een ramp. Wim en Jan hadden heerlijke jaren gehad op het ruime eiland, waar zij als zonen van de dijkgraaf vrij konden rondzwerven in het duingebied en waar hun vader speciaal voor hen twee houten kampeerhuisjes had laten bouwen. Nu zaten ze opgesloten in een benauwde bovenwoning in een nieuwbouwwijk in het westen van Den Haag, waarvan de lommerrijke straatnamen schril contrasteerden met de dicht opeengepakte huizenblokken. Zo ongelukkig als hun moeder was geweest op Goeree, zo ongelukkig waren haar oudste zonen in Den Haag en ze hoopten dan ook vurig dat hun heetgebakerde ouders zich zo snel mogelijk weer zouden verzoenen.

Ook Willem Hagenaar ging ervan uit dat zijn eega uiteindelijk wel eieren voor haar geld zou kiezen en deemoedig terug zou keren naar hem en het chique leventje als Rijkswaterstaatsvrouw. Wat moest ze anders? Van haar ouders had ze geen enkele steun te verwachten, haar zuster kon zichzelf en haar kinderen amper onderhouden, laat staan nog een gezin erbij, en op de Moerdijkse kostschool had ze alleen maar geleerd hoe ze een dame moest zijn. Maar Rika kwam niet terug. Nog liever volgde ze het voorbeeld van Jo en werd hospita, al betekende dat dat ze van luxe mevrouwtje een soort gedienstige zou worden – kokend, wassend en slovend voor vreemden.

In oktober 1928 vond Rika een bovenwoning aan de Azaleastraat, niet ver van het huis van haar zuster. Omstreeks dezelfde tijd meldde haar eerste kostganger zich aan. Of liever: hij werd aangemeld, en wel door een nicht van Willem, bij wie de jongen in kwestie op dat moment inwoonde. Rika had het altijd goed met deze Christien kunnen vinden, al was het maar omdat ook zij een felomstreden huwelijk had aangegaan. Want hoeveel ophef de liefde tussen Willem en Rika destijds ook had veroorzaakt, het was nog niets vergeleken met het tumult dat was losgebarsten toen nicht Christien in 1919 thuiskwam met het bericht dat ze zwanger was van een zwarte man en van plan was met hem te trouwen. De verloofde-in-spe was afkomstig uit het donkere Suriname en nog geen jaar eerder van de boot gestapt, met slechts een opgezette krokodil en een pijl en boog als bagage.

De familie Hagenaar had al visioenen van vervaarlijke negers, dansend rond kookketels, met strooien rokjes om en botten door hun neus zoals ze die in de educatieve filmpjes in de bioscoop zagen. Groot was hun verbazing toen bleek dat David Millar er met zijn parmantige brilletje en zijn

Een Surinamer op Goeree, 1927. Op de motor, v.l.n.r.: Bertha, Jan, Willem en Wim. Zittend, v.l.n.r.: David Millar naast een onbekende man en Rika met baby Henk.

keurige kledij uitzag om door een ringetje te halen en manieren had waar menig Hollander een puntje aan kon zuigen. Bovendien koesterde hij grootse ambities en was al snel na aankomst in Holland bevriend geraakt met de Haagse eierenhandelaar Albert Plesman, die bezig was de Koninklijke Luchtvaart Maatschappij op te zetten. Nu, zes jaar later, was hij financieel directeur van de groeiende en bloeiende KLM.

'Oom Dave', zoals Rika's kinderen de exotische aangetrouwde neef van hun vader noemden, was verzot op alles wat met moderne techniek te maken had. Zodra hij het zich kon veroorloven had hij een motor met zijspan aangeschaft, waarmee hij op zijn eerste rit prompt met zijn jonge gezin de Haarlemmertrekvaart ingereden was. Het verhinderde hem niet om Nederland vervolgens uitgebreid met zijn motor te verkennen en in de lente van 1927 had hij ook Goeree-Overflakkee aangedaan. Het eiland was in rep en roer geweest – een zwarte man hadden ze hier nog nooit gezien, laat staan eentje op zo'n brullend gevaarte. Het scheelde niet veel of oudere dorpelingen kondigden het einde der tijden aan. Maar het gezin Hagenaar had, uitgedost met leren motorhelmen en goggles, trots rond hun bijzondere oom en zijn machine geposeerd. Vooral Rika kon het opperbest met de Surinamer vinden. Zijn makkelijke, luchthartige manier van doen, de geur van avontuur en weidse vertes die hij meebracht – ze vond het een verademing in de benauwenis van Goeree.

Voor Christien Hagenaar was de romantiek van haar bijzondere huwelijk er op dat moment al danig af gesleten. Op en top Hollands als ze was, kon ze maar slecht uit de voeten met de tropenmanieren van haar man en zijn landgenoten en ze was dan ook weinig te spreken geweest toen David in de herfst van 1927 had aangekondigd dat er een familielid uit Paramaribo bij hen zou intrekken. Officieel was de jongen zijn neef, maar de twee leken sprekend op elkaar en tussen de regels door werd al spoedig duidelijk dat hij eerder een soort halfbroer was. Het verbaasde Christien niet in 't minst: die hele kolonie moest immers een primitieve en volstrekt zedeloze janboel wezen. Nog zo'n zwarte man in haar ordentelijke huishouden kon ze er eigenlijk niet bij hebben en ze wond er geen doekjes om hem liever kwijt dan rijk te zijn: nicht Rika kon hem zó van haar overnemen.

2

Waldemars wereld

Van jongs af aan had Waldemar Nods geweten dat hij ooit *ocean swimmer* zou zijn. Dat had overigens niets te maken met zijn zwemkunsten, maar alles met het feit dat hij behoorde tot die kleine elite van jongens wier ouders het zich konden veroorloven hen te laten studeren in Holland, dat verre wonderland aan de andere kant van de oceaan. Zij waren de bloem van Paramaribo, het beste wat Suriname de wereld te bieden had, en bij thuiskomst zouden ze automatisch recht hebben op een voorname positie en een meer dan dubbel salaris dan degenen die in de kolonie zelf waren opgeleid. Alle goeds kwam uit Holland, dat was nu eenmaal zo. En geen wonder ook, als je naging dat Suriname zo letterlijk door zijn kolonisatoren gemaakt was dat je het bijna Hollands product kon noemen.

De enigen die echt eigendomsrechten konden doen gelden op 'de Wilde Kust van Guyana', die rond 1500 ontdekt was door op goud beluste Portugese zeevaarders, waren de schuwe indianenstammen die er rondzwierven. Maar zij hadden er juist een kunst van gemaakt geen sporen achter te laten en verdwenen zonder protest of zelfs maar een voetafdruk in de onafzienbare jungle, terwijl hun land speelbal werd van Europese mogendheden op zoek naar wingewesten en koloniale rijkdom. Uiteindelijk was het het kleine maar drieste Holland geweest dat – in ruil voor het latere New York – in 1667 definitief de hand wist te leggen op het veelbelovende gebied rond de Surinamerivier. Tegen die tijd was het vruchtbare laagland bedekt geraakt met bloeiende plantages en de nederzetting die de indianen Parmorbo, 'plaats der bloemen', hadden genoemd, uitgegroeid tot een van de fraaiste steden in Zuid-Amerika: Paramaribo, alias 'Parel van de West'. Maar hoe mooi het land ook was, het was een primitieve en wrede samenleving. De West-Indische koloniën fungeerden als afvalputje van Europa, en de dunne blanke bovenlaag bestond uit alles wat de oude wereld wel kwijt wilde of wat reden had daar zelf weg te willen: Portugees-joodse planters, Franse hugenoten, verarmde boeren en een ratjetoe aan hele of halve criminelen, gelukzoekers en avonturiers. De onderlaag werd gevormd door de zwarte arbeidskrachten die Zeeuwse slavenhouders met duizenden tegelijk inkochten aan de West-Afrikaanse kust omdat zij als enigen opgewassen waren tegen het onbarmhartig klimaat.

Gedurende de eeuwen die volgden werden de scherpste kantjes van de plantagesamenleving afgeslepen, al was het maar omdat de blanken getalsmatig absoluut niet opgewassen waren tegen hun slavenmachten. Bovendien waren al diegenen die naar deze broeierige uithoek van de wereld gestuurd, gelokt en gesleept waren op hun verre plantages uiteindelijk toch op elkaar aangewezen. Toen aan het begin van de negentiende eeuw een nieuwe wind over de wereld woei, bol staand van ideeën over vrijheid, gelijkheid en broederschap, kon ook Holland als een van de laatste naties ter wereld er in 1863 niet meer onderuit om de slavernij af te schaffen. Maar lang niet voor ieder individu bleek het concept 'vrijheid' zo'n triomfantelijk gegeven als de slavernijbestrijders zich dat in hun comfortabele salons aan de andere kant van de wereld hadden voorgesteld. Want de blanke planters incasseerden hun schadevergoeding en trokken terug naar Europa, het voormalige wingewest achterlatend zonder leiding of kapitaal om de industriële revolutie bij te benen. Met het verval van de plantages verkruimelde de sociale structuur van Suriname. Eeuwenoude gemeenschappen vielen uit elkaar, hele bevolkingsgroepen raakten op drift en vele voormalige slaven vervielen tot een armoede die in de slaventijd ondenkbaar was geweest.

Toen schoot het land zelf zijn jonge bevolking te hulp. In 1876 ontdekten avonturiers bij de Lawarivier in het oosten van het land bij toeval datgene waar de Portugese zeevaarders drie eeuwen eerder zo naarstig naar op zoek waren geweest: goud. Massaal trokken zwarte mannen de jungle in, heel Suriname raakte in de ban van de goudkoorts en het slaperige Paramaribo ontwikkelde zich tot een welvarende en bruisende goudzoekersstad. Maar al had de Parel van de West nu een gouden zetting gekregen en deed ze er in koloniale chic en grandeur zeker niet voor onder, zo'n romantische bijklank als vergelijkbare steden in Nederlands-Indië kreeg ze nooit. Het laklaagje van de beschaving was hier altijd dun: de Surinaamse hoofdstad bleef iets ongetemds, iets wilds houden. En de slaventijd mocht dan voorbij zijn, het rassenonderscheid was dat verre van. Nog steeds draaide alles om kleur en nog altijd vormden een zo blank mogelijke huid en dito levensstijl de opmaat tot een succesvol leven.

∽

Hoe langzamer het leven gaat en hoe minder er gebeurt, hoe meer er wordt geroddeld. En dat gold zeker voor het van coterietjes vergeven Paramaribo van rond de voorlaatste eeuwwisseling, waar de dames in de hogere kringen weinig anders te doen hadden dan zich koelte toe te wuiven en de dagen te tellen tot de volgende gelegenheid zich aandiende om een nieuwe jurk te laten zien. Het huwelijk tussen Koos Nods en Eugenie Elder in 1904 hield de roddeltongen dan ook maanden bezig. Want hij was ondanks al zijn geld en praatjes met zijn door zon gelooide zwarte huid toch niet meer dan een goudzoeker, een rabauw, terwijl zij een echte dame was – zo goed opgevoed, zo keurig, zo blánk vooral.

Waldemars moeder droeg een echte eigenarennaam, op zich al een statussymbool in de kolonie. Dat William Elder toen hij in 1810 naar Suriname kwam niet meer was dan een eenvoudige tamboer, die dienst had genomen in het koloniale leger omdat hij in het arme Schotland geen enkel perspectief had, deed niet terzake. Wat telde was dat hij zich had weten op te werken tot eigenaar van een kleine, maar bloeiende koffie- en cacaoplantage en dat hij de kinderen die hij bij zijn zwarte minnares verwekte niet alleen de vrijheid maar ook zijn eigen, onverbasterde naam schonk. Sindsdien hadden de Elder-vrouwen hun beschermheren generatie op generatie zorgvuldig uitgezocht en hun bloedlijn praktisch blank gemaakt – 'opgekleurd', zoals dat heette. Dat daar geen huwelijk aan te pas kwam, gold binnen de koloniale verhoudingen als de normaalste zaak van de wereld. Niet-blanken trouwden nu eenmaal niet – in de slaventijd was hun dat zelfs verboden – en blanken hielden er tot de gouverneur aan toe openlijk gekleurde liefjes op na. Zoals een priester somber constateerde: 'De blanke lelie van kuisheid wil niet welig groeien in tropenlanden.' Het hoogst haalbare waar een kleurlinge op kon hopen was het 'Surinaams huwelijk', een min of meer vast concubinaat.

Eugenie en haar jongere zuster Marie waren door hun moeder Cornelia grootgebracht in het volle bewustzijn van hun bijzondere status en de kansen die hun lichte huid hun gaf. Haar grote angstbeeld was om te 'vernegeren', want iedere associatie met de zwarte broeders die wat later van de plantage waren gekomen dan zijzelf diende zorgvuldig vermeden te worden. Ambitieuze kleurlingen gingen nooit ofte nimmer blootsvoets – dat was in de slaventijd immers het teken van lijfeigenschap geweest –, bleven zorgvuldig uit de zon om hun huid niet te bederven en gedroegen zich net zo preuts als de Hollandse vrouwen voorgaven te zijn.

Eugenie was een stil en godvruchtig meisje, dat lesgaf op de zondagsschool van de deftige lutherse kerk aan de Waterkant. Sinds de afschaffing van de slaverij was dit voormalig conservatief blank bolwerk gaandeweg uitgegroeid tot het levendige middelpunt van de *blaka bakra*, de zwarte blanken, zoals de tegen de blanke bovenlaag aanschurkende creoolse elite werd genoemd. Net als haar moeder en grootmoeder leek Eugenie voorbestemd de bijzit van een aanzienlijke blanke te worden, al behoorde een wettig huwelijk met een succesvolle, lichte kleurling in deze verlichte tijden ook tot de mogelijkheden. Een verbintenis met een zwarte man was echter haast net zo'n taboe als in het niet eens zo grijze verleden, toen de doodstraf had gestaan op 'vleselijke conversatie' tussen een blanke vrouw en een zwarte man.

Het was iedereen dan ook een volslagen raadsel hoe de keurige zondagsschooljuffrouw in aanraking had kunnen komen met een zwarte man, en helemaal hoe Koos Nods haar zover had kunnen krijgen zijn vrouw te worden. Al was het een feit dat de tijd drong. Eugenie was per slot van rekening al dertig en bovendien: 'geld maakt lichter', zoals de gevleugelde uitdrukking luidde. En in dat geval was Eugenies verloofde praktisch lelieblank. Dat Koos veel goud had gevonden, was niet eens zo bijzonder. Want de Surinaamse bodem betoonde zich gul en er waren meer *gowtuman* met een neus voor goudaders en een hoop geluk. Maar dat hij erin geslaagd was om zijn fortuin vast te houden en zich op te werken tot een van de rijkste mannen van de kolonie was uitzonderlijk.

De meeste *porknokkers* – zo genoemd omdat de goudzoekers in de jungle leefden op gedroogd vlees – genoten een wat chroniqueur Jacques Samuels noemde 'kort maar glansrijk leven'. Ze joegen hun verdiensten er in een mum van tijd doorheen, daarbij ijverig geholpen door familieleden, vrienden en iedereen die zich maar enigszins met hen kon associëren. Want net als in de slaventijd was het binnen Surinaamse families goed gebruik alles met elkaar te delen. Maar Koos was, heel opmerkelijk in zo'n op collectiviteit gebaseerde samenleving, een eenling. Wellicht zat hem dat in zijn bloed. Want zijn moeder Mietje was geboren op een dromerige katoenplantage pal aan de kust van de Atlantische Oceaan, waar in de omringende jungle nog Caribenstammen rondzwierven, en naar verluidt was haar moeder het product van een ontmoeting tussen een veldslavin en een van deze laatste oorspronkelijke bewoners van het land. Door een pater werden de laatsten in die jaren omschreven als:

> Iedere indiaan, de Arrowak echter in mindere mate dan de Caraïb, groeit van zijn kinderjaren af op als een geheel zelfstandig persoon, die niemand boven zich erkent. Vandaar is hij eigendunkelijk en zelfzuchtig. Vrij moet hij zijn – onafhankelijk van eenieder – een koning voor zichzelf.

Het was Jacobus Theodorus Gerardus Nods ten voeten uit. Niet alleen zag hij geen enkele reden om zijn geld te verbrassen aan nooddruftige familieleden en gelegenheidsvrienden, ook werd hij niet in het minst geplaagd door de minderwaardigheidsgevoelens die veel zwarte mannen als erflast van de slavernij hadden meegekregen. Geboren in 1872, als telg van de eerste echte vrije generatie Surinamers, had hij volop geprofiteerd van het zegenrijke werk van de missionarissen, die in de slaventijd nog angstvallig uit de kolonie waren weggehouden – ze zouden de negers eens op de gedachte kunnen brengen dat ook zij kinderen Gods waren – maar nu dezen opgevoed dienden te worden tot ordentelijke burgers, ruim baan kregen.

Koos groeide op op de plantage aan de Commewijne, pal naast een statie die een bevlogen roomse priester daar tegelijk met een schooltje voor de plantagekinderen had gesticht. Hij was schrander en leergierig, maar als zwarte jongen was er voor hem toch geen ander toekomstperspectief weggelegd dan de beruchte, van zwartwaterkoortsen en malaria vergeven 'Groene Hel'. Want het werk in de goudwinning mocht dan lucratief zijn, het was ook extreem zwaar en ongezond en de gevreesde jungleziektes, het gebruik van kwik en de geïmproviseerde, vaak tientallen meters lange en slecht gestutte gangen zorgden ervoor dat weinig gowtuman hun vijftigste verjaardag haalden.

De combinatie van zwart en rood bloed had in Koos' geval echter een uiterst taaie constitutie opgeleverd. En in zijn karakter roerden zich de avonturiers die ooit de Wilde Kust hadden getemd, want hij was een energieke doener vol ambities. Zorgvuldig investeerde hij zijn verdiensten in nieuwe expedities en onroerend goed in Paramaribo en bij het aanbreken van de nieuwe eeuw in 1900 prijkte de nog maar 28-jarige 'J.Th.G. Nods' pontificaal op de lijst van kiesgerechtigde en dus meest vermogende burgers die het *Gouvernements Advertentieblad* ieder jaar publiceerde. Zoals voor de meeste succesvolle mensen was rijkdom alleen voor Koos echter niet voldoende. Hij wilde aanzien. En dat betekende hét statussymbool van ambitieuze kleurlingen: een wettig huwelijk met een zo blank mogelijke vrouw.

Op 15 oktober 1904 voerde Koos Eugenie triomfantelijk door de met koningspalmen omzoomde lutherse kerk, waar hij diezelfde ochtend nog als lidmaat was aangenomen. Zwart of niet, hij had het meeste gemaakt van de vrijheid die hij als geboorterecht had meegekregen en de kansen die zijn vaderland hem bood. Zelfs zijn bezigheden paste hij aan aan zijn nieuwe leven in de *upper class* van Paramaribo. Toen op 14 december van dat jaar het burgerlijk huwelijk werd voltrokken in het Gouvernements Logeergebouw, gaf hij als beroep op 'schrijver' ofwel ambtenaar, een in creoolse kringen alleszins respectabel beroep.

In september 1905, amper een jaar na haar opzienbarend huwelijk, schonk Eugenie het leven aan een dochtertje dat Hilda Esline werd genoemd. De baby had de relatief blanke huid van haar moeder, maar de creoolse trekken en de wat mollige bouw van haar Afrikaanse voorvaderen.

V.l.n.r.: Eugenie, Lily, Waldemar en Hilda Nods, Paramaribo 1921.

Désiré Eugène, geboren in 1906, was een lichter uitgevallen evenbeeld van zijn vader: hetzelfde scherpe gezicht, dezelfde gretigheid naar het leven. Bij Waldemar Hugh, die het levenslicht zag op 1 september 1908, had de Surinaamse smeltkroes geresulteerd in haast Indisch aandoende gelaatstrekken. Het kwartet werd in 1910 gecompleteerd met dochter Lily Mathilde, die al helemaal de genenjackpot gewonnen had. De goden leken er een wedstrijdje van te hebben gemaakt om in haar de kenmerken van de verschillende rassen op hun fraaist te verenigen: het haar dik en zwart, de huid lichtbruin, het gezicht hartvormig met daarin grote helderblauwe ogen, een erfenis van haar verre Schotse overgrootvader.

Waldemar en zijn broer en zussen hoefden niet op te groeien zoals hun vader dat had gedaan – op een kwijnende plantage, blootsvoets bij elkaar scharrelend wat hij te pakken kon krijgen. Voor hen was alleen het beste goed genoeg. Ze werden gedoopt in de zware zilveren doopvont die een Hollandse plantersfamilie ooit aan de lutherse kerk had geschonken en kregen een echte, door hun vader uit Brits-Guyana geïmporteerde Engelse *nanny*. Ze bewoonden een stadspaleisje aan de statige Herenstraat, dat ingericht was met kostbare tapijten, meubels, porselein en kristal, en ze gingen gekleed in de mooiste kleren en liepen op de duurste schoenen. De hete maanden brachten ze door in hun vakantiehuis op Barbados, waar ze naartoe zeilden met de ranke schoener die hun vader voor zichzelf had laten bouwen.

Alhoewel de kinderen Nods bekendstonden als vriendelijk en welgemanierd, hadden ze het – en hier fronsten de voorhoofden in roddelziek Paramaribo – wél hoog in de bol. Dat bleek niet zozeer uit wat ze zeiden of hoe ze zich gedroegen, maar vooral uit de manier waarop ze zich bewogen en uit hun ogen keken. Want al was de slavernij verleden tijd, nog altijd zat de eerbied voor alles wat blank was er in de kolonie diep in en niet zelden gebeurde het dat een lichter kind domweg weigerde zich met een donkerder uitgevallen broertje of zusje op straat te vertonen. Iedereen kende zijn plaats, of liever gezegd zijn kleur, en gedroeg zich daarnaar. Maar Waldemar en zijn broer en zusjes hielden de rug recht en keken altijd met die rechtstreekse blik, alsof ze tot de adel van de stad behoorden. Maar ja, zo werd er gemompeld, wat wilde je ook met zo'n vader, die weigerde zich te gedragen met de nederigheid die hem met zijn zwarte huid aangeboren zou moeten zijn. Die niet zijn hoed afnam en met gebogen hoofd 'Ja, m'ster' en 'Nee, m'ster' mompelde als hij een Hollander tegenkwam.

Koos Nods stapte rond alsof hij een heer was en tooide zijn vrouw in zware, voor het tropenklimaat volstrekt ongeschikte brokaten en fluwelen gewaden. Hij reisde met haar het Caribisch gebied rond zoals rijke Europese en Amerikaanse echtparen dat plachten te doen, en bracht zijn kinderen groot alsof het prinsen en prinsessen waren. Waren hijzelf en Eugenie nog te classificeren geweest volgens in het verleden getrokken scheidslijnen, in hun kinderen kwam de hele merkwaardige geschiedenis van hun land en hun volk samen. Hun voorouders waren afkomstig uit alle streken van de wereld, zijzelf net zo goed afstammelingen van slaven als van slavenhouders. Zij waren wereldkinderen, zoals de Surinamers zich met recht een wereldvolk konden noemen.

∽

In 1914 brak in Europa de Grote Oorlog uit. Tegelijkertijd begon de gouden economie van Suriname verdacht doffe plekken te vertonen. Het jaar daarvoor was met veel vertoon het laatste deel van de 173 kilometer lange spoorweg tussen het centrum van Paramaribo en de goudvelden in het zuiden in gebruik genomen. Maar de feestelijke ceremonie bleek geenszins de opmaat tot nog grotere welvaart in de kolonie waarop iedereen had gerekend. Integendeel, frequentie en omvang van de vondsten liepen alarmerend terug, en ondertussen maakte de wereldoorlog pijnlijk duidelijk hoe afhankelijk Suriname nog steeds was van het moederland. Want naarmate Europese zeeschepen zich steeds minder lieten zien op de Surinamerivier, ontstond er een nijpend gebrek aan elementaire levensbehoeften als meel en kledingstoffen. Toen de landbouw ook nog eens getroffen werd door plan-

De Waterkant te Paramaribo, anno 1920. Collectie KIT Tropenmuseum.

tenziektes, werd het hongerspook een vertrouwde verschijning in de arme buurten van de stad.

Koos trachtte het tij te keren door zich te richten op de exploitatie van balata. Duitse onderzoekers hadden rond de eeuwwisseling een procédé ontdekt om deze natuurrubber af te tappen van de in de kolonie veel voorkomende bolletrieboom. Weliswaar was de exploitatie van de grondstof voor de fabricage van drijfriemen en isolatiemateriaal niet zo lucratief als die van goud, maar het bracht aanzienlijk minder risico's met zich mee en buitenlandse maatschappijen stuurden de *balatableeders* inmiddels met honderden tegelijk het oerwoud in. Als een van de weinige geboren Surinamers bezat Koos Nods zowel het kapitaal als het lef om de dure rubberexpedities zelf uit te kunnen rusten en na enkele succesvol verlopen ondernemingen ten oosten van de Surinamerivier organiseerde hij in 1914 een grootscheepse expeditie naar het stroomgebied van de Amazone. Maar deze keer liet het geluk dat hem tot dan toe zo trouw terzijde had gestaan hem hardhandig in de steek. Een groot deel van zijn contractarbeiders werd geveld door jungleziektes, de rest ging er in een onbewaakt ogenblik met de opbrengst vandoor.

Het avontuur kostte Koos een groot deel van zijn fortuin en noodzaakte hem met zijn gezin te verhuizen naar de Waterkant, midden in het commerciële hart van Paramaribo, met een weids uitzicht over de Surinamerivier. Het adres was misschien wat minder slaperig chic dan het vorige, maar nog altijd uiterst prestigieus. Want de Waterkant was al vanaf de beginjaren van de kolonie de plek geweest waar alles om draaide en op de houten steigers die de verbinding met de rest van de wereld vormden, lagen de voetstappen van iedereen die Suriname had gemaakt tot wat het was. Het luidruchtig gestamp van de laarzen van de Europese zeerovers die elkaar het gebied hadden betwist, het getrippel van de fijne geborduurde muiltjes van de joodse plantersvrouwen, het gestommel van in lompen gehulde zolen van landverhuizers en natuurlijk het doffe geluid van tienduizenden blote zwarte slavenvoeten.

Het nieuwe domicilie van de familie Nods was een withouten pand op nummer 76 met twee verdiepingen, een hoge middenopbouw en lage zijvleugels. Het huis lag tussen de Waag en de creoolse markt, pal aan het spoorlijntje naar het zuiden, en was dus een perfecte locatie voor de zaak in expeditiebenodigdheden die Koos op de benedenverdieping vestigde. Waldemars vader bleek echter veel te onrustig om zijn leven achter een toonbank te slijten en trok er al snel weer opuit met zijn schoener, deze keer naar Brazilië waar hij goud en edelstenen ging zoeken. Wat de kinderen niet wisten – het is zelfs de vraag of Eugenie ervan op de hoogte was – was dat hij op zijn reis naar Rio de Janeiro vergezeld werd door een zeventien jaar jongere dame, met wie hij al in Paramaribo in het huwelijk was getreden. Van Eugenie scheiden deed Koos echter nooit: in een wereld waarin het onderhouden van meerdere concubines volledig geaccepteerd was, ging hij er kennelijk van uit dat datzelfde voor wettige echtgenotes gold.

In de jaren die volgden functioneerde Koos nog volop binnen zijn eerste gezin. Ieder jaar ging hij met Eugenie en de kinderen op vakantie naar Barbados en met zijn zonen zeilde hij geregeld naar de Britse kolonie Trinidad, om paarden te kopen voor hun rijtuig in Paramaribo. Maar de Grote Oorlog ziekte door, de balata-industrie schrompelde ineen als gevolg van dalende prijzen en roofbouw en de economische vooruitzichten van Suriname versomberden. En naarmate hij vastere voet aan de grond kreeg in het rijke Brazilië, liet hij zich steeds minder vaak zien aan de Waterkant. Want onder het laklaagje van respectabel burgerman dat hij zich had aangemeten, was Koos Nods toch altijd een avonturier gebleven, een rollende steen die achter zich liet wat hem niet meer van pas kwam.

Waldemar, die zes was ten tijde van de verhuizing naar de Waterkant, lijkt de steeds veelvuldiger afwezigheid van zijn vader nauwelijks opgevallen te zijn. Zijn wereld bestond uit vrouwen: zijn moeder, zijn zorgzame zuster Hilda, de tot op het bot verwende kleine Lily en hun voormalige kindermeisje May, dat de scepter zwaaide over de fröbelschool waar hij in de ochtenden naartoe ging. De vloerplanken van zijn nieuwe wereld aan de rivier waren rood geschilderd, het rood van de verfboom, en op het balkon aan de voorzijde kon hij de hele dag zitten kijken zonder zich een moment te vervelen. Altijd was er beneden op straat wel iets te zien – karren die ratelden over de keien, straatventers die schreeuwend probeerden hun waren aan de man te brengen, kleurig uitgedoste bosnegers en mensen van allerlei rassen die afkwamen op de creoolse markt die dagelijks werd gehouden op de grote, door korjalen omstuwde steiger die *agu tobo*, 'varkenstrog', werd genoemd.

Eens per dag denderde met luid geraas het stoomtreintje langs, dikke roetwolken uitbrakend die meteen over de rivier vervlogen. Voor oudere jongens, zoals Waldemars doerak van een broer Decy, was het een geliefkoosde sport om achter op de wagons te springen en eraan te blijven hangen tot het punt waar de Waterkant van de rivier afboog. Maar vooral in de droge tijd veroorzaakten overspringende vonken van de trein regelmatig brand – zo was onlangs nog een *Omu Sneisi*, een Chinese kruidenierszaak, in vlammen opgegaan. Waldemars moeder had dan ook altijd een paar emmers bluswater op de voorgalerij klaarstaan.

Links van hun huis kon Waldemar nog net de omtrekken onderscheiden van Fort Zeelandia en de kanonnen die de stad sinds mensenheugenis verdedigden tegen kapers op de kust. Ervoor lag de met een zonnewijzer getooide Marinetrap, waar de gouverneur de sloepen van bezoekende marineschepen en tentboten met deftige gasten uit Holland placht te verwelkomen. De grootste en belangrijkste steigers waren echter die achter de Waag, schuin voor huize Nods, waar de rivierboten aanmeerden en in welvarender tijden de passagiers van de stoomschepen uit Europa aan land kwamen.

's Avonds, als de duisternis van het ene op het andere moment inviel, zag Waldemar de lantaarnopsteker die met een haak aan een stok het gaskousje van de straatverlichting omhoogtrok en het vuur aanstak. Even later zag hij vleermuizen en nachtvlinders in de lichtkringen bij de bloeiende kamperfoelie naast het huis cirkelen. In bed hoorde hij flarden jazzmuziek, met de wind meegewaaid uit de cafés rond de Saramaccastraat, en het gezang van Hollandse matrozen, op weg naar hun barakken in Fort Zeelandia. En op zondagochtend, als alle winkels dicht waren, zag hij de hele stad op haar paasbest langs de Waterkant flaneren. Zelfs de blanken, die zich meestal opsloten in hun verduisterde huizen of in hun sociëteit, lieten zich deze kans op nieuwtjes en roddels, op zien en gezien worden, niet ontgaan. En 's middags trok iedereen naar het Oranjeplein, waar voor het paleis van de gouverneur naast de Palmentuin de wekelijkse muziekuitvoering plaatsvond.

Maar mooier nog dan dit alles, mooier zelfs dan de jaarlijkse roeiwedstrijden op Koninginnedag, vond hij de rivier zelf. Hij kon er de zilte geur van de oceaan ruiken en de hemel erboven was altijd anders. Soms blauw, met hoge stapelwolken die langsgleden als de zeilboten beneden op het water, soms bijna wit van de zinderende hitte en dan weer zo donker dat hij de grijsgroene strook oerwoud aan de overkant haast niet meer kon zien. Dan rook hij de geur van de regen al voor die even later als een gordijn naar beneden kletterde. Na zo'n *sibibusi* was de stad weer blinkend schoongewassen. Overal rook het naar de bloesems van de citroen-, sinaasappel- en tamarindebomen die de brede zandstraten omzoomden en in de kronen van de palmen in de Palmentuin die er eerder nog zo vermoeid en stoffig hadden uitgezien, verschenen bijna van het ene op het andere moment fiere, frisgroene sprieten.

Dat de schoener van Koos Nods steeds minder vaak op de rede voor het huis lag te dansen, was nauwelijks iets bijzonders. Vaders waren er haast nooit, dat was nu eenmaal zo. Het merendeel van zijn gekleurde vriendjes werd alleen door hun moeder opgevoed, en het was al reuze chic als er überhaupt iemand was die je je vader kon noemen, zeker als die ook nog officieel getrouwd was met je moeder. Voor Waldemar en zijn broer en zussen was er ook nooit een geheim van gemaakt dat er allerlei oudere halfbroers van hen door de stad liepen, eentje zelfs met dezelfde achternaam als zij. Maar dat was een arme, zwarte landarbeider in een buitenwijk, met wie zij als deftige kinderen natuurlijk niet konden omgaan.

Voor Waldemar was zijn vader een haast mythische figuur, die af en toe in zijn leven opdook en de meest fantastische verhalen vertelde over Brazilië, waar hij als eigenaar van onder andere een hotel en een edelsteengroeve inmiddels leefde als *grand seigneur*. Eigenlijk was het enige dat hij merkte van zijn geleidelijke vertrek uit hun leven de verandering in zijn moeder. Nog stiller geworden dan ze van nature al was, besteedde Eugenie des te meer aandacht aan hem, de aanhankelijkste en dromerigste van haar kinderen.

∽

Op 10 december 1918 verzamelde heel Paramaribo zich aan de Waterkant. De Grote Oorlog was afgelopen, en voor het eerst sinds jaren voer er weer een Hollands schip de Surinamerivier op. De kanonnen van Fort Zeelandia lieten bij wijze van welkom aan de *Vulcanus* een donderend saluut horen en op het Oranjeplein werd die middag gratis brood uitgedeeld om te vieren dat er weer meel was, en daarmee hoop – hoop dat de tijden beter zouden worden nu de verbinding met het moederland eindelijk was hersteld.

Maar de tijden werden niet beter. Integendeel, enkele weken later maakte een snel om zich heen grijpende griepepidemie duizenden slachtoffers onder de verpauperde bevolking en in de maanden daarna werd duidelijk dat het einde van de oorlog te laat was gekomen om de zieltogende economie van de kolonie nieuw leven in te kunnen blazen. De goudvelden waren uitgeput, de wereldhandelsprijzen van natuurrubber gezakt tot een historisch dieptepunt en de gouden jaren van Suriname voorgoed voorbij. Bijna ieder jaar zagen de Koloniale Staten zich nu gedwongen de vernederende gang naar Holland te maken om hun begroting sluitend te krijgen. De werkloosheid nam ongekende proporties aan, vooral onder de creolen, die geduchte concurrentie hadden gekregen van de vele tienduizenden Hindostanen en Javanen die na de afschaffing van de slavernij naar de kolonie gehaald waren om het slavenwerk op de plantages te doen.

Wie de kans had maakte dat hij in het buitenland kwam. Zwarte mannen zochten hun heil op de Antillen of in Venezuela, waar in de opkomende olie-industrie goed geld te verdienen viel; kleurlingen gingen naar Nederlands-Indië, waar de Nederlandsche Handel-Maatschappij de relatief goed ontwikkelde en verhollandste Surinamers graag in dienst nam. En de welgestelden trokken terug naar het bloeiende en in hoog tempo verindustrialiseerde Holland. Onder hen bevonden zich ook veel van de joodse families die van oudsher de ruggengraat van de kolonie hadden gevormd. Na de afschaffing van de beperkende maatregelen jegens hun volk in 1825 hadden zij zelfs zoveel invloed gekregen dat de kolonie praktisch door joden werd bestuurd. Salomon Soesman, de eigenaar van Waldemars grootmoeder Mietje, was in 1826 als jongeman uit Amsterdam naar de kolonie gekomen en had het weten te schoppen tot een van de rijkste mannen van Suriname en het vice-voorzitterschap van de Koloniale Staten. Na de afschaffing van de slavernij was hij uiteindelijk ten onder gegaan met de plantagesamenleving die hem groot gemaakt had. Teruggaan naar Europa, zoals de Hollanders destijds deden, werd nog veel te gevaarlijk geacht. Maar nu, in deze verlichte twintigste eeuw, meenden de joden in het oude land niet zoveel meer te duchten te hebben en gingen ze met een gerust hart terug.

Koos was inmiddels geheel uit zijn gedoemde vaderland verdwenen en had Eugenie alleen achtergelaten in het grote huis aan de Waterkant. Zo goed en zo kwaad als het ging redde zij zich met de almaar slinkende huuropbrengst van de benedenetage en de laatste resten van het onroerendgoedbezit van haar man. Toen dat niet meer voldoende opbracht verkocht ze de sieraden die de meest tastbare herinneringen aan haar vroegere weelde vormden. Vervolgens probeerde ze een hotel op te zetten. Het pand was er ruim genoeg voor en in normale tijden was de locatie ideaal geweest. Maar waar de steigers vroeger hadden gewemeld van Europese gasten op zoek naar een comfortabel bed in een beschaafde omgeving, bleven ze nu akelig leeg. Investeerders waagden zich niet meer in die bodemloze put aan de andere kant van de oceaan en de ambtenaren die in de nacht van 31 juli op 1 augustus 1921 aan de deur kwamen in het kader van de Grote Volkstelling, telden op Waterkant 76 slechts één persoon die niet tot het gezin behoorde

– een kostganger die als kantoorbediende werkzaam was.

Maar al had Eugenie nu de grootste moeite de eindjes aan elkaar te knopen, nog steeds leefden zij en haar kinderen zoveel mogelijk als leden van de *upper class*. De inmiddels zestienjarige Hilda werd al jaren het hof gemaakt door een machinist op de grote vaart, maar als ware kleindochter van oma Elder had ze de finesses van de sociale standsverschillen met de paplepel ingegoten gekregen en weigerde ze hem keer op keer. Want al waren ze gedwongen om kamers te verhuren, ze waren nog steeds de kinderen Nods en een zwarte schoenmakerszoon met kroeshaar was simpelweg beneden haar stand. Liever werkte ze op de boekhouding van een kruideniersbedrijf om haar moeder te helpen. Nog steeds aten ze zelfs bij de grootste hitte iedere zaterdag gebakken kalfslever met aardappelen, een typisch Hollands maal. Want hoe ongeduldig de Nederlandse regering de armlastige kolonie ook van zich af trachtte te schudden en hoezeer er in Paramaribo ook geklaagd werd over de arrogantie, bemoeizucht en zuinigheid van 'Den Haag', nog altijd was het moederland het symbool van de grote wereld, de bron van alle kennis en voorspoed.

Met name de creoolse bevolking voelde zich onafscheidelijk verbonden met het Koninkrijk der Nederlanden en het koningshuis. Toen koningin Wilhelmina in 1923 haar zilveren regeringsjubileum vierde was er ondanks de economische malaise dan ook geen rijksdeel waar verhoudingsgewijs zoveel geld voor haar cadeau werd ingezameld als dat aan de Surinamerivier. En nog steeds was het de droom van elke ontwikkelde Surinaamse ouder om zijn of haar kind een Europese opleiding te kunnen geven. Ook Eugenie zette alles op alles om tenminste nog deze ambitie uit betere tijden te verwerkelijken, al was dat in de katterige werkelijkheid van de Surinaamse jaren twintig bijna onbetaalbaar geworden. Terwijl een jaarsalaris van duizend gulden in de kolonie als topinkomen gold, kostte een tweedeklasticket voor de overtocht minimaal tweehonderd gulden, en levensonderhoud en schoolgeld in het dure Holland maandelijks al snel 175 gulden.

Decy was te zeer een zoon van zijn avontuurlijke vader gebleken om voor de schoolbanken te deugen, en zodra hij zestien was, was hij vertrokken naar Curaçao, op zoek naar het fortuin waar het zijn vaderland nu zo schromelijk aan ontbrak. En dus was het aan zijn jongere broer Waldemar om de droom van zijn moeder waar te maken. Vanaf 1 juli 1923 ging hij naar de Hendrikschool, de enige opleiding in de kolonie die een in Holland erkend mulo-diploma afgaf. Ooit was deze school aan de Gravenstraat het exclusieve domein van de kinderen van plantage-eigenaren, rijke joden en Hollandse gezagsdragers geweest. De enige zwarten die je er zag waren de donkere dienstmeisjes die in de pauzes hun jonge meesters bij de poort stonden op te wachten met dienblaadjes met daarop glazen chocola of stroop, keurig afgedekt met papier tegen de vliegen. Maar met de leegloop van de kolonie in de tweede helft van de negentiende eeuw was ook dit instituut van kleur verschoten en in 1891 had men de eerste volbloed Afrikaanse leerling toegelaten. Inmiddels vormden creolen bijna de helft van zowel leerlingenbestand als lerarenkorps van de Hendrikschool.

Overigens betekende dit laatste geenszins dat het rassenonderscheid was verdwenen. Al waren de Surinaamse leraren meestal aanzienlijk geliefder dan de Hollanders – die het dédain voor het 'apenland' waarin ze terecht waren gekomen vaak maar al te zeer lieten blijken –, ze genoten toch minder aanzien. Het spreken van Negerengels was verboden, de in de tropen uiterst onpraktische Nederlandse lestijden werden aangehouden en de lesstof was een exacte kopie van die in het moederland. Wilden de leerkrachten hun pupillen iets bijbrengen over hun eigen land, dan moesten ze daarvoor hun eigen methodes verzinnen. Zo toonde de juffrouw van de eerste klas na een regenbui op het door bloeiende petrea's omzoomde schoolerf hoe kleine stroompjes vanuit hogergelegen land hun weg zochten naar zee en zich gaandeweg verenigden tot de grote en brede rivieren als de Surinamerivier en de Commewijne.

Waldemar was een opgewekte en makkelijke leerling, maar echt dol op studeren was hij niet. Liever zwierf hij met zijn vriendjes door de stad. Want al had de Parel van de West dan haar gouden zetting en een groot deel van haar glans verloren, voor jonge tropenjongens zoals hij was de stad nog steeds een waar eldorado, een onuitputtelijke bron van avontuur en afleiding. Als de klok van de beroemde houten kathedraal naast de school 's middags drie geslagen had was de rest van de dag van hen. Ze gingen auto's kijken bij Bourne aan de Waterkant, vissen in de Sommelsdijkkreek of naar Fort Zeelandia om de aankomst van de grote schepen te zien. Ze verkenden de groene wijken aan de rand van de stad, waar Javanen en *boeroes*, arme Hollandse boeren die naar Suriname verscheept waren, hun akkers bewerkten en waar je de zoete mango's zo van de bomen kon plukken. Alleen in het ondoordringbare junglebos erachter waagden ze zich niet, want als de meeste stadscreolen plachten ze elkaar de griezeligste verhalen te vertellen over alle wilde beesten en het gespuis dat daar rondzwierf. Lie-

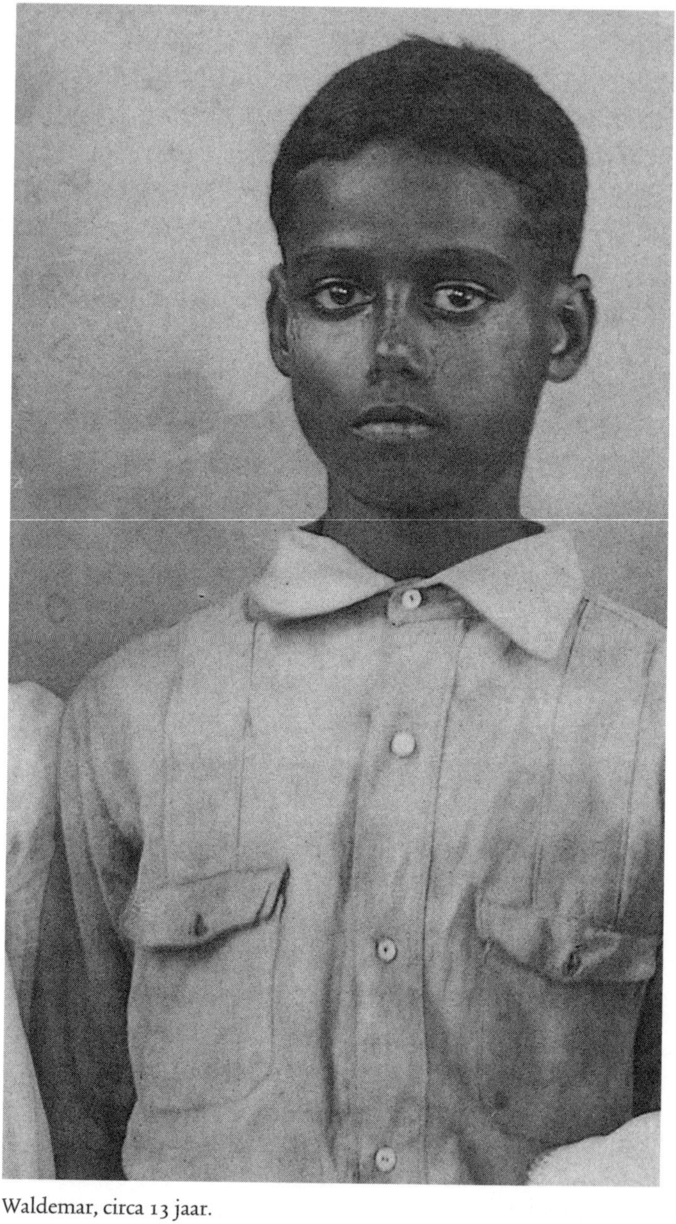

Waldemar, circa 13 jaar.

ver gingen ze met bootjes de rivier op om te vissen, te zwemmen en te spelevaren.

Aan dit onbezorgde leventje kwam een abrupt einde toen Waldemars moeder in maart 1924 met spoed opgenomen werd in het roomse ziekenhuis aan de Koninginnestraat. Enkele dagen later overleed Eugenie, nog maar vijftig jaar oud, aan een blindedarmontsteking. Nadat haar kinderen haar ten grave gedragen hadden op de lutherse begraafplaats aan de Wanicastraat, werd het huis aan de Waterkant ontruimd. Waldemar en zijn zussen trokken in bij hun tante Marie in haar ruime herenhuis aan de Wagenwegstraat. Eugenies zuster was getrouwd met een ambtenaar en behoorde aldus tot de groep die het minst onder de crisis geleden had. Ze stond bekend als een wat koele vrouw, maar op haar ondemonstratieve wijze zorgde ze uitstekend voor hen. Voor zijn vier neefjes was Waldemar een soort bewonderde oudere broer, die hun zijn lange broeken leende als ze de leeftijdsgrens in Paramaribo's enige bioscoop wilden ontduiken. In juli 1926 deed hij eindexamen. Twee maanden later werd hij samen met zijn medegeslaagden luid toeterend in een open auto door Paramaribo gereden en begonnen de voorbereidingen om de laatste wens van zijn overleden moeder in vervulling te laten gaan.

∽

Zijn hele jeugd had Waldemar ze zien vertrekken, de door iedereen benijde *ocean swimmers*, en nu was hij zelf zo'n jongeman die naar Holland zou gaan, een veelbelovende toekomst tegemoet. Voor de opvang aan gene zijde had Hilda gezorgd. Hun vader had ooit een zoon verwekt bij een getrouwde minnares die tien jaar eerder naar het moederland was geëmigreerd. Deze David Millar had zich schriftelijk bereid verklaard zich over zijn halfbroertje te ontfermen, mits deze voor zijn neef door zou gaan. Want in Holland, zo schreef hij, dachten ze nu eenmaal wat minder verlicht over dit soort zaken.

Op zaterdagochtend 22 oktober 1927 werd Waldemar door familie en vrienden met een klein bootje naar de steiger van Belwaarde gebracht, waar de ketels van de *Oranje Nassau* al op stoom gebracht werden voor de grote oversteek. Waldemar kende het schip goed, al was het maar omdat hij regelmatig met zijn vriendjes met hun bootje achter de achtersteven had gehangen. Het schip, dat ruim honderd meter lang was en ruimte bood aan zo'n zestig passagiers, was eigendom van de Koninklijke Nederlandse Stoomboot Maatschappij, die de vierwekelijkse Surinamelijn sinds kort exploiteerde. Het was al meer dan twee maanden onderweg en nu vanaf New York en de West Indische havens op weg naar thuishaven Amsterdam. Rond het middaguur klonk het schrille geluid van de stoomfluit en werden de ankers ratelend opgehaald.

Langzaam kwam het schip tot leven en gleed Waldemar weg uit de wereld die de zijne was. Al spoedig waren de afscheidskreten van de achterblijvers op de steiger niet meer te horen en klonk nog slechts het zachte, monotone gedreun van de machines in de buik van het schip. Niet veel later waren ook hun zwaaiende armen niet meer te onderscheiden. Paramaribo schitterde verblindend wit in de felle zon, de bomen aan de Waterkant oogden stoffig en de bossen aan de oever van de rivier even onafzienbaar en ondoordringbaar als altijd. Af en toe schemerde het wit van een oud plantagehuis door het groen en woei de wind de geuren van bloeiende mahoniebomen en verbrand hout naar het dek. Na een kilometer of vijf kwam Fort Nieuw Amsterdam in zicht en als altijd deed het daar afgevuurde afscheidsschot de apen in de omringende jungle krijsend opschrikken. Maar nu waren het andere jongens die hun bootje losmaakten en wuivend een laatste groet naar de passagiers riepen en kon Waldemar niet meer het water in duiken om zich door het opkomend tij naar huis te laten dragen. Hij voer mee tot waar het zanderige water van de rivier zich mengde met het azuur van de oceaan. De koers was noordnoordoost – ze voeren weg van de zon, de invallende duisternis tegemoet.

∽

De reis begon prachtig. De thermometer mat nog steeds temperaturen van boven de dertig graden, maar de zeewind was koel en aangenaam en de Atlantische Oceaan strekte zich blauw en vlak uit zo ver als het oog reikte. Als zilveren sterretjes scheerden vliegende vissen boven het water, en af en toe zwommen er glanzende dolfijnen met hen mee. Aanvankelijk konden de passagiers de lage kustlijn van de Guyana's nog zien. Ergens in die eentonige groene band aan de horizon lag de vervallen en verlaten plantage waar Waldemars familie vandaan gekomen was en waar zijn halfindiaanse overgrootmoeder, de slavin Prinzes, en haar moeder Aurora nog steeds rustten op een door de jungle geheel overwoekerd slavenkerkhof.

Iedere ochtend ging de zon eerder op en moesten de scheepsklokken naar voren worden bijgesteld; iedere avond weer verdween ze eerder in het kielzog van het schip. Na een dag of vier verliet de *Oranje Nassau* het Caribisch gebied en begon aan de 'Middenpassage', zoals het zeevarend volk

De *SS Oranje Nassau* voor de Surinamekade te Amsterdam. Collectie Nederlands Scheepvaartmuseum Amsterdam.

de beruchte oversteek tussen de continenten noemde. Ruwweg volgde ze dezelfde route als de Europese slavenhouders eeuwen eerder met hun houten zeilschepen vol menselijke ellende – die van de in een benauwd ruim gestouwde slaven, en die van de arme sloebers die als matroos meevoeren en van wie nog minder de reis overleefden, al was het maar vanwege de cynische omstandigheid dat hun leven in tegenstelling tot die van de zwarten echt geen cent waard was.

Maar ook op de *Oranje Nassau* voer de dood mee. Want omstreeks vijfentwintig graden noorderbreedte, toen er stormveren aan de strakblauwe lucht en koppen op de golven – 'witte paarden' zoals de varensgasten ze noemden – verschenen, overleed een veertigjarige Deense medepassagiere aan de gevolgen van malaria. Nog maar enkele maanden eerder waren zij en haar gezin hoopvol naar Suriname gekomen, als zovele landverhuizers vóór hen naïef en totaal onvoorbereid op de extremen van het tropisch klimaat en de slechte economische situatie in het land. Tijdens de verzengende hitte in de Grote Droge Tijd was ze zo ziek en koortsig geworden dat haar man en twee kinderen hun laatste geld bij elkaar hadden geschraapt en de eerste de beste boot hadden genomen, weg van dit onzalig oord, terug naar de milde groene heuvels van Denemarken, die mevrouw Ericson nu niet meer zou terugzien.

Een dode aan boord bracht ongeluk, dat wist iedereen, en er werden voorbereidselen getroffen om de overledene zo snel mogelijk een zeemansgraf te geven. Maar toen de echtgenoot en kinderen begrepen dat het de bedoeling was het lichaam van mevrouw Ericson aan de golven prijs te geven, begonnen ze hevig te protesteren: zou zij overboord gezet worden, dan ging de rest van het gezin ook. Koelcellen waren er niet op het schip, en uiteindelijk had de kapitein geen andere keuze dan de scheepsarts de onplezierige taak op te dragen het lichaam zo goed en zo kwaad als dat ging met alcohol en zout te prepareren en de kist op het hoogste dek te laten vastsnoeren.

In de Golf van Biskaje brak de storm in volle hevigheid los. Dagen achtereen werd het schip ruw heen en weer gesmeten. In de kajuiten rolde alles wat niet vastzat heen en weer en als Waldemar van zijn hut naar de passagiersmess liep, moest hij zich met handen en voeten overeind zien te houden. De lijkkist verspreidde inmiddels een ondraaglijke lucht, die over het hele schip te ruiken was. Pas in het Kanaal kwam de wind een beetje tot bedaren. Op topsnelheid ploegde de *Oranje Nassau* met haar macabere last door de loodgrijze golven. De bijgelovige zeelieden wilden niets liever dan dit ongeluksschip zo snel mogelijk verlaten, en deden wat ze konden om het oponthoud in de havens van Plymouth en Le Havre tot een minimum te beperken. De passagiers probeerden de geur van de dood in hun neusgaten te negeren en telden de dagen tot ze de Surinamekade in de Amsterdamse haven zouden bereiken.

Vier dagen vóór op schema koerste het schip op de sluizen van IJmuiden af. Het eerste wat Waldemar zag van zijn nieuwe land waren de duinen, die opdoemden aan een grijze horizon, en de vlakke, doorweekte weilanden aan weerszijden van het Noordzeekanaal. Huiverend stond hij in zijn chique, veel te dunne tropenjasje aan de reling, zijn bruine huid vreemd vaal onder het noordelijke licht. Het was inmiddels november geworden, en het regende en waaide in Holland. De laatste blaadjes klampten zich vast aan hun takken en de mensen spoedden zich over natte wegen, op weg naar beschutting en een plek die ze thuis konden noemen.

3

De kostganger

Het beloofde land waar Waldemar en zijn vriendjes, schommelend in de buigzame takken van de guaveboom, over gefantaseerd hadden was vanaf het moment dat hij voet aan wal zette totaal anders dan hij had verwacht. Die eerste passen op Hollandse bodem lieten overigens nog dagen op zich wachten, want zodra de *Oranje Nassau* aan de Amsterdamse Surinamekade had afgemeerd, begonnen zijn Deense reisgenoten luidkeels om de politie te roepen. Ze deden aangifte van moord: de scheepsarts zou hun vrouw en moeder niet naar behoren behandeld hebben. Haar inmiddels in verregaande staat van ontbinding verkerende lichaam was het bewijs. Hangende het onderzoek moesten alle opvarenden op het schip blijven en het duurde nog bijna een week voor Waldemar door zijn 'oom' David Millar mee naar Den Haag werd genomen.

Het was een vreemde nieuwe wereld waar Waldemar in terechtkwam. De bomen zagen eruit alsof ze dood waren, zo kaal waren ze. De straten en stoepen leken met een liniaal getrokken, en – dat was misschien nog wel het merkwaardigste – blanke mensen deden hier werk waar in Suriname zelfs een kleurling nog zijn neus voor ophaalde, zoals het ophalen van vuilnis en het vegen van de straat. Alles was anders: zelfs de maan stond hier stram rechtop, in plaats van lekker onderuit te liggen, zoals thuis.

Het klimaat was koud, en de mensen nog veel kouder. Davids vrouw bijvoorbeeld deed vreemd koel tegen hem. Hoe rustig en beleefd hij ook was, Christien had op alles wat Waldemar deed of liet wel wat aan te merken. Ook haar twee kinderen gedroegen zich merkwaardig – ze leken een beetje bang van hem en kropen onder de tafel als hij grapjes met ze probeerde te maken. David Millar zelf had amper tijd voor zijn halfbroer. Als hij al een keer thuis was, dan was hij kortaangebonden omdat hij het op zijn werk zo druk had.

De meeste Surinamers die naar Nederland kwamen vestigden zich in het kosmopolitische, losse Amsterdam, waar in de matrozencafés rond de Zeedijk en in het havengebied veel landgenoten te vinden waren. Inmiddels was daar een bloeiende gemeenschap ontstaan, met enkele eigen verenigingen, zoals de Bond van Surinaamse Arbeiders in Nederland en de Vereniging Ons Suriname. Maar Den Haag had noch de sfeer noch het uitgaansleven waarin West-Indiërs aansluiting konden vinden. Bovendien waren de klassenverschillen met de boot meegereisd. Want de Surinaamse mannen waren in Hollandse ogen dan wel even zwart, onderling waren de sociale scheidingen uit de kolonie maar al te zichtbaar en dacht een gekleurde student er niet aan om op gelijke voet te verkeren met een zwarte machinist.

Hoeveel minder rijk de Nodsen in de loop der jaren ook geworden waren, in Paramaribo had Waldemar nog altijd onmiskenbaar tot de elite behoord. Maar hier was hij opeens een arme zwarte sloeber te midden van alle welvaart om hem heen. Want de guldens die met de grootste moeite door zijn familie voor hem bij elkaar werden geschraapt vertegenwoordigden thuis een fortuin en waren hier nog niet eens voldoende om wat warme kleren van te kopen.

In zijn kostgezin was Waldemar duidelijk niet welkom, op de cursus die hem moest voorbereiden op de universiteit was hij een buitenstaander en op straat een bezienswaardigheid. Soms probeerden mensen hem stiekem aan te raken om te kijken of hij af zou geven en in de tram staarden kinderen naar hem alsof hij de boeman in eigen persoon was. Verwezen dwaalde hij dat eerste jaar langs de eindeloze straten en huizenblokken van Den Haag. Niemand kende hem, niemand leek hem te willen kennen, en hij was schuw en onzeker geworden, en vooral heel erg alleen.

Zelfs de zomer had Waldemars voortdurende heimwee naar Paramaribo, het ontspannen tropenleventje en de rivier niet kunnen wegnemen. De kleuren van de Hollandse bloemen waren flets in zijn ogen, en nauwelijks was het wat warmer geworden of de herfst kondigde zich alweer aan. Toen Christien hem vertelde dat hij diende te verhuizen naar een nicht van haar, die net een pension begonnen was, had hij de moed al opgegeven dat het ooit beter zou worden. Want weer was het november, en wachtte hem een winter waarvoor hij noch de kleding, noch het karakter bezat om zich er goed tegen te kunnen beschermen.

∽

Op dinsdagochtend 20 november 1928 betrokken Rika en haar kinderen de bovenwoning in de Azaleastraat. Dezelfde dag trok Waldemar bij hen in. Ruim twee weken na de verhuizing liet Rika haar gezin portretteren door een fotograaf ter gelegenheid van Sinterklaas. De kinderen kijken tamelijk treurig de camera in. Weggerukt van het eiland en hun vriendjes, waren ze nog lang niet gewend aan hun nieuwe leven. Hun moeder oogt serieus, maar wel weer een stuk slanker en rustiger dan op de foto's van eerder dat jaar. Met een eigen huis had ze weer vaste grond onder de voeten gekregen, temeer daar ze nu niet alleen haar kinderen had om haar warmte en zorgzaamheid op uit te leven, maar ook de kostganger, die haar met zijn donkere huid zo exotisch maar tegelijk ook merkwaardig snel vertrouwd was voorgekomen – al was het maar omdat ze iedere dag zijn eten maakte, zijn kleren waste en zijn bed verschoonde. Ze vond Waldemar veel te mager voor zijn lengte en leerde speciaal voor hem hoe ze rijst moest koken, die hij opat met de jus die de rest van het gezin over de aardappels deed.

Waldemar bloeide zichtbaar op in Rika's licht chaotische maar altijd vrolijke huishouden. Hij genoot van de reuring van een groot gezin en had eindeloos geduld met de kinderen, die met open mond luisterden naar de verhalen over dat wonderlijke warme land waar hij vandaan kwam, waar de blaadjes altijd aan de bomen bleven, je nooit dikke kleren hoefde te dragen en je altijd kon zwemmen. Als zijn hospita de radio aanzette, begonnen zijn ogen te glanzen en soms waagden ze samen een dansje, gewoon voor de aardigheid. En 's avonds, als de kinderen sliepen, was het voor Rika toch wel heerlijk dat er een volwassene in huis was met wie je kon praten. Natuurlijk, hij was een stuk jonger dan zij, maar hij kon goed luisteren en kwam uitermate verstandig uit de hoek. En het was een mooie man, dat viel niet te ontkennen, zeker nu hij wat steviger werd en een beetje loskwam.

'Blanke vrouwen zijn zachter,' hadden Waldemar en zijn vriendjes elkaar vroeger wereldwijs verteld, en hoewel hij het waarheidsgehalte ervan in zijn eerste jaar in Holland ernstig betwijfeld had, begon hij op de Azaleastraat te geloven dat er misschien toch wel een kern van waarheid in zat. Want zijn hospita was ontegenzeggelijk een lieve en warme vrouw. Ze deed hem zelfs wat aan zijn moeder denken, die ondanks het feit dat ze slecht behandeld was door haar man en er vervolgens alleen voor had gestaan, toch ook altijd aardig en behulpzaam voor iedereen was gebleven. Rika's levenslust en zelfstandige houding leken op die van de Surinaamse vrouwen, en al was ze dan een stuk ouder dan hij, met haar struise figuur was ze nog altijd een aantrekkelijke vrouw – zeker nu ze zichzelf steeds beter verzorgde en hem met van die lachende ogen kon aankijken.

Op een winterse dag in januari 1929 fotografeerden hospita en kostganger elkaar in de versgevallen sneeuw in de

Waldemar en Rika in de Azaleastraat te Den Haag, februari 1930.

Azaleastraat. Beiden hadden zich zichtbaar uitgedost voor de gelegenheid. Met zijn pak, zwierige hoed, lichte regenjas en sigaret in de hand kon Waldemar zo weggelopen zijn van een van de portretten van elegante Surinaamse mannen waarmee schilderes Nola Hatterman in deze jaren opzien baarde. Rika stond er koket bij in haar met bont afgezette mantelpakje, en iets in haar blik suggereert dat de verhouding tussen haar en Waldemar toen al niet helemaal zakelijk meer was. De maand daarop was dat zeker niet meer het geval, want in de vroege lente moet ze zich gerealiseerd hebben dat ze weer zwanger was, en dat dat alleen maar van haar jonge, zwarte kostganger kon zijn.

Abortus was in die dagen een weliswaar illegale, maar desondanks wijdverbreide praktijk en het zegt dan ook iets over de gevoelens van Rika dat ze besloot het kindje toch te laten komen. In de rustige, zorgzame Waldemar had ze gevonden wat ze in haar huwelijk had gemist: een man die haar steunde en haar nooit ofte nimmer zijn wil probeerde op te leggen. Ze was verliefd, en vast van plan om met hem haar leven te delen. Ondertussen had Willem Hagenaar nog steeds niet toegestemd in een scheiding. Hij had gesolliciteerd naar een baan in Nederlands-Indië, wellicht in de hoop dat hij met zijn gezin een nieuwe start kon maken in de kolonie, waarvan de vrijgevochten sfeer en het bloeiende sociale leven zijn Rika op het lijf geschreven zouden zijn. Maar voor haar was het alleen maar een opluchting dat haar wettige echtgenoot van zins was het land te verlaten – het zou de toekomst van haar en haar nieuwe, nog altijd geheime liefde er een stuk makkelijker op maken.

Nu was het een uitkomst dat Rika nogal eens met haar gewicht worstelde. Ze deed gewoon de jurken uit haar dik-

Waldemar op kampeertocht met Wim, zomer 1930.

kere periode aan en vertrouwde erop dat tegen de tijd dat de zwangerschap zichtbaar zou worden, haar kinderen net zo gehecht zouden zijn aan Waldemar als zij. Vooral haar oudste zoon kon het al bijzonder goed met zijn nieuwe huisgenoot vinden. Wim beschouwde hem als zijn speciale vriend, die al veel van de wereld had gezien en met wie hij echte jongensavonturen kon beleven. In de zomer van 1929 maakten ze samen een lange fiets- en kampeertocht met een tandem, waarbij Wim tot zijn verrukking altijd voorop mocht zitten. Tijdens de eerste communie van Jan maakte ook de familie Van der Lans kennis met Rika's kostganger. Ze waren bijzonder over hem te spreken: wat een sympathieke jongen, en zo beschaafd.

Waldemar zelf zag ondertussen weinig belemmeringen voor een relatie tussen hem en zijn hospita. Binnen de Surinaamse verhoudingen waren seksuele relaties nu eenmaal aanzienlijk minder beladen dan in Holland en het was de

Waldemar en Rika op het strand met oom Bob en vriend, zomer 1930.

normaalste zaak van de wereld dat vrouwen kinderen van verschillende mannen hadden. Ook een flink leeftijdsverschil werd daar niet als onoverkomelijk beschouwd. En dus was hij die zomer dag na dag met Rika en haar kinderen te vinden aan het Scheveningse strand, waar hij zich de kunst van het zeezwemmen meester maakte en de zon hem nog veel donkerder kleurde dan hij van zichzelf al was. Begin september vierde hij zijn eenentwintigste verjaardag, voor het eerst sinds zijn aankomst in Holland weer gelukkig en nog net op tijd volwassen voor de geboorte van zijn kind.

Het was een mooie zomer, maar het werd een gure herfst, vol regen en wind. De inmiddels veertienjarige Wim begon zich steeds ongemakkelijker te voelen. Hij was een gevoelige jongen en had als oudste het meest geleden onder de ruzies tussen zijn ouders en alle problemen die zijn moeder zich door haar vlucht van zijn vader op de hals had gehaald. Altijd al Rika's oogappel, had hij zich in Den Haag ontwikkeld tot haar steun en toeverlaat, en zo goed mogelijk geprobeerd als de man van de familie te fungeren. Maar nu was er iets aan de hand waar hij niet goed de vinger op kon leggen. Dichte deuren, met daarachter tot diep in de nacht stemmen en muziek, onderdrukt gegiechel op de gang, de geur van rook en lege glazen als hij 's ochtends beneden kwam. En zijn moeder die zo onverstoorbaar en zichtbaar gelukkig was, terwijl ze toch almaar dikker werd. Begin oktober werd Wim eindelijk door zijn moeder in vertrouwen genomen: hij zou er binnenkort een broertje of zusje bij krijgen. En het mooiste was: die zou bruin zijn, net als Waldemar, zijn grote vriend.

Als Rika in haar verliefde optimisme had gedacht dat de vriendschap tussen haar zoon en haar minnaar de situatie zou vergemakkelijken, kwam ze bedrogen uit. Wim was tot in het diepst van zijn jongensziel gekrenkt. Net op de leeftijd dat hij iets begon te begrijpen van de fysieke aantrekkingskracht tussen man en vrouw, vond hij de gedachte aan zijn moeder en hun kostganger walgelijk. Hij voelde zich intens verraden, niet alleen door Rika, maar ook door Waldemar, die zo vriendelijk tegen hem had gedaan maar het al die tijd stiekem op zijn moeder had voorzien. 'Hier komen bruine kinderen, er is geen plaats meer voor ons!' riep hij, en weigerde verder nog een woord met hen te wisselen.

Toen Wim op een van de daaropvolgende zondagen tijdens een processie van de kerk mee moest lopen als misdienaar, verborg hij zijn spaarpot en een Nederlands wetboek onder zijn witte koorhemd. Halverwege de optocht ver-

Rika en Waldemar, nazomer te Den Haag, 1930.

dween hij uit de stoet en ontmoette zijn achtjarige broer Jan op een eerder afgesproken plek. Samen stapten ze op de trein naar Rotterdam, en namen van daaruit de tram naar Hellevoetsluis. Vervolgens gingen ze aan boord van de boot naar Goeree. Wims spaarpot was inmiddels leeg, maar van een werknemer van zijn vader wist hij geld te lenen voor het trammetje naar Goedereede. Daar stonden de twee jongens die avond opeens voor de neus van de stomverbaasde dijkgraaf, die nog veel verbaasder was toen zijn oudste zoon het wetboek opendeed en hem ernstig wees op een passage waarin stond dat een vader verplicht was om voor zijn kinderen te zorgen.

Toen Willem uit het onsamenhangende verhaal van zijn oudste zoon opmaakte waaróm ze niet meer bij hun moeder wilden wonen, sloegen alle stoppen door. Niet alleen werd zijn hoop op een verzoening met Rika de bodem ingeslagen, ook raakte het bericht aan de diepgewortelde angst van de blanke voor de viriliteit van de zwarte man – hetzelfde angstbeeld dat er eeuwen eerder toe leidde dat de kolonisten de doodstraf zetten op relaties tussen hun vrouwen en hun slaven. In de dagen die volgden zorgde hij ervoor dat zijn oudste zonen zo snel mogelijk weer naar school konden, trok zijn sollicitatie naar een positie in Indië in en liet zijn vrouw via een inderhaast in de arm genomen advocaat weten dat hij alles in het werk zou stellen om ook hun andere twee kinderen aan haar verderfelijke invloed te onttrekken.

Als een lopend vuurtje verspreidde het nieuws zich door de Haagse families. Rika had het getrouwd en wel aangelegd met een zwarte jongen die haar zoon had kunnen zijn en kon nu ieder moment bevallen van een bruine bastaardbaby. Het schandaal was niet te overzien. Voor haar ouders

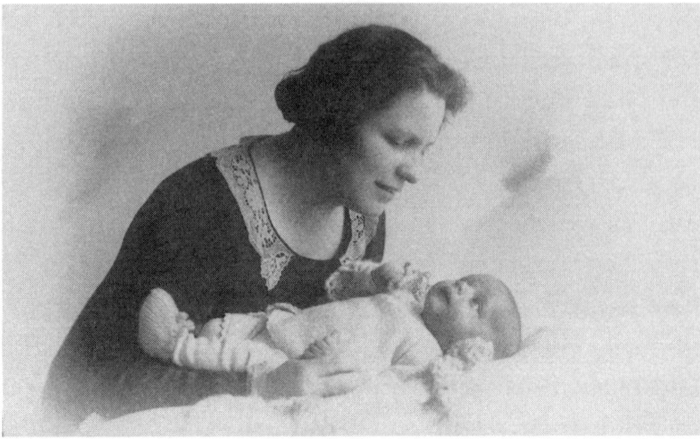

Rika met de pasgeboren Waldy. Den Haag, december 1930.

had ze definitief afgedaan. Ze schrapten de dochter met wie ze al zoveel te stellen hadden gehad uit hun hart en hun gebeden. Ook de overige familieleden en kennissen trokken hun handen van haar af. Zelfs haar broers en zusters, die de capriolen van hun onafhankelijke zus tot dan toe geamuseerd en zelfs met enige bewondering hadden aangezien, wilden niets meer met haar te maken hebben.

Bijna op de dag af twee jaar nadat Waldemar in Amsterdam aan land gekomen was, werd op 17 november 1929 zijn zoon geboren. Het was een echte *moksi-moksi*, zoals ze dat in Suriname noemden: een bruin kindje met donkere krullen en knalblauwe ogen. Rika, nog altijd officieel mevrouw Hagenaar, kon hem de achternaam van zijn vader niet geven, maar wel zijn voornaam. Waldemar werd al snel afgekort tot Waldy, maar liever nog noemde ze hem 'Sonny Boy', naar het sentimentele, door Al Jolson vertolkte liedje uit de film *The Singing Fool*, dat die zomer zo populair geworden was dat iedereen het floot of zong.

> When there are grey skies
> I don't mind the grey skies
> You make them blue, Sonny Boy

Die winter deed Willem nog één wanhopige poging om zijn huwelijk te redden. Hij liet zijn vrouw weten haar terug te willen nemen, zelfs met de kleine Waldy erbij. Voor een zo trots en stijfkoppig man als hij was het de diepst mogelijke kniebuiging, maar voor Rika was het niet eens het overwegen waard. Na ruim twintig jaar was aan de gepassioneerde relatie tussen Willem Hagenaar en Rika van der Lans definitief een einde gekomen en de totale oorlog een feit. Willem spendeerde een jaarloon aan advocaten om zijn twee jongste kinderen toegewezen te krijgen, terwijl Rika alles in het werk stelde om weer contact te krijgen met haar oudste zonen. Maar al haar pogingen werden gedwarsboomd, niet alleen door hun vader maar zelfs door haar eigen familie. Zoals haar dochter Bertha later in haar dagboek noteerde:

> Ik denk er ineens weer aan, dat mama bij opa kwam om ze te zien. Toen waren wij nog niet bij papa. Alleen Wim en Jan. Opa zei: Ga weg of ik zal! Wim en Jan kwamen geeneens. Ik ging voor opa staan en zei: Ik ga weg, gaat u maar naar binnen, en nam mijn mantel en Henk mee en ging met mama naar huis, terwijl het mijn eigen broers waren. Je stond vreemd tegenover elkaar.

Voor het eerst van haar leven leefde de verwende burgerdochter Rika in bittere, onvervalste armoede. Haar ouders hadden vroeger ook weleens krap gezeten, maar dan had haar vader altijd wel weer een of andere lucratieve transactie weten af te sluiten die zorgde voor geld in overvloed. Haar huwelijk had ze doorgebracht onder de koesterende vleugels van Rijkswaterstaat, in fraaie burgerwoningen met een riant salaris en eigen dienstmeisjes. Maar nu moest ze elke stuiver zes keer omdraaien voor ze hem kon uitgeven. Ze verkocht haar sieraden en alles wat ze verder maar van waarde had en verstelde en perste de sleetse pakken en hemden van Waldemar tot ze letterlijk uit elkaar vielen om hem toch zo netjes mogelijk naar zijn cursus te laten gaan. Ook probeerde ze geld te verdienen met waarzeggen, iets wat altijd een liefhebberij van haar geweest was, en toen haar kinderen echt met lege magen naar bed dreigden te moeten gaan, verhuurde ze haar kamers voor enkele uren aan illegale paartjes.

Op 31 maart 1930 liet Willem het bruine koekoeksjong officieel als zijn kind ontkennen door de arrondissementsrechter in Den Haag. Kort daarop gaf Rika, murw door geldgebrek en haar uitzichtloze situatie, de strijd op. Het was haar inmiddels wel duidelijk dat geen rechter kinderen zou toewijzen aan een weggelopen, overspelige vrouw en haar nog studerende minnaar, die niet eens de middelen hadden om hun eigen baby te onderhouden. Wellicht, zo redeneerde ze, was het voor haar oudste kinderen inderdaad beter als ze met elkaar konden opgroeien bij hun vader in het mooie huis op het eiland, waar de trouwe Jans er ongetwijfeld op zou toezien dat het hun in materieel opzicht aan niets zou ontbreken. De vakanties zouden ze dan bij hun moeder en hun halfbroertje kunnen doorbrengen.

Bertha mocht het schooljaar in Den Haag nog afmaken, maar op 2 juni bracht een kapelaan van Rika's kerk haar en de nu vierjarige Henk terug naar Goeree.

> Ik weet nog goed, de laatste avond voor dat ik wegging, dat ik nog even uit mijn bed kwam en toen vroeg ik aan mama: Is het toch heus de laatste avond? De koffer stond naast mijn bed. Mama zei: 'Zus, probeer je er nu overheen te zetten en schrijf me alles wat je op je hart hebt.' Ik ben toen naar bed gegaan. Maar ik heb toen gehuild, ik kon niet meer stil worden. Ik had zo'n leeg gevoel over me.

Jaren later schreef Rika aan Henk dat het laten gaan van hem en haar andere kinderen de grootste fout van haar leven was geweest: 'Ik had het nooit moeten doen.'

Op 29 oktober 1929, enkele weken voor de geboorte van de kleine Waldy, was de beurs in New York ingestort en was er abrupt een einde gekomen aan de zorgeloze en welvarende jaren twintig. In maart van het jaar daarop telde Amerika al achttien miljoen werklozen. De depressie verspreidde zich als een olievlek over de wereld. In Suriname trok ze de laatste rek uit de toch al zieltogende economie en de laatste hoop uit zijn bewoners, in Nederland sloeg ze toe als onweer na een mooie zomerdag, de ene onverwachte klap na de andere uitdelend terwijl iedereen zich huiverend in veiligheid trachtte te brengen.

Waldemar en Rika hadden geen werk, geen geld en geen vrienden. Het feit dat Rika haar bloedeigen kinderen naar hun vader had gestuurd om vrij spel te hebben met haar minnaar – althans, zo luidde de versie die in Den Haag rondzong – had haar het allerlaatste krediet in familiekring gekost. Het enige dat ze hadden was de baby, en elkaar, al gaf geen mens er een stuiver voor dat ze samen zouden blijven. Niet alleen vanwege de verschillen in leeftijd en cultuur, maar ook omdat iedereen wist dat zwarte mannen geen blijvertjes waren. Vroeger of later zou die mooie donkere jongen nieuwe havens op gaan zoeken, Rika en haar halfbloedje overlatend aan de bedelstaf, of erger.

In de zomer van 1930 werden Rika en Waldemar wegens huurachterstand de woning aan de Azaleastraat uitgezet. De enige die het niet over haar hart kon verkrijgen hen op straat te laten staan was Rika's zuster Jo. Ze nam het jonge gezin in huis tot Waldemar genoeg diploma's had om een kans te maken op de arbeidsmarkt. Hij had de studie die hem toegang zou verlenen tot de universiteit inmiddels opgegeven en probeerde nu in een zo kort mogelijke tijd het diploma handelscorrespondentie en de praktijkexamens handelswetenschappen te halen. Maar hoe krap Rika en Waldemar het ook hadden, er was één ding waarop ze nooit bezuinigden en dat waren de zendingen voor de kinderen in Goedereede. Week na week arriveerden daar dikke brieven, in Rika's zwierige handschrift, vaak met gedroogde bloemen erin. Want, zoals ze schreef: 'Zonder bloemen en lieve kinderen kan ik niet leven.' Voor Henk, die nog niet kon lezen, deed ze er ansichtkaarten van Shirley Temple en koningin Astrid bij. Aanzienlijk opgewekter dan haar situatie rechtvaardigde beschreef ze haar dagelijkse belevenissen en vroeg ze tot in details door naar die van haar kinderen. En dat alles op een toon alsof ze nog maar enkele dagen van elkaar gescheiden waren, in plaats van al snel ruim een jaar.

> Zeg Henk dat hij heel braaf moet zijn, want dat mama aan het sparen is voor een mooie doos postpapier hoor. En Zus, je bent nu zeker ook weer naar school? Heb je lekker uitgeslapen?? Ja toch zeker? Ik heb de hele week uitgekeken naar je kaart van je uitstapje. Is dat soms niet doorgegaan? Wees toch niet te wild met fietsen, hoor. Je kunt er nu met dat mooie weer volop van genieten. Laat mij gauw weten of je bent overgegaan. En wat speel je al op de piano, al stukjes ook? Heerlijk hoor, Zus, ik zou je dolgraag eens horen spelen. Ik schrijf niet mooi, hè, maar die kleine schat zit op de grond te spelen aan mijn voeten.

Eens per maand veroorloofde Rika zich een fotorolletje voor Waldemars enige luxe: zijn Leica-camera. De beste afdrukken gingen steevast naar Goeree, veelal voorzien van opschriften aan de achterkant: 'Denk veel aan ons!' Of: 'Voor mijn lieve Zus: kleine Waldy schatert het uit van pret, tegen zijn papa die een mooie foto van hem wil maken.' De tientallen kiekjes die Rika naar Goeree verstuurde vormden een beeldverslag van het nieuwe leven waar ze haar kinderen zo graag bij wilde betrekken. Maar tegelijkertijd was het een protest tegen een scheiding die veel definitiever uitpakte dan ze in haar ergste nachtmerrie had kunnen voorzien. Want de diepgegriefde Willem Hagenaar was vastbesloten om de vrouw van wie hij zo hartstochtelijk had gehouden nu zo grondig mogelijk uit zijn leven en dat van zijn kinderen te wissen. Met het opgeven van de strijd om de voogdij had Rika al haar rechten als moeder verspeeld en Willem had de omgangsregeling tot het absolute minimum beperkt: eens per jaar twee uur, in een neutrale omgeving – dus niet bij haar thuis. Een keer was het verlangen naar haar kinderen Rika te machtig geworden en

Leerling-boekhouder Waldemar, 1931.

was ze naar Goeree gereisd, maar dat was op zo'n drama uitgelopen dat ze het voor de kinderen beter vond om dat niet nog eens te doen.

Begin 1931 slaagde Waldemar voor zijn beide examens. David Millar regelde een baantje voor hem op de boekhoudafdeling van de Hollandsche Hypotheekbank. Het salaris bedroeg slechts tweehonderd gulden per maand, lang niet voldoende om een gezin van te onderhouden, maar in deze sombere tijden was het al een klein wonder dat hij

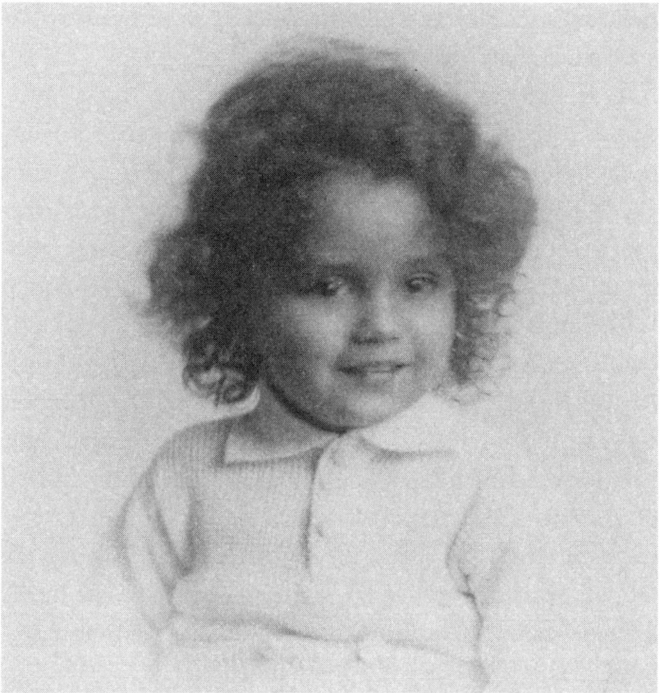

‘Sonny Boy’.

überhaupt werk gevonden had. In het jaar dat volgde zwierven hij en Rika van adres naar adres, hun verblijf rekkend tot ze echt niet meer onder de achterstallige huur uit konden, om vervolgens als dieven in de nacht te vertrekken. Eenvoudig was het niet om telkens weer een dak boven hun hoofd te vinden – niet alleen vanwege hun beperkte budget, maar ook omdat de fatsoensmoraal nog zo streng was dat een zichzelf respecterende hospita of huurbaas er niet over piekerde een ongetrouwd stel onderdak te bieden. En al helemaal niet aan een armlastige zwarte leerling-boekhouder, zijn veel oudere maîtresse en hun baby, het even springlevende als schaamteloze bewijs van een sociaal allesbehalve acceptabele liefde.

In die zin was het dan ook geen toeval dat Rika en Waldemar uiteindelijk belandden in Scheveningen, het voormalige vissersdorp dat sinds de opgang van de badcultuur en de opening van het Kurhaus in 1885 was getransformeerd tot een mondaine badplaats van internationale allure. In 1901 had prins Hendrik het Wandelhoofd Koningin Wilhelmina geopend, langs de boulevard waren befaamde etablissementen als het Grand Hotel, het Savoy en Hotel Rauch verrezen, en op mooie dagen liep heel Den Haag uit om hier te flaneren. Maar onder alle kosmopolitische chic fungeerde Scheveningen nog steeds als onderbuik van Den Haag, waar alles aanspoelde wat in de deftige hofstad niet te pas kwam, zoals joden die tijdens de Grote Oorlog uit Oost-Europa en Antwerpen verjaagd waren en oud-Indiëgangers die niet konden aarden in de Haagse burgerlijkheid.

Ook Rika en Waldemar leefden op in de liberale sfeer, de zilte lucht en het heldere licht van de badplaats. Rika werd kalm van het geruis van de golven, de wijde horizon en het eeuwig ritme van de branding, en Waldemar, de zwemmer, zat de zee in het bloed. Zijn grootmoeder Mietje had altijd met heimwee gesproken over de katoenplantage langs het strand van de grote oceaan waar ze vandaan gekomen was en waar je altijd het geluid van de zee hoorde. Zo tevreden waren de bewoners daar op 'De Dageraad en de Dankbaarheid' geweest dat ze na de afschaffing van de slavernij nog jaren samen met hun eigenaar gevochten hadden om de plantage te redden van de onvermijdelijke ondergang. In Scheveningen leek zijn vaderland minder ver weg dan in de Haagse steenwoestijn waar Waldemar zich zo ontheemd had gevoeld. Met zijn ogen dicht kon hij zich bijna thuis wanen, vooral op zomerdagen, als de luie branding leek over te gaan in het lome geklots van de rivier en hij het geluid van de visserstrawlers kon houden voor dat van de bedrijvige stoombootjes op de rivier waarmee hij was opgegroeid.

∽

In oktober 1931 kwam Waldemars oudste zuster naar Holland. Hilda was uiteindelijk toch maar ingegaan op de avances van haar machinist en zou met hem in Den Haag trouwen alvorens samen naar Nederlands-Indië te vertrekken. Als elke Surinamer was haar het beeld van Holland als een land van melk en honing van jongs af aan ingeprent, en ze was diep geschokt door de armoedige omstandigheden waarin ze haar jongste broer en diens gezin aantrof. Ook verder was het beloofde land lang niet zo mooi als ze zich dat had voorgesteld. Die herfst werden voor het eerst massale werkloosheidsdemonstraties georganiseerd in de grote steden. Kroonprinses Juliana stelde zich aan het hoofd van een crisiscomité en rijke burgers brachten geld bijeen om de armen te helpen. Maar er was geen houden meer aan: niemand maakte meer winst, de treurige rijen werklozen voor de stempellokalen werden almaar langer en het aantal faillissementen nam hand over hand toe. De crisis woedde en niemand was meer veilig voor haar uithalen.

En het was koud! Op een in november gemaakte portretfoto zit Hilda te kleumen in een winterjas, met wollen handschoenen aan en tranen in haar ogen. Kort daarop trouwde ze Jo Herdigein, een dag later stapte ze op de boot

Hilda Nods in Holland, november 1931.

naar Palembang, waar haar en haar man het zoete koloniale leven wachtte dat niet alleen in Suriname, maar ook in Holland onbereikbaar was geworden. Rika en Waldemar verhuisden die winter naar een woning in het hart van Scheveningen, die groot genoeg was om hun ambities voor een pension te realiseren. Want het was inmiddels immers wel duidelijk dat er onder de huidige economische omstandigheden op de hypotheekbank de komende jaren geen enkel carrièreperspectief voor Waldemar zou zijn.

In mei 1932 meldden zich de eerste gasten voor 'Pension Nods', zoals Rika de Spartaans ingerichte logeerkamer met een nogal breed gebaar had genoemd. Gelukkig waren de drie jonge Duitsers op fietsvakantie weinig gewend, want in hun eigen land hield de crisis als gevolg van de vernederende nederlaag in de Eerste Wereldoorlog nog veel erger huis dan in de rest van de wereld. In het langwerpige, gemarmerde schrift dat hun gastvrouw als gasten- en reserveringenboek had aangeschaft noteerden ze: '*Mit dem Zimmer sowie mit der Kost waren wir sehr zufrieden.*' Zij waren niet de enigen, want Rika bleek een groot talent te hebben om gasten zich welkom te laten voelen en het ze naar de zin te maken. Het leek wel alsof ze alle moederlijke zorgen die ze aan haar oudste kinderen niet meer kwijt kon, uitleefde op de mensen die nu voor korte of langere tijd onder haar dak verbleven. Zoals een dankbare vakantiegangster schreef: 'Als ik moe thuiskwam vond ik geen pension, maar een warm, gezellig thuis.'

Zelf hoopte Rika ondertussen vurig ook haar oudste vier kinderen spoedig in haar nieuwe woning te kunnen verwelkomen. Via brieven aan hen poogde ze indirect zelfs weer met Willem op goede voet te komen:

> Doe je best, Bertha, met leren. Waardeer dat altijd hoor, dat Papa zijn werk bekroond ziet, hoor. Zorgt goed voor Henkie. Hij houdt zeker veel van Jans, nou dat bewijst dat ze lief voor hem is. Daar ben ik blij om. Leer flink, word een flinke verstandige meid en zorgt dat Papa trots op je kan zijn. Geef de jongens een pakkerd van mij en verder heel veel zoentjes voor jullie allen van kleine Waldy, met de h.gr. ook aan Papa. Schrijf eens gauw hoor, groet ook Jans van mij.

Ondertekend: 'Jullie liefhebbende moeder', met een dikke streep onder liefhebbend. Naarmate de maanden zich aaneenregen tot jaren en er maar steeds geen blijk van toenadering uit Goedereede kwam, kreeg Rika's koppige opgewektheid een steeds wanhopiger ondertoon. Ze smeekte nu haast om brieven terug, om contact en vooral om mogelijkheden om haar kinderen te zien: 'Vraag aan Papa of jullie vooral in de vakantie een poosje mag komen logeren, ik verlang zo naar jullie.'

Maar welke gasten zich ook aandienden in Pension Nods, Rika's eigen kinderen waren daar nooit bij. Willem Hagenaar was de onverzoenlijkheid met de paplepel ingegoten – zijn ouders slaagden erin om de laatste jaren van hun huwelijk geen enkel woord meer tot elkaar te richten – en had met de rechtlijnigheid die hem eigen was zijn verantwoordelijkheid genomen. Hij had zich ontpopt tot een plichtsgetrouwe en liefhebbende, maar ook strenge vader. Dat dienstbode Jans inmiddels in meer dan één opzicht als de officieuze vrouw des huizes fungeerde, werd zorgvuldig voor de kinderen of de dorpelingen verborgen gehouden. Wat de echte mevrouw Hagenaar betrof – die bestond simpelweg niet meer en eenieder die zo onverstandig was om aan haar te refereren riskeerde op zijn minst ijzige blikken en anders wel een driftbui van Willem.

De oudste jongens hadden weinig moeite zich naar de harde lijn van hun vader te voegen. Wim, inmiddels achttien, was sowieso erg veranderd sinds die dramatische herfst van 1929. Daarvoor was hij een zachtmoedige jongen geweest die liever naar buiten zat te staren dan zich op zijn schoolwerk te concentreren. Maar sinds zijn terugkeer naar Goeree had hij zich verbeten op zijn lessen gestort en zich een rationele, zelfs wat cynische manier van doen aangemeten. Van zijn verraderlijke moeder wilde hij niets meer weten, maar ook voor de vader die het zo ver had laten komen kon hij weinig respect opbrengen. Hij studeerde als een bezetene, met maar één doel voor ogen: zo snel mogelijk weg te kunnen komen van zijn ijdele, egoïstische ouders, die zo'n puinhoop van hun leven en hun huwelijk hadden gemaakt. Voor Jan, die twaalf werd in 1933, was het leven simpeler: hij volgde gewoonweg zijn grote broer, zoals hij Wim ook gevolgd was toen ze die zondag in oktober 1929 de benen hadden genomen. De afwezigheid van zijn moeder werd ruimschoots gecompenseerd door het feit dat hij weer naar hartelust op zijn geliefde eiland kon rondzwerven. In navolging van Wim negeerde hij elke toenaderingspoging van Rika, las haar brieven niet en weigerde bij haar op bezoek te gaan.

De enige die haar vader trotseerde en het contact met haar moeder zo goed en zo kwaad als dat ging instandhield was haar dochter Bertha. Zij was twaalf toen ze bij haar moeder wegging, oud genoeg om zich haar goed te herinneren, oud genoeg ook om zich te hechten aan het bruine babybroertje en zelfs al een beetje aan de vriendelijke Waldemar. Heen en weer geslingerd tussen loyaliteit aan haar vader en het gemis van haar moeder, leed Bertha nog het meest onder het feit dat de laatste zo'n taboe was bij haar thuis. In haar dagboek schreef ze:

> Hoe zouden ze 't op Scheveningen maken? Ik verlang dikwijls zo naar hen.
> Vandaag is mama jarig. Ze zullen wel aan het feestvieren zijn. Wat jammer dat ik er nu niet bij kan zijn. Ik hoop dat het niet lang meer zal duren. En nu verlang ik naar mama. Ik weet dat ze geen van allen er aan denken hier in huis. Ik zal proberen mijn best te doen. Ik wil vooruit, en ik wil proberen om geld te verdienen, als mama dan eens in nood zit, dat ik haar kan helpen, dat ik vrij ben, waar of ik naartoe ga.

Trouw hield Bertha haar moeder op de hoogte van het wel en wee van haarzelf en haar broers. Ook zorgde ze ervoor dat Henk, die nog maar vijf was toen hij bij Rika werd weggehaald en zich haar amper herinnerde, haar af en toe een hanenpoterig briefje schreef. En als er tijdens pakjesavond op 5 december in huize Hagenaar een beklemmende stilte viel omdat alleen het grote pakket uit Den Haag nog onuitgepakt stond te wachten, zette Bertha de doos op tafel en begon met trillende vingers het papier ervan af te trekken. Henk, jong als hij was, kon de verleiding van nóg een cadeautje nooit lang weerstaan, maar Wim en Jan wendden hun gezicht demonstratief af en lieten de presentjes waar hun moeder zo hard voor gesappeld had op tafel staan.

Het jonge gezin Nods, zomer 1932.

In de lente van 1933 verhuisden Waldemar en Rika voor de zoveelste keer, ditmaal naar de eerste verdieping van een statig, door haar witte veranda's koloniaal aandoend herenhuis, niet ver van de Scheveningse boulevard. Eigenlijk was de woning veel te duur voor ze, maar, zo redeneerde Rika, de investering zou zichzelf terugverdienen want het was ontegenzeggelijk een veel aantrekkelijker adres voor strandgasten. '*Aan zee!!*' zoals ze triomfantelijk in haar correspondentie vermeldde. Inderdaad kon je vanaf het balkon waaraan Waldemar een bordje 'Kamers te huur' had getimmerd bij helder weer een minuscuul streepje blauw aan het einde van de straat zien. De belendende kamer bombardeerde Rika tot 'kamer met zeezicht'.

Ze richtte de woning in tropische sfeer in, met witgeschilderde rieten meubels, houten jaloezieën en weelderige groene planten. Zo trots was ze op het resultaat dat ze de verleiding niet kon weerstaan om het aan haar dochter en

Rika en Waldy, Den Haag 1933.

zoon Henk te laten zien toen zij die zomer voor hun jaarlijkse bezoek naar Den Haag kwamen.

> Mama had een auto gestuurd en daar zaten de beide Waldies in. Nu had ik papa beloofd dat ik niet mee naar Scheveningen zou gaan. Ik zei dat ook. Ik ga niet mee in de auto en bleef ervoor staan. De chauffeur zei: ga er nu maar in om je moeder een plezier te doen. Eindelijk moest ik wel, we gingen alleen maar een eindje door Rotterdam toeren zei mama. Maar toen ik eenmaal goed en wel zat gingen ze toch naar Scheveningen. Ik heb de hele middag zowat zitten huilen. Ik voelde me weer zo alleen. Enfin, ik heb alles verteld aan papa.

Willem was woedend toen hij van Bertha begreep dat zij en Henk ondanks zijn uitdrukkelijk verbod toch bij hun moeder in huis waren geweest. Hij stuurde zijn vrouw een brief op poten. Wéér had ze laten zien hoe onbetrouwbaar ze was en bij wijze van repercussie zou het bezoek van het jaar daarop komen te vervallen. Pas toen besefte Rika, misschien wel voor het eerst, dat Willem haar nooit van zijn levensdagen zou vergeven en dat ze haar kinderen werkelijk kwijt was.

De jarenlange scheiding en voortdurende antipropaganda eisten nu ook hun tol bij haar dochter en Bertha's brieven werden korter en schaarser. Al had de laatste nog regelmatig buien van onbestemde verdrietigheid – 'het heimweegevoel', zoals ze het zelf noemde – ze schreef nu vooral over het gemis aan *een* moeder, in plaats van over dat van *haar* moeder.

> Het is gek, ik denk lang niet zoveel meer aan mama. Als ik aan mama dacht, dan zag ik haar met een knoetje achter op haar hoofd, dus nog lang haar en een donkere jurk aan of

Zomer 1933: het voorlopig laatste bezoek van Bertha en Henk aan hun moeder.

> zo'n wit schort met lange mouwen. Maar nu is dat er niet meer, want als ik aan mama denk, is het met kort haar en zijden opgedirkte jurken en dan ruik ik altijd eau de cologne.

Nog steeds arriveerden iedere week lange, liefhebbende brieven in de Rijkswaterstaatwoning in Goedereede, nog steeds besteedde Rika iedere cent die ze missen kon aan foto's en cadeautjes voor haar oudste kinderen. Maar de hoop op een spoedige hereniging gaf ze op. In het besef dat het nog jaren zou duren voor ze de kans zou krijgen om weer een normale relatie met hen op te bouwen, richtte ze zich met tomeloze werklust op het enige wat ze wel zelf in de hand had, de enige uitweg uit de misère die haar haar kinderen had gekost, en dat was het pension.

'Ik lig als een waakhond op de loer om badgasten te omhelzen,' schreef ze toen ze bij ontstentenis van een telefoonaansluiting geen stap meer buiten de deur durfde te zetten uit angst huurders mis te lopen. Iedere gast die zich over de drempel van Pension Nods liet lokken, werd omringd met de grootste warmte, zoals een jonge Engelsman in juli 1933 getuigde in het gastenboek:

> My university friend and I have spent two weeks at the Academy of International Law and have had a very enjoyable time here. Nothing was spared to make us both comfortable and happy, and which was very largely responsible for such a wonderful holiday in Holland.

Het aantal werklozen in Nederland passeerde de driehonderdduizend, het kabinet-Colijn kondigde de ene na de andere draconische bezuinigingsmaatregel af en zelfs de dure hotels aan de boulevard hadden nu moeite om hun kamers bezet te krijgen. Maar Rika slaagde er keer op keer in haar pensionnetje vol te krijgen en de schuldeisers van de deur te houden, al was dat vaak maar op het nippertje:

> En nu Goddank goed nieuws: mijn kamer met zeezicht heb ik vanaf 3 juli tot 15 augustus verhuurd. En nu heb ik er nog drie over. Dus als daar nu ook wat in komt, woon ik wel op het dak zolang. Goddank net een waarschuwing voor het gas. Maar zolang er leven is, is er hoop. Onze Lieve Heer verlaat mij niet!!! Ik ben nooit ongerust en leef van dag tot dag. (De tandarts vermoordt mij als ik deze maand niet betaal).

Rika werkte en werkte – vastbesloten haar oudste kinderen ooit een liefdevol, welvarend thuis te kunnen bieden, vastbesloten ook om het haar beide Waldy's aan niets te laten ontbreken. Niet de kleine, die nog geen idee had van de gecompliceerde situatie waarin hij geboren was, en niet de grote, de man die zo makkelijk had kunnen gaan, maar gebleven was.

Vader en zoon op het Scheveningse strand, circa 1933.

4

Pension Walda

Crisis of niet, halverwege de jaren dertig had Scheveningen nog steeds iets zorgeloos. De vlaggen boven de strandtenten wapperden in de wind, de lucht was helder en de zeebries leek alle grauwigheid en sombere krantenberichten weg te waaien. Als er een plek was waar de vrolijke jaren twintig nog een beetje door konden dansen, dan was dat wel hier, in wat ontegenzeggelijk nog steeds de mooiste badplaats van het land was. Het in art deco-stijl uitgevoerde feestgebouw aan het einde van de pier gold als een van 's lands populairste podia voor het lichte amusement en was avond na avond afgeladen. Er traden beroemdheden op als Willy Derby, Louis Davids, Duke Ellington en The Andrew Sisters. Op mooie dagen zag het op de boulevard nog steeds zwart van de mensen. Want hoe drastisch iedereen ook moest bezuinigen, die paar zonnige vakantieweken aan zee probeerde men koste wat het kost te behouden, al moest dat dan in bescheidener stijl dan voorheen.

Rika deed goede zaken. Haar pension mocht dan eenvoudig zijn, het was er kraakhelder en de kwaliteit van het eten rivaliseerde met die van de dure hotels. Als gasten in eerste instantie al eens bevreemd keken naar de ongebruikelijke samenstelling van de familie Nods – die strikt genomen helemaal geen familie was, want Rika heette officieel nog steeds Hagenaar en hun zoontje Van der Lans – dan smolt die verwondering al spoedig weg in de algehele warmte en charme van het huishouden. Juist omdat zo overduidelijk was dat ze zelf ook niet zonder kleerscheuren door het leven gekomen was, was Rika iemand aan wie mensen makkelijk persoonlijke zorgen durfden toevertrouwen. Ze wist iedereen op te beuren, vaak met gebruikmaking van haar tarotkaarten en astrologieboek, waaruit ze horoscopen trok met de schwung en de overtuiging van een zigeunerin.

Hun gastheer was een ietwat intrigerende, exotische figuur, in wiens hoffelijk, maar onveranderlijk correct gezelschap menig eenzame dame zich voelde opfleuren. Misschien kwam het door de rust die hij uitstraalde dat het leeftijdsverschil met zijn vrouw eigenlijk helemaal niet zo opviel. De kleine Waldy ten slotte was een buitengewoon aanvallig jongetje met zwarte krullen en grote blauwe ogen die trouwhartig de wereld inblikten. Vertederd keken de gasten toe hoe hij zijn moeder en haar rechterhand Agnès 'hielp' en met een ernstig snoetje borden met eten rondbracht. Bladzijde na bladzijde vulde het gastenboek zich met dankbare, soms haast lyrische teksten over 'de buitengewoon goede verzorging' en 'de grote hartelijkheid en vriendelijkheid' in Pension Nods. 'Wij willen bijna niet meer weg,' zoals een gast verzuchtte.

De zee gaat hoog, de stormwind loeit,
Daar buiten heerst een barre kou!

PENSION „WALDA"

SCHEVENINGEN

GEVERS DEYNOOTWEG 32-34-38

2 MINUTEN VAN ZEE

TELEFOON 55 20 83
POSTREK. 23 61 47

ZOMER- EN WINTERVERBLIJF, OOK VOOR WEEKENDS

GEZELLIGE KAMERS MET CENTR. VERWARMING
STROOMEND KOUD- EN WARM WATER,
BADKAMERS ENZ. - BILLIJKE PRIJZEN
GROOTE FAMILIE'S SPECIALE CONDITIES
PRIMA KEUKEN - EERSTE KLAS REFERENTIES

Pension Walda aan de Gevers Deynootweg.

Toch vlak bij 't strand de hitte broeit
In 't huis van een charmante vrouw!

Daar zit je knus, daar zit je goed,
Daar smul je lekker met behagen,
Men komt je eetlust tegemoet,
Door 'Anjàs' wordt het opgedragen.

En voel je iets voor 'n babbeltje,
Dan kan je heus altijd terecht
Voor 'n koppie thee met snabbeltje
Kleine Waldy vindt dat ook niet slecht!

Met dank voor de gezelligheid
Roep ik met grote blijdschap uit:
Lange leve de familie Nods
Knots, knots!

In april 1934 huurde Rika twee flats in een net opgeleverd huizenblok aan de Gevers Deynootweg. De appartementen waren zonnig en van alle gemakken voorzien; ze hadden parketvloeren, glas-in-loodramen, centrale verwarming, comfortabele badkamers en zelfs een ijskast. Ze lagen op steenworp afstand van het Kurhaus en slechts twintig meter vanaf de boulevard. In de keurige foldertjes die Rika liet drukken, legde ze de nadruk op 'de prima Hollandse keuken' en – essentieel in deze tijden – de 'billijke prijzen' van Pension Walda, zoals ze haar bedrijfje naar de twee mannen in haar leven en zichzelf herdoopte. Toen in juli duidelijk werd dat de gasten het ook dit seizoen niet zouden laten afweten, verhuisde het gezin naar een derde flat in hetzelfde blok. Vanaf het hoogste balkon hadden ze nu een riant uitzicht op de achterzijden van de grote hotels en de chique herensociëteit De Witte, met zowaar nog een glimp Noordzee ertussendoor.

Vanaf het eerste seizoen was Pension Walda een doorslaand succes. Aangetrokken door de ietwat onconventionele uitbaters en de losse sfeer groeide het pension uit tot de favoriete pleisterplaats van de revueartiesten die in het feestgebouw optraden, wat de aantrekkingskracht van het pension voor reguliere gasten alleen maar vergrootte. Ook Indische verlofgangers en Duitse badgasten wisten 'die liebe Leute von Walda' in groten getale te vinden. De gasten die afkwamen op de ietwat Germaanse klank van de naam van het etablissement, werden niet teleurgesteld, want hun gastheer, inmiddels ook in het bezit van het diploma Duitse handelscorrespondentie, stond hun in vlekkeloos Duits te woord.

De oosterburen, nog maar enkele jaren eerder afgeschreven als de grote verliezers van Europa, konden hun rijksmarken alweer lustig laten rollen in Scheveningen. Want terwijl Holland en de rest van de westerse wereld almaar verder wegzakten in de economische malaise, was Duitsland er juist in hoog tempo uit aan het opklimmen. Dit mirakel was, daar was iedereen het over eens, te danken aan de van origine Oostenrijkse politicus Adolf Hitler, die zich eind jaren twintig voor het eerst luidruchtig had gemanifesteerd met zijn rechts-extremistische knokploegen. In eerste instantie had de gevestigde orde hem nog afgedaan als een schreeuwerige eendagsvlieg, maar binnen enkele jaren hadden ze verbijsterd staan toekijken hoe hij de absolute macht naar zich toe had weten te trekken. Lijden loutert, zegt men, maar dat is lang niet altijd zo, niet bij mensen en niet bij naties, en de ontgoochelde Duitse kiezers hadden massaal hun heil gezocht bij de nationaal-socialistische leider, die als enige de energie en de visie uitstraalde die nodig waren om hun verpauperde land uit het slop te trekken. En Hitler had ze niet teleurgesteld. Midden jaren dertig was de inflatie tot stilstand gebracht, de werkloosheid grotendeels uitgebannen en de economie omgetoverd in een soepel lopende machine.

Zelfs zijn grootste politieke tegenstanders konden niet anders dan bewondering hebben voor de man die deze ongekende prestatie tot stand had gebracht. Wellicht, zo hoopten velen, viel het toch wel mee met de gevaren van het nazistische gedachtegoed. Tenslotte waren de concentratiekampen waarin politieke tegenstanders werden opgesloten goeddeels alweer opgeheven en kwam ook openlijke straatterreur jegens joden en communisten nauwelijks meer voor. Het dagelijks leven was weer normaal, beter zelfs dan het in vele jaren was geweest. Menig Hollander wenste zich dan ook een Hollandse Hitler en bij de verkiezingen van 1935 stemde maar liefst acht procent van de kiezers op de NSB, de Hollandse nationaal-socialistische beweging die vier jaar eerder door Anton Mussert was opgericht. In Den Haag en Scheveningen lag dat percentage zelfs op twaalf procent.

Maar Rika had geen politieke partij of dictator nodig: zij bracht geheel op eigen kracht haar eigen *Wirtschaftswunder* tot stand. Hoewel opgevoed om slechts als echtgenote te fungeren, bleek ze in ruime mate begiftigd met de handelsgeest van de familie Van der Lans en het lukte haar om midden in crisistijd een florerend bedrijf uit de grond te stampen. Ze had een feilloze neus voor nieuwe kansen en een onvermoeibare energie om dingen voor elkaar te krijgen. En ze was niet bang. Toen het haar huisbaas steeds moeilijker viel om zijn dure woningen verhuurd te krijgen, bood Rika aan te bemiddelen en al spoedig dienden er nieuwe folders gedrukt te worden, nu voor: 'Pension- en Woningbedrijf "Walda": verkoop-verhuur-hypotheken-assurantiën-administratie en onderhoud van huizen.'

Nog steeds kookte Rika zelf voor haar gasten, maar voor het overige werk in het pension liet ze zich nu behalve door Agnès bijstaan door een viertal goedkope dienstmeisjes uit Polen. En trots pende ze in de zomer van 1935 achter

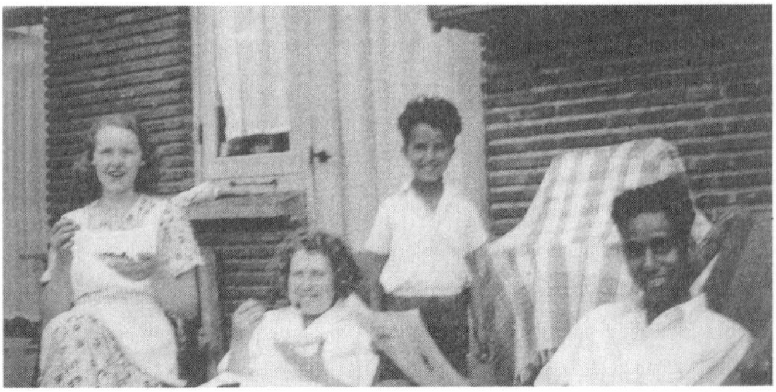

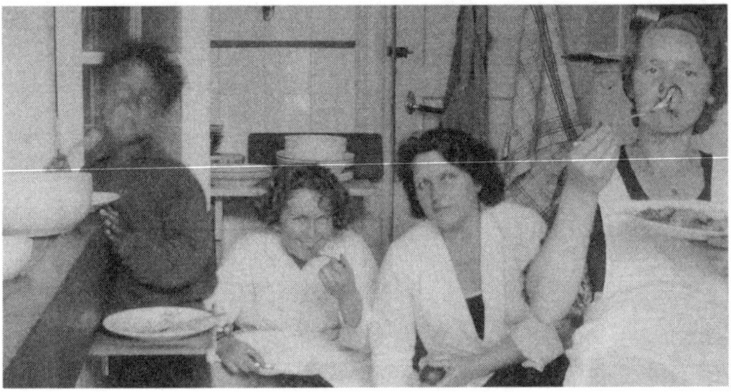

Pension Walda, 1934-1935. 'Mama met haar personeel'.

op een voor haar oudste kinderen bestemde foto: 'Mama met haar personeel!'

~

Zelfs de familie Van der Lans moest toegeven: hun oudste dochter, die enige jaren nog zo hard haar verderf tegemoet leek te gaan, deed het verdorie lang niet slecht. Naar buiten toe had Rika altijd nogal stoer gedaan over haar verbanning uit de schoot van haar familie – 'Wat een gekke mensen, hè. Enfin, ik lap het aan mijn laars,' zoals ze Bertha schreef na op een verjaardag genegeerd te zijn – maar heimelijk vond ze het vreselijk en al vanaf 1933 had ze verwoede verzoeningspogingen ondernomen. 'We zijn nu eenmaal geen engelen,' schreef ze in een met bloemetjes versierde brief aan haar ouders. 'We hebben allemaal onze goede en onze kwade eigenschappen en een ieder moet zijn eigen vrachtje maar op zijn eigen rug dragen, dan heeft een ieder zijn handen vol.'

Al werd Rika nooit helemaal vergeven voor alle schande die ze over de familie had gebracht en werd ze nog jaren geweerd van verjaardagen en oudejaarsvieringen, toch was vanaf dit moment het contact stukje bij beetje weer hersteld. Waldy ging geregeld bij zijn grootouders op bezoek – tenslotte kon de kleine jongen, zo redeneerden zij, er ook niets aan doen. En met name de jongere familieleden kwamen graag en vaak over de vloer in het gastvrije en door al dat rondlopende artiestenvolk zelfs enigszins glamourvolle pension in Scheveningen. Want bij tante Riek was het altijd feest en ze deed nergens moeilijk over. Was het eens een rommel, dan zei ze: 'Ach, we gaan er gewoon met onze rug naartoe zitten, dan zien we het niet en hebben er dus ook geen last van.' En wat Waldemar betreft: die was, zoals sommigen niet moe werden te benadrukken 'toch'– oftewel, ondanks zijn huidskleur – 'zo'n keurige man'.

De enigen die niet konden meegenieten van de vrolijkheid en voorspoed in Pension Walda waren Rika's eigen kinderen. Zij waren er zelfs verder van verwijderd dan ooit, want Rijkswaterstaat had Willem begin 1934 overgeplaatst naar Groningen. Vooral Bertha, die zich sterk had gehecht aan haar Goereese vriendinnen, had het erg moeilijk gehad met de verhuizing naar het noorden van het land. 'Was het nu maar wat dichter bij Den Haag of zo, maar het reisgeld van Groningen naar Den Haag is 15 gulden,' verzuchtte ze in haar dagboek. 'Wij zitten nog veel verder afgelegen dan hier in Goeree.'

Inmiddels was eindelijk de scheiding tussen haar ouders uitgesproken en Bertha hoopte vurig dat haar vader zou hertrouwen met Jans, de dienstbode die onder hevig protest van haar eigen familie met het gezin Hagenaar naar Groningen mee was gegaan. Hoewel Willem stug volhield aan haar status als huishoudster, hadden zijn kinderen wel door dat er meer tussen hen speelde. Een huwelijk zou Willems situatie min of meer gelijktrekken met die van Rika, en zou zijn dochter de morele vrijheid geven het contact met haar moeder aan te halen. Want al had Bertha haar moeder nu al in geen jaren gezien, het gemis werd er niet minder om. Toen ze eens bij haar grootouders in Den Haag logeerde en toevallig langs het nieuwe pension kwam, noteerde ze verdrietig:

> Het was pikdonker en toch viel mijn oog toevallig op pension Walda. Ik wist niet waar het precies was. Wat had ik daar graag even naartoe gewild. Wat zouden ze blij zijn. Een heer-

lijke avond zouden we hebben. Maar de bus rijdt door en vóór dat je het verwerkt hebt denk je: uitstappen. Op bed ga ik weer over alles nadenken. Waarom toch moet ik mijn eigen moeder voorbijrijden?

Willem maakte geen enkele aanstalten om met Jans in het huwelijk te treden en hij handhaafde het regime met betrekking tot zijn ex-vrouw met ijzeren hand. Het was zijn kinderen uitdrukkelijk verboden voor hun eenentwintigste een stap over de drempel bij hun moeder te zetten en daarmee basta. En al was Bertha inmiddels van school af en werkte ze op kantoor, ze had nog steeds genoeg ontzag voor de toorn van haar vader om zich daaraan te houden. Toen ze eens in Scheveningen was met een vriend en deze voorstelde bij haar moeder aan te gaan, riep ze verschrikt: 'O nee, dat mag niet van mijn vader!'

Rika op haar beurt bleef hardnekkig haar wekelijkse brieven, foto's en pakketjes sturen. Daarbij maakte ze er bepaald geen geheim van dat het haar voor de wind ging. Bertha kreeg een bontjas toegestuurd, Henk, tot zijn verrukking, een heuse koffergrammofoon. Op haar mooist uitgedost liet ze zich fotograferen in de voortuin van Pension Walda, omringd door haar personeel, gasten, kind of familieleden. Alleen Waldemar ontbrak steevast op de foto's – hoe graag Rika ook provoceerde, zelfs zij durfde haar jonge minnaar niet al te overduidelijk te etaleren.

Ondertussen was Willems ooit zo glansrijke carrière vastgelopen, aangezien de overheid zich geen geldverslindende waterstaatsprojecten meer kon veroorloven en hij werd als ambtenaar steeds verder in zijn inkomen bekort. Hoe meer Rika hem haar welstand onder de neus wreef en hoe dichter zijn kinderen bij de leeftijd kwamen dat ze zich niet meer hoefden te storen aan hun vaders dictaat, hoe wanhopiger Willem trachtte zijn machtspositie vast te houden. De scènes in Groningen waren niet van de lucht, vooral nadat er post uit Den Haag was gearriveerd. En zoals Wim ooit met glaasjes water tussen zijn ouders heen en weer had gelopen in de hoop ze te kalmeren, zo was het nu Bertha die trachtte de explosieve situatie in de hand te houden door haar moeder van impulsieve acties te weerhouden:

> De andere week of zo zal ik haar nog eens schrijven. De vorige brief was niet zo erg hartelijk, dat komt omdat ik mama niet alles kan vertellen. Ik kan haar niet schrijven dat ik tegenwoordig zo naar haar verlang. Ik ben dan bang dat ze hier zal komen en zeggen: ik wil niet dat mijn kinderen verdriet hebben. Dat kan ik me van haar best indenken. Daarom moet ik op een andere toon schrijven.

Uiteindelijk besloot ze haar moeder te vragen het contact voorlopig maar helemaal te verbreken.

> Net een lange brief aan mama geschreven. Wat zal ze daar blij mee zijn. Ik heb haar ook een foto gestuurd en eerlijk alles gezegd, dat ze maar niet moest schrijven. Later wordt misschien alles anders.

Vanaf de zomer van 1935 werd de omgangsregeling weer van kracht. Rika stuurde nu ieder jaar een kort briefje naar Groningen met de vraag wanneer ze haar kinderen kon zien. Het antwoord begon met 'Geachte mevrouw' en vermeldde slechts datum, tijd en plaats. Op de afgesproken dag bracht Willem zijn dochter en jongste zoon naar het station van Den Haag, waar zijn ex-vrouw hen in gezel-

Rika heel even herenigd met zoon Henk en dochter Bertha. Zittend: Waldy met Topsy. Het Roomhuis te Den Haag, 1935.

schap van kleine Waldy zat op te wachten in hotel Terminus. Haar kinderen meenemen naar haar eigen huis, durfde ze niet meer, dus gingen ze naar Het Roomhuis, een bekend restaurant in het Haagse Bos. Maar Rika was Rika niet geweest als ze vanuit de taxi niet éven had gewuifd naar Willem, die met een strak gezicht op de tramhalte stond te wachten, vergeefs pogend de vrouw die de liefde van zijn leven was geweest niet te zien.

Voor Henk waren de jaarlijkse bezoekjes tamelijk onbegrijpelijke bijeenkomsten. Hij had slechts vage herinneringen aan de moeder bij wie hij op zijn vijfde jaar was weggehaald en voor hem was ze niet meer dan een vreemde, lekker ruikende dame, die hem mooie cadeautjes en lieve brieven stuurde. Terwijl zij en zijn zuster woorden en tijd tekortkwamen om bij te praten, moest Henk zich zien te vermaken met een wildvreemd bruin jongetje dat een soort broertje van hem scheen te zijn en dat met grote, verwachtingsvolle ogen naar hem opkeek. Hij snapte er weinig van, al probeerde hij wel bij zijn zuster wat wijzer te worden over de situatie:

> Gisteren kwam Henk naast me zitten. We waren met z'n tweeën in de kamer. Ik vertelde dat er ook een pakje van mama was. Hij zei: waarom gaan we daar nooit meer naartoe, Zus? Weet je nog dat ze in Goeree is geweest? Toen waren we net aan 't zwemmen. Ze had zo'n mooie hoed op. Zus, ik zou wel weer eens naar haar toe willen. Wat gek is dat eigenlijk, Zus.
> Nu kan je merken dat hij het ook gaat begrijpen. Hij praat daarover alleen tegen mij. Ik zei: papa en mama houden niet zo van elkaar en nu is het toch beter. Want mama vindt het zo beter en papa ook. Maar je moet altijd van mama blijven houden hoor Henk, want je hebt maar één vader en maar één moeder. Toen kwam hij bij mij op schoot zitten en sloeg zijn armen om me heen. Wat heb ik toen lang stilgezeten. Ja, zei Henk, maar zijn ze dan kwaad op elkaar. Ik zei: welnee.

Ondertussen bleven Rika's oudste zonen met de bijna spreekwoordelijke koppigheid van de Hagenaars weigeren iets met hun moeder te maken te hebben. Toen Wim en Jan hun moeder en halfbroertje in de zomer van 1936 toevallig tegen het lijf liepen in Scheveningen, wendden ze hun gezicht af en deden alsof ze lucht waren. Ontzet schreef Bertha: 'Stel je voor, je eigen kinderen die je zelf op de wereld gebracht hebt, dat die je nu voorbij lopen. Het is om gek van te worden. Ik kan me zo in de plaats van mama stellen.'

Maar Rika weigerde de hoop op een uiteindelijke hereniging op te geven. Strijdlustig als altijd schreef ze op een foto van Waldy die ze naar Groningen stuurde: 'Als de jongens wisten hoeveel hij van hen hield, dan zouden ze elke dag betreuren dat ze hem voorbijgelopen zijn!!' Ooit zouden haar zonen onder de ijzeren knoet van hun vader uit komen en hun eigen keuzes gaan maken en zouden ze zich realiseren dat hun moeder niet zo inktzwart was als hun dat al die jaren was voorgehouden. En dus bleef ze op het provocerende af doorgaan met het sturen van lieve briefjes en foto's met opschriften als: 'Dag Zus, dag Henk, dag Jan, dag Wim, veel liefs van Waldy' en 'Denk veel aan je moedertje. Ik ben altijd bij jullie, hoor! Mamma.'

Zoals de voorouders van Waldemars vader ooit gekomen waren uit alle hoeken en gaten van de aarde, zo waren zijn kinderen halverwege de jaren dertig over alle windstreken verspreid geraakt. Hilda stuurde enthousiaste brieven uit Indië waar het leven haast nog beter was dan dat in Suriname gedurende de gouden jaren. En Waldemars broer Decy woonde in de binnenlanden van Venezuela, waar hij een eigen elektriciteitscentrale had gebouwd en waarvandaan heel af en toe een briefje in Den Haag arriveerde vol stoere verhalen en foto's: 'Decy de tijgerjager'. Lily, de beeldschone jongste dochter, was in 1930 mokkend op de boot gezet naar Brazilië. Koos Nods was, zo redeneerde haar familie, de enige die het verwende juffertje aan zou kunnen. Inmiddels was ze getrouwd met een zakenvriend van haar vader en woonde in het stadje Ouro Preto, 'Zwart Goud', waar Koos zich tot burgemeester had weten op te werken en per ezel het dorp placht te inspecteren. Hij was alweer voor de derde maal getrouwd, deze keer met een Duitse schilderes die zijn hotels runde.

Waldemar was nog steeds in Holland. Iedere ochtend zwierde hij op zijn fiets van Scheveningen naar zijn werk in Den Haag – een gedistingeerde figuur, het pak perfect om zijn lange, soepele ledematen, zijn schoenen blinkend gepoetst en zijn ogen glanzend. Want hij hield van de lange fietstochten en de buitenlucht, zoals hij genoot van de lange zwemtochten in de zomer. Zodra het zeewater warm genoeg was leefde hij op en werd weer even de onbezorgde tropenjongen die hij ooit was geweest. En heel soms voelde hij zich bijna thuis in zijn nieuwe vaderland, zoals die keer dat een kolenwagen hem passeerde en de kolenboer, zelf beroet tot aan zijn oren, 'Hé zwarte!' tegen hem had gebruld. 'Kijk naar je eige!' had Waldemar in onvervalst Haags teruggeroepen. Breed grijnzend kwam hij thuis – dit was de humor die hij kende van de markt en de straten van Paramaribo. Maar op grijze, natte dagen en gedurende de lange wintermaanden verdween de glans van Waldemars huid en werden zijn ogen dof. Terwijl David Millar de ietwat overrompelende, bijna agressieve charme van Koos Nods had geërfd en opereerde in de snelle wereld van de luchtvaart, moest zijn introverte halfbroer zijn dagen slijten in een somber bankgebouw in Den Haag, waar het burgermansfatsoen in deze benarde tijden alleen maar des te krampachtiger werd hooggehouden.

Na een zwemtocht: Rika met haar beide Waldy's op het balkon. Scheveningen, 1934.

Hoe langer Waldemar in Nederland was, hoe meer hij zich terugtrok in de rol van perfecte *gentleman*, beschaafd tot in zijn vingertoppen, keuriger dan keurig, blanker dan blank. In Paramaribo had hij zich kunnen voortbewegen met de vanzelfsprekendheid van een elitejongen, maar hier was en bleef hij 'the token nigger' die voortdurend zijn bestaansrecht moest bewijzen. Hij had zich aangeleerd blind te blijven voor de sensatiebeluste blikken van Rika's vrienden en kennissen en de minzame superioriteit van zijn collega's. Hun monden glimlachten, maar hun ogen keken schattend – want hoe keurig de heer Nods er ook uitzag en hoe consciëntieus hij ook was in zijn werk: hij was en bleef toch een neger, afkomstig uit dat rare apenland aan de andere kant van de oceaan. Troost of afleiding in het werk zelf had hij niet, want in het heersend economisch klimaat waren de carrièrekansen bij een hypotheekbank nog steeds zo goed als nihil. Menig collega had de gevreesde ontslagbrief al op de deurmat gevonden en het was al mooi dat Waldemar zijn baan nog had. Het enige dat hij kon doen was verder studeren, in de vage hoop dat hij er ooit profijt van zou krijgen.

Maar ondertussen was hij ernstig geworden en erg stil, ouder dan zijn jaren, de onbevangenheid uit het begin praktisch verdwenen. Waldemar miste de warmte en de kleuren van *Switi Sranan*, die heel makkelijke, ontspannen manier van leven waarin mensen zelfs in de grootste armoede nog konden lachen en plezier hebben. Hij miste de zon op zijn huid en het meest van alles miste hij de warme, lome rivier waar hij zo goed mee overweg had gekund. De enige plaats waar hij het paradijs van zijn jeugd nog terugvond was in de literatuur waar hij en Rika hun schaarse vrije tijd mee vulden. Het zondags boekenuurtje op de radio was heilig, het van heimwee doortrokken debuut *Zuid Zuid West* van zijn ook in Holland wonende landgenoot Lodewijk Lichtveld, beter bekend onder de schrijversnaam Albert Helman, werd stukgelezen.

> Nu zit ik hier in een vreemde stad, en morgen reis ik, waarheen? Er is een onrust, of liever: een klein verdriet, dat me telkens verder en verder lokt, dat me altijd en immer weer zoeken doet naar iets ouds, naar iets bijna vergetens.
> Hoe wist ik toen, mijn arm Koetiri, dat ik van hier het oude verdriet en het verre verlangen zou meenemen, naar de stad, naar een ander land. Hoe wist ik dat het huisje zo mooi zou

zijn onder de kokospalmen; hoe wist ik dat het hoge ruisen der lange bladeren nog vèrder zou zingen dan het doffe gebruis van de zee. Zuid-Zuid-West roept mij de dof glanzige dag tussen de lage koffiehaag. O, dit land, eer ik ooit dit land vergat!

Het laatste lijntje tussen Waldemar en zijn vaderland werd gevormd door de briefwisseling met de familie van zijn overleden moeder. Trouw stuurde de familie Treurniet hun neef pakjes met Surinaamse kruiden en etenswaren en hield hem op de hoogte van het reilen en zeilen in de kolonie, waarover in de Nederlandse kranten zelden of nooit iets terug te vinden was. Zo hoorde hij voor het eerst van het bestaan van Anton de Kom, een mede-*ocean swimmer* die in 1932 werkloos was geworden en met zijn Nederlandse vrouw en kinderen was teruggegaan naar Paramaribo. Hier was hij de communistische en nationalistische denkbeelden die hij in de kringen van Indische studenten in Den Haag had opgedaan, uit gaan dragen vanaf het balkon van de Waag aan de Waterkant. Bij de nog steeds Hollandsgezinde creolen had hij weinig gehoor gevonden, maar onder de uitgebuite Javaanse contractarbeiders kreeg De Kom zoveel aanhang dat het Koloniaal Bestuur hem na enkele bloedige rellen prompt weer op de boot naar Amsterdam had gezet.

Enkele jaren later deelde Waldemar op afstand het grote verdriet van zijn familie toen de rivier waar hij zo van gehouden had een van zijn neven opeiste. Een verraderlijke stroming had de boot waarin de zeventienjarige jongen met zijn vriendjes zat doen omslaan en hij was spoorloos in de diepte verdwenen. Maar er kwam ook goed nieuws, want Waldemars vaderland was aan het opkrabbelen uit de economische malaise die de kolonie tientallen jaren in haar greep gehouden had. De Surinaamse bodem bleek vol te zitten met bauxiet, de grondstof voor aluminium, dat essentieel was voor de onstuimig groeiende vliegtuigindustrie. Buitenlandse investeerders groepten weer samen op de steigers aan de Waterkant en er waren kansen te over voor een jonge, in Europa opgeleide man als Waldemar Nods.

Maar al was Waldemar dan de zoon van avonturier Koos en afkomstig uit een cultuur waar mannentrouw van oudsher een maar heel betrekkelijk gegeven was, Rika in de steek laten deed hij toch niet. Even stoïcijns bleef hij onder de avances van de meisjes op het strand wier blikken met zoveel welgevallen aan hem kleefden als hij na het zwemmen uit de golven kwam. Misschien was zijn Riek niet jong meer en ook niet meer zo heel mooi, maar haar armen waren warm als altijd en haar ogen bleven door alle misère heen bereid om te lachen. Zij was en bleef zijn anker in een koude wereld die niet de zijne was en dat ook nooit zou worden. Hij op zijn beurt was de stille kracht achter haar manmoedige pogingen zich terug te vechten in haar rol van favoriete dochter, moeder en respectabel echtgenote. Beiden hadden een hoge prijs betaald voor hun liefde, en misschien waren ze er daarom wel zo zuinig op.

In de herfst van 1936 vierde kleine Waldy zijn zevende verjaardag. Hij zat nu in de tweede klas van de eerste Haagse montessorischool. Eerder had hij nog op een kleuterschool in Scheveningen gezeten, maar daar hadden zijn huidskleur en onwettige status zoveel commentaar uitgelokt dat Rika

Een florerend gezin in crisistijd. Scheveningen, 1936.

Waldy en zijn vader.

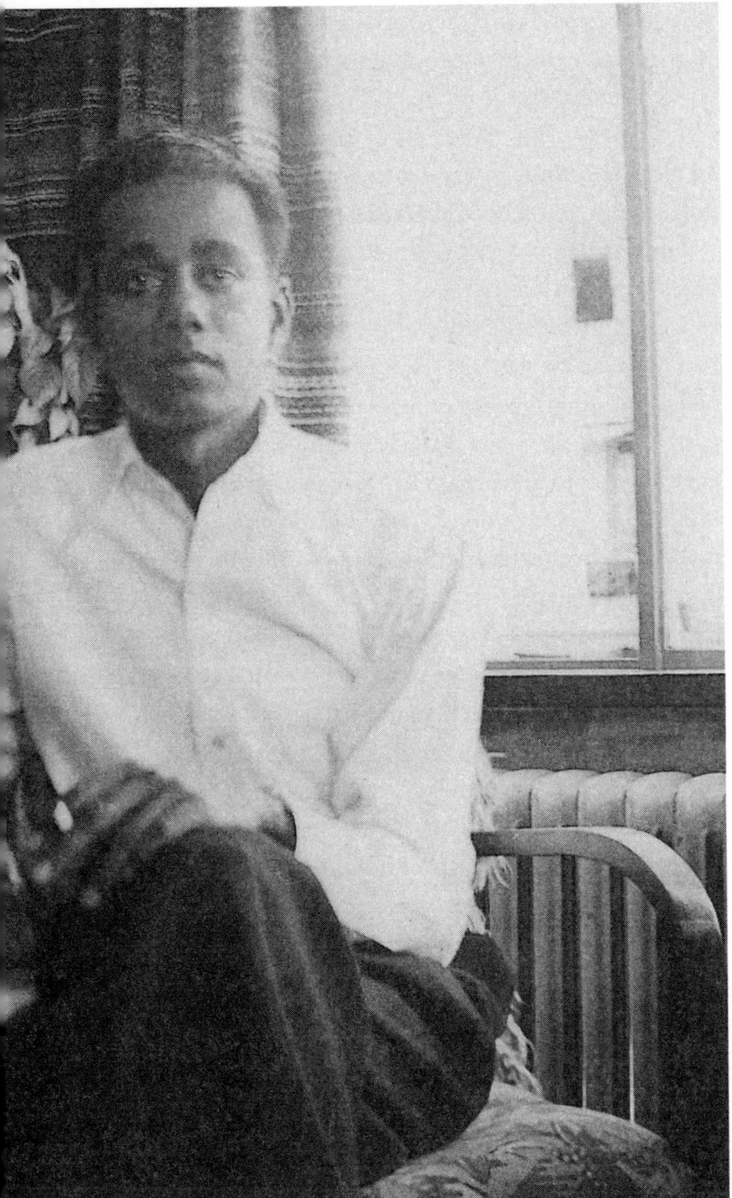

hem er verontwaardigd weer van af had gehaald. Op het vooruitstrevende eliteschooltje in het zuiden van Den Haag was hij aanzienlijk beter op zijn plaats. Er zaten veel kinderen van artistieke ouders en de sfeer was er net zo vrij en speels als hij thuis gewend was. Want Waldy had zoals Rika ooit schreef 'een schoon leventje bij zijn vader en moeder'.

Hij was dan ook een uitermate zonnig jongetje, dat niet beter wist dan dat het leven een feest was en dat ook zou blijven. Zijn moeder was altijd vrolijk. Ze zong liedjes met hem, en maakte van alles een mooi en spannend avontuur, of het nu ging om het opmaken van de bedden voor hun gasten of het doen van de boodschappen in Den Haag. Dan zat hij met zijn neus tegen het raam van de tram gedrukt te kijken naar die wondere wereld buiten – de gasfabriek die wolken stoom uitblies, de enorme kolenbergen ernaast en de menigte mensen en toeterende auto's op straat. En al had zijn moeder het vooral in de zomer druk met haar gasten, op de een of andere manier vond ze toch altijd tijd voor hem en knuffelde en haalde hem aan waar ze de kans kreeg.

Waldy's vader was een held, veel interessanter dan welke andere vader ook. Niet alleen zag hij er bijzonder uit en arriveerden er geregeld pakjes met kleurige postzegels en exotische geuren, afkomstig uit die geheimzinnige wereld waar hij vandaan kwam, maar ook trok hij veel meer met zijn zoon op dan andere vaders deden. Iedere lente keken ze samen gespannen uit naar het moment dat de vlaggen van het Volkszeebad gehesen werden ten teken dat het seizoen was geopend en vervolgens waren ze elk vrij ogenblik samen op het strand en in het water te vinden. Bij rustig weer zwommen ze tot ver uit de kust, helemaal naar de catamaran van de toezichthouder, waar zijn vader Waldy met een sierlijke boog vanaf leerde duiken. Onder water zwom Waldy altijd met zijn ogen wijdopen zodat hij de visjes en de kwalletjes in het heldere water kon zien. Werden in de herfst de vlaggen weer gestreken en de strandtenten opgebroken, dan maakten vader en zoon lange wandelingen door Den Haag of gingen naar de film. En als in het vroege voorjaar de zon weer wat kracht kreeg en in brede banen door de ramen viel, dan koesterden ze zich als twee katten in het zonlicht en vertelde zijn vader over dat verre Suriname, waar palmbomen groeiden en waar het zo warm was dat je er iedere dag kon zwemmen. En Waldy begreep langzamerhand dat Scheveningen nooit het thuis van zijn vader zou worden, hoe gezellig ze het met z'n drietjes ook hadden. Zijn thuis was aan de andere kant van die enorme zee, waar hij op warme avonden soms urenlang met zijn donkere ogen naar zat te staren, het heimwee bijna tastbaar om hem heen.

Naarmate Waldy ouder werd waren er allerlei ooms en tantes in zijn leven opgedoken die hem kennelijk heel bijzonder vonden, en zich graag met hem op de foto lieten zetten. Datzelfde gold voor de pensiongasten, van wie sommigen jaren bij hen bleven wonen of voortdurend terugkwamen, zodat ze ook een soort familie werden. Ze vertroetelden en verwenden hem zo erg dat het soms zelfs zijn moeder te bar werd. Waldy's grootste vriend was de kapitein die de baas was van de twee Poolse vissersschepen die in de Scheveningse haven lagen. Soms pakte hij Waldy op, hield hem tegen zijn kolossale buik en gespte de riem van zijn uniform om hen beiden alsof hij hem die dag mee zou nemen. Dan schaterde Waldy en worstelde net zo lang tot zijn moeder hem lachend moest komen redden.

En dan waren er nog Waldy's oudere broers en zuster die in Groningen woonden. Eens per week kwam er een brief van zijn zus, die zijn moeder dan met trillende vingers en een blosje op haar wangen openscheurde. Ze vertelde de mooiste verhalen over hen, vooral over Wim en Jan, zijn grote broers, die hem nu nog even niet konden opzoeken, maar dat later zeker zouden komen doen. Zijn moeders gezicht straalde altijd als ze het over dat 'later' had. En nooit zag hij haar zo zenuwachtig als die ene keer in het jaar dat ze met zijn zus en jongste broer gingen theedrinken in het café bij de dierentuin. Zijn zuster Bertha was dan net zo nerveus als zijn moeder, al keek ze altijd wel heel lief naar hem en aaide ze hem over zijn krullen. Maar hoewel zijn moeder hen altijd aanspoorde samen te spelen, had zijn broer Henk daar kennelijk nooit zo'n zin in en zat die er meestal maar een beetje ongelukkig bij. Eigenlijk vond Waldy zijn verre broers nog het leukst in de verhalen van zijn moeder – het waren een soort sprookjesfiguren, en dat mochten ze wat hem betreft best blijven ook.

In december 1936, aan het begin van wat een van de koudste winters ooit zou worden, ging Waldy op een avond met zijn vader naar de bioscoop in Den Haag. Die nacht kreeg hij hoge koorts. Aanvankelijk dachten zijn ouders dat de film te opwindend voor hem was geweest, maar de volgende ochtend was het jongetje buiten bewustzijn en moest met spoed naar het ziekenhuis gebracht worden. De dokters constateerden onder andere ontstekingen in zijn nieren en longen en dagen achtereen zweefde hij op het randje van de dood. Met grote angstogen waakten zijn ouders bij zijn bed. Rika bad aan één stuk door, keer op keer belovend haar leven te zullen beteren als Waldy zou blijven leven. Want ze was ervan overtuigd dat de wrekende God uit haar jeugd haar wilde straffen voor haar hoogmoed en haar zonden en haar nu ook nog haar jongste kind dreigde af te pakken.

Waldy bleef leven, en terwijl hij op krachten kwam met

maandenlange bedrust en schaaltjes andijvie en slagroom, begon Rika aan haar volgende opdracht: zich revancheren in de ogen van God. Een makkelijke taak was dat niet, want haar huwelijk met een protestant in combinatie met een scheiding en het ongehuwd samenleven met haar onkerkelijke man maakten haar volgens de officiële roomse normen maar liefst driedubbel verdoemd. Overal in haar huis hing ze crucifixen en op de schoorsteenmantel verscheen een groot Mariabeeld, en iedere zondagochtend moest Waldy nu met zijn moeder mee naar de Antonius Abtkerk in plaats van buiten te mogen spelen, zoals vroeger. Hij moest zelfs de eerste communie doen. Hij vond er weinig aan: van de hostie werd hij misselijk en telkens weer kreeg hij op zijn kop omdat hij zijn catechismus niet had geleerd.

Het was gedurende zo'n zondagochtend dat er voor het eerst barsten verschenen in zijn tot dan toe zo zonnige wereldbeeld. Hij zat naast zijn moeder in de harde kerkbank, wiebelend met zijn voeten en hopend dat het snel afgelopen zou zijn, toen hij opeens vreemde geluiden naast zich hoorde. Zijn moeder huilde, en ze kon er niet meer mee ophouden.

∽

Op 17 maart 1937 trouwden Rika en Waldemar in het Haagse stadhuis. Het was een uiterst sobere plechtigheid. Buiten was het zo koud dat de Scheveningse pier nog wit was van de vastgekoekte sneeuw en de nog zwakke Waldy hadden ze thuis bij de brandende kachel gelaten. Familie was er nauwelijks en het bruidspaar was gekleed in burgerkleren, al had Rika de verleiding niet kunnen weerstaan om wat bloemen uit haar bruidsboeket op haar hoedje te spelden. En in de Wagenwegstraat in Paramaribo dwarrelden enkele weken later gedroogde rozenblaadjes uit de brief waarin Rika het nieuws aan haar kersverse Surinaamse schoonfamilie meldde.

Die herfst mocht Waldy tot zijn grote teleurstelling niet meer terug naar de montessorischool. Hij ging voortaan naar de katholieke school in het oude Scheveningen. Hij miste zijn vriendjes en moest erg wennen aan het strenge onderwijssysteem van de broeders en de volkse sfeer. Zijn klasgenootjes vonden hem een merkwaardige eend in hun bijt. Toen hij argeloos vertelde die zomer met zijn vader op vakantie in het Zwitserse Lugano te zijn geweest, omdat de dokter dacht dat dat goed zou zijn voor zijn longen, werd hij uitgescholden voor opschepper. Wie dacht hij wel dat hij was, een wereldreiziger of zo? Ook hoorde hij voor het eerst opmerkingen over zijn huidskleur: 'nikker', 'vieze bruine', 'lelijke pindachinees'. Waldy snapte er niets van: hij was toch geen Chinees? En vies waren ze al helemaal niet – hij kende juist geen man die zo schoon op zichzelf was als zijn vader. Deze wreef zijn huid en haar na elk bad zorgvuldig met olie in, streek zijn overhemden tot er geen vouwtje meer in zat en drukte zijn zoon voortdurend op het hart dat hij er keurig uit moest zien en zich perfect moest gedragen. Want, zoals hij zei: 'Ze kijken al zo naar ons.'

Op zijn achtste verjaardag mocht Waldy in het schuurtje achter hun huis gaan kijken en vond hij een wit bont balletje met twee felle zwarte oogjes in een groentekistje. Eindelijk had Waldy de hond waar hij al jaren om gevraagd had, al was 'hond' eigenlijk een wel heel ruime benaming voor het Maltezer leeuwtje waar zijn moeder zo verrukt van was. Ze besloten gedrieën het beestje 'Topsy' te noemen, naar een liedje dat erg populair was dat jaar. Want dat, zo zei zijn moeder, paste zo mooi bij Sonny Boy.

Enkele maanden later, op een gure februaridag, was er weer een verrassing voor Waldy. Zijn moeder pakte hem in in zijn warmste kleren en hij mocht er met zijn vader op uit. Buiten waaide het zo hard dat Waldemar hem vast moest houden om te voorkomen dat hij omvergeblazen werd. De natte straten rond de boulevard waren uitgestorven, de zee was woest en zelfs de meeuwen hadden beschutting gezocht. Het feestgebouw op de pier was nauwelijks meer te onderscheiden in de wolken van opspattend schuim. Golf na golf spatte op het strand uiteen, en aan de horizon worstelden vissersschepen om veilig de Scheveningse haven binnen te komen.

Samen tornden vader en zoon op tegen de wind, langs de chique hotels naar de Zeekant tot ze bij het fraaie herenhuis op nummer 56 waren aangekomen. Daar haalde Waldy's vader een sleutelbos uit zijn zak en zei: 'Kijk, dít is ons nieuwe huis!' De lange marmeren gang waar ze even later doorheen liepen was vreemd stil na het geweld buiten en het pand was door en door koud, want het had bijna een jaar leeggestaan. Maar aan alles kon je zien dat het een groot en voornaam huis was. Het was heel diep, en een monumentale trap voerde naar maar liefst dertien ruime kamers. Aan de achterkant lag een beschutte tuin en aan de voorkant op de eerste verdieping een groot terras met een weids uitzicht over de Noordzee. Links lag het oude dorp en de haven, rechts het Kurhaus en de pier.

Pal voor het huis was een basalten talud dat afliep naar het parkeerterreintje waar Waldy en zijn vriendjes in de zomer rolschaatsten tussen de dure auto's. En daarachter was het strand, nu verlaten, maar 's zomers krioelend van de badgasten rond het Volkszeebad. ‘Denk je eens in, dan kunnen we zó vanuit de voordeur de zee inlopen!’ zei zijn vader. Waldy zag zijn ogen glanzen en hij was trots dat ze in zo’n mooi huis zouden gaan wonen.

Met Topsy aan de Zeekant. Scheveningen, eind jaren dertig.

5

Aan de Zeekant

De zomer van 1938 was ongekend warm. Het hele land zuchtte onder een hittegolf, maar aan zee, bij de koele golven die vredig naar het strand rolden, was het heerlijk. Dag na dag klom de zon hoog tegen de strakblauwe hemel, en iedere avond sjokten de badgasten innig vergenoegd door het rulle zand terug naar hun tijdelijke onderkomens. 's Avonds waaiden flarden muziek en gelach vanuit het feestgebouw over de bijna gladde zee en op de boulevard zaten tot diep in de nacht mensen te genieten van de sterrenhemel. Nog één keer vertoonde de badplaats Scheveningen zich zoals ze bedoeld was, in al haar negentiende-eeuwse glorie en grandeur.

Waldy bracht de eerste weken van zijn vakantie door op Goeree, waar hij met zijn grote zus logeerde bij een van haar vriendinnen. Vervolgens ging hij, uitgedost als een klein heertje, weer naar Zwitserland met zijn vader. Zijn moeder bleef thuis. Ze hield niet van bergen, zei ze, die belemmerden haar uitzicht maar. Bovendien draaide Pension Walda dat eerste jaar op zijn nieuwe locatie meteen het beste seizoen uit zijn geschiedenis. Rika bestreed haar nietaflatende heimwee naar haar oudste kinderen en haar wroeging ten aanzien van God op de enige manier die ze kende: met bezig zijn. Op een zeker moment sliep ze zelfs maar in de badkamer, omdat er werkelijk in ieder hoekje en gaatje van het pension gasten waren ondergebracht.

Er waren er meer voor wie 1938 een topjaar was. Duitslands sterke man Adolf Hitler, bijvoorbeeld, was nu op de toppen van zijn kunnen. Was hij, zoals de historicus Sebastian Haffner later schreef, begin dit jaar overleden, dan was hij ongetwijfeld als geniaal politicus de geschiedenis ingegaan. Want de Duitsers konden weer trots zijn op hun land. Alles was er groots: de architectuur, de massa's die hun leider toejuichten, en vooral ook de ideeën die Hitler koesterde over de toekomst van de wereld, Duitsland en die van hemzelf in het bijzonder. Zijn gedachtegoed was geënt op een vaag darwinistisch idee dat de arische volkeren elkaar dienden te bevechten tot het sterkste de wereldheerschappij in handen had – in Hitlers visie vanzelfsprekend het Duitse *Herrenvolk* onder zijn leiding.

Het joodse volk, dat bij gebrek aan een eigen land over de wereld verspreid was en overal toonaangevende posities innam, zou deze gezonde competitie saboteren. Als zodanig waren de joden niet alleen verantwoordelijk voor het smadelijke verlies van Duitsland in de Grote Oorlog, maar ook voor de economische crisis die het land en de westerse wereld aan de rand van de afgrond had gebracht. Om uit te kunnen groeien tot het wereldrijk dat Hitler voor ogen had, diende Duitsland dus volledig van joodse smetten gezuiverd te worden. Alhoewel openlijke geweldsuitbarstingen jegens joodse medeburgers in deze jaren nauwelijks meer voorkwamen, kroop een veel gevaarlijker vorm van

Rika met zuster Jo, in de woonkamer aan de Zeekant.

antisemitisme door de Duitse samenleving als een worm door een appel: de buitenkant bleef ogenschijnlijk gezond en glanzend, maar de kern werd aangevreten. Tal van wettelijke bepalingen maakten joden categorisch een normaal leven onmogelijk en zij die die het zich konden veroorloven zochten hun heil in het buitenland, al betekende dat dat vrijwel alles wat ze bezaten verviel aan de Duitse staat.

Veel kapitaalkrachtige Duitse joden emigreerden naar Holland en aan het eind van de jaren dertig was de joodse gemeenschap in Den Haag met zeventienduizend zielen uitgegroeid tot de op een na grootste van het land. Een aanzienlijk deel van hen vestigde zich in Scheveningen, van oudsher immers een wijkplaats voor joodse vluchtelingen. Rika kocht graag bij de ondernemende joodse middenstanders: ze herkende haar eigen handelsgeest en veerkracht. Ook Waldemar voelde zich bij hen een stuk beter thuis dan bij de stugge Hollanders, afkomstig als hij was uit het praktisch joodse Suriname. De Hollandse nationaal-socialistische leider Anton Mussert stelde dit jaar zelfs voor om alle

Europese joden maar naar de kolonie te deporteren. Net als de meeste creoolse Surinamers had Waldemar waarschijnlijk zelf ook joods bloed. Want toen zijn grootmoeder Mietje in 1857 op negentienjarige leeftijd haar vrijheid van Salomon Soesman wist te verkrijgen, maakte ze daarbij gebruik van het enige kapitaal dat ze had: zichzelf. Hoe zwart de huid van haar zoon Koos ook was, zijn gelaatstrekken vertoonden een opmerkelijke overeenkomst met die van de vroegere eigenaar van zijn moeder.

∽

Ooit groeide hij op aan de Waterkant en nu woonde Waldemar aan de Zeekant, in de riante suite van het pension waar hij met zijn gezin introk toen Scheveningen zich in de herfst van 1938 opmaakte voor zijn winterslaap. Hij zwom bijna elke dag in de nog warme zee, en Rika maakte tal van vrolijke foto's van hem terwijl hij in zijn badjas over het basalt klauterde op weg naar het water. Zij hadden er met zijn tweeën hard voor moeten vechten, maar het begon er nu toch op te lijken dat de merkwaardige liefdesgeschiedenis die tien jaar eerder was begonnen in het bovenhuis aan de Azaleastraat een *happy end* zou krijgen.

Maar terwijl Rika en Waldemar hun eigen geschiedenis schreven, ging ver boven hun hoofd de Grote Wereldhistorie haar eigen gang. Europa was in crisis, niet alleen economisch, maar ook politiek. In Spanje vochten de fascisten onder leiding van generaal Franco een bloedige burgeroorlog uit met de linkse partijen, in Italië had de fascistische dictator Benito Mussolini de macht gegrepen en zelfs in de democratische bakermat Griekenland had zich een extreemrechtse leider geïnstalleerd. En Adolf Hitler, de extreemste

Pension Walda aan de Zeekant, v.l.n.r. Waldy, Waldemar, Rika, Bertha en Topsy.

van allemaal, wond er steeds minder doekjes om dat hij nooit tevreden zou zijn of blijven met een welvarend en machtig Duitsland, maar dat hij uit was op wat hij eufemistisch omschreef als *Lebensraum* voor zijn uitverkoren volk. Vanaf het moment dat hij aan de macht gekomen was, was hij begonnen met het opbouwen van een legerapparaat dat wat omvang en moderniteit betreft zijn weerga niet kende. Begin 1938 had hij zijn loyale, maar naar zijn smaak te onafhankelijk denkende generaals aan de kant gezet en zelf de touwtjes in handen genomen. En in maart waren de Duitse troepen Oostenrijk binnengetrokken en was de *Anschluss* van zijn geboorteland bij het Groot-Duitse rijk een feit.

Die herfst reisde de Britse premier Neville Chamberlain naar München in een poging de machtshonger en oorlogszucht van de Duitse dictator een halt toe te roepen. '*I believe it is peace in our time!*' meldde hij triomfantelijk vanaf de eerste verdieping van zijn ambtswoning aan Downing Street en tot in Nederland werden de vlaggen uitgestoken om te vieren dat de dreiging van een nieuwe wereldoorlog was afgewend. Maar ondertussen had de Brit praktisch al Hitlers eisen ingewilligd en Tsjecho-Slowakije vrijwel weerloos achtergelaten. Op 1 oktober marcheerden de Duitse troepen de Tsjechische grens over. Zes weken later ging ook iedere illusie dat het wellicht nog mee zou vallen met het antisemitisme van de nazi's aan diggelen. In de nacht van 9 op 10 november 1938 sneuvelden in heel Duitsland de ramen van joodse winkels en woningen. De eigenaren werden opgejaagd, bestolen, mishandeld en soms vermoord. De internationale verontwaardiging over deze *Kristallnacht* – genoemd naar de scherven waarmee de winkelstraten de volgende ochtend bezaaid lagen – was groot, en met name in de buurlanden groeide de ongerustheid over het gemak waarmee Hitler zijn gang kon gaan, zeker nadat hij in de lente van 1939 ook Tsjecho-Slowakije zonder slag of stoot inlijfde bij het Groot-Duitse rijk.

Die zomer kwamen als altijd de artiesten en de badgasten, en Waldy ging weer met zijn zuster naar Goeree en met zijn vader naar Lugano. Maar heel Europa hield de adem in en eind augustus viel ook over het zonnige Scheveningen de schaduw van Adolf Hitler. Op 31 augustus schreef een gaste in het gastenboek van Pension Walda:

Waldemars zusje Lily, geflankeerd door Rika's broer Marcel van der Lans en de oude Koos Nods. Bella Horizonte, Brazilië, januari 1937.

> Met veel genoegen denken we terug aan de heerlijke zonnige strandweken van augustus 1939, hier doorgebracht. Jammer dat de internationale spanning en het mobilisatiebesluit een schaduw over 't slot wierpen. Kere God alles nog ten goede.

De volgende dag vielen de Duitse legers Polen binnen en hadden Frankrijk en Engeland geen andere keuze meer dan Duitsland de oorlog te verklaren. Nog geen eenentwintig jaar na het einde van de eerste Grote Oorlog was een volgende ontbrand, en deze keer was het maar ten zeerste de vraag of Nederland zich weer afzijdig zou kunnen houden. Je hoefde tenslotte geen militair strateeg te zijn om te zien dat de Hollandse kust voor de machtsbeluste dictator in het Oosten van groot strategisch belang was, terwijl het kleine land met zijn verouderde legertje absoluut geen partij was voor het Duitse militair apparaat.

Waldemar en Rika sloeg de angst om het hart. Joden waren immers niet de enige *Untermenschen* in de nazistische filosofie. Als de nazi's al zo met hen omsprongen, hoe zouden ze dan wel niet omgaan met zwarte mensen – in hun ogen een ras van nog veel lager allooi? In oktober logeerden Waldemars zuster Hilda en haar man Jo Herdigein aan de Zeekant. Ze waren met verlof uit Indië, en hadden eerst een bezoek gebracht aan Koos Nods, die nog steeds in Ouro Preto resideerde. Tot Waldy's verrukking hadden ze echte leren voetbalschoenen en een hockeystick voor hem meegenomen. Zijn vader kreeg een heus goudklompje, een *pipiti*. Het was de eerste keer dat Waldy foto's van zijn geheimzinnige grootvader zag: een grijze man met een trotse houding en een verweerd gezicht, met naast hem een soort sprookjesprinses – dat moest zijn mooie tante Lily zijn. Op een dag werd Waldy door zijn moeder apart genomen en fluisterde ze hem in zijn oor dat ze misschien zelf ook binnenkort naar zo'n warm land zouden gaan. Want tante Hilda had zelf geen kinderen en wilde niets liever dan dat haar broer met zijn gezin bij haar zouden komen wonen in het verre Indië, op veilige afstand van de oorlogsdreiging die nu als een donkere wolk boven Europa hing.

Rika verkeerde in een bijna onmogelijk dilemma. Hoe graag ze haar beide Waldy's ook veilig en gelukkig wilde zien en hoezeer een koloniaal avontuur haar zelf ook aantrok, vertrek naar Indië zou – naast het einde van haar mooie pension – ook een hernieuwd en waarschijnlijk definitief afscheid van haar oudste vier kinderen betekenen, net nu ze het gevoel had hen weer onder handbereik te krijgen. Want eerder die herfst was ze op uitnodiging van Bertha een paar dagen in Groningen geweest om daar kennis te maken met de jongen met wie ze zich wilde verloven. Toen was er iets heel bijzonders gebeurd, want ook Wim bleek van de gelegenheid gebruik te willen maken om zijn aanstaande aan zijn moeder voor te stellen. En zo had Rika na tien jaar haar oudste zoon weer teruggezien. Destijds was hij een verward, woedend jongetje geweest, nu een rijzige, uiterst gedisciplineerde jongeman, die haar uiterst koeltjes behandelde. Maar hoe formeel en kort hun ontmoeting ook was, Rika was ervan overtuigd dat dit een nieuw begin was, al was het maar omdat Wims verloofde haar een hartelijke vrouw leek, die haar kinderen later vast hun grootmoeder niet zou willen onthouden.

Vanzelfsprekend was Willem Hagenaar des duivels toen hij hoorde dat zijn ex-vrouw in Groningen op bezoek was geweest. Even had het er zelfs op geleken dat hij zijn dochter alsnog het huis uit zou zetten.

> Ik moet nog vertellen dat mama in September in Groningen is geweest. Ze heeft bij Hofman gelogeerd en het waren onvergetelijke dagen. Ik vind het fijn dat Johan goed met haar heeft kunnen kennismaken. Maar wat is daar een herrie om geweest. Het scheelde maar een haar of ik had in Scheveningen gezeten. Ik heb in die paar dagen eigenlijk zo echt die moederliefde gevoeld en Henk ook. Die schrijft mama nu veel meer. Het komt nu vast wel in orde. En zodra we een eigen huisje hebben hoop ik dat we kunnen laten zien hoe het leven ook kan zijn.

Bertha met Topsy. Op de achtergrond het feestgebouw op de pier van Scheveningen.

Willems woede was echter de laatste stuiptrekking van een al verloren strijd, want het contact tussen de inmiddels 22-jarige Bertha en haar moeder bleek met alle dreigementen van de wereld niet meer te stuiten. Een eerste logeerpartij in Pension Walda werd gevolgd door een gezamenlijk verblijf op Goeree ter gelegenheid van het huwelijk van een van Bertha's vriendinnen. 'Iedereen vond het heel normaal dat mama en ik samen waren,' schreef Bertha half verbaasd, half verrukt. Kerstmis 1939 vierden moeder en dochter voor het eerst in negen jaar samen.

Kort daarvoor had het gezin Nods tante Hilda en oom Jo uitgewuifd op de kade van Rotterdam, met een welgemeend 'Tot spoedig!' Want Rika had de veiligheid van haar man en zoon uiteindelijk toch laten prevaleren en oom Jo had beloofd alles op alles te zetten om zo spoedig mogelijk een passende baan voor zijn zwager te vinden. Ondertussen deed ze wat ze kon om de verloren jaren met haar dochter in te halen en bedolf Bertha onder moederlijke zorgen en goede raad. In geen geval, schreef ze, moest ze de fouten maken die zijzelf gemaakt had:

> Jij bent het enigste slachtoffer niet, waarvan de ouders gescheiden leven. Daarom Zus, wil ik ook zoo graag, dat je niet te licht over het huwelijk zal denken. Lieveling, ga niet trouwen later om *vrij te zijn*. Wat dat ben je *juist* niet. Als je trouwt ben je *niet* vrij. Dat denk je maar! Je bent dan juist gebonden. Maar... die band moet zo zuiver van liefde, trouw en *opoffering* zijn. Dat je hem *nooit voelen mag*. Als je daar maar goed van doordrongen zal zijn. Dan zal alles goed gaan. Jullie zijn twee verschillende mensen. En nooit mogen jullie teveel van elkaar vergen. Een karakter blijft een karakter. Past je aan, ook aan de fouten van elkaar.

> Altijd lief en eerlijk alles delen. En als je weet dat de een iets graag zou willen wat de ander niet prettig vindt, nooit dwingen! Iets wat vrij gegeven wordt is zo heilig en zo mooi! Heus lieve kinderen er is voorlopig niets geen haast mee te trouwen. Werkt eerst flink aan de fundamenten van het Huwelijk. Ga je nooit om vrijheid zitten behelpen. Ik smeek je Zus doe dat *nooit*; ik heb daar soms angst van. Dat mag *nooit* en nimmer gebeuren. Jullie jeugdjaren komen nooit meer terug. Geniet er van. Als je getrouwd bent, dan rust er een zware plicht op jullie; de huur moet er zijn, de belasting moet betaald worden, het gas en licht moeten betaald worden, je hebt meubelen te verzorgen. Het eten, brood, vlees enz. De dokter moet je kunnen betalen, en je moet een levensverzekering hebben. Kinderen zullen er komen. Die vragen om verzorging. Je hebt de ellende gezien. Wat heb je aan Moederliefde alleen. Het leven is hard, het *eist geld*.

In haar hart was Rika niet bijster onder de indruk van Bertha's verloofde, die zowel intellectueel als wat temperament betreft niet erg leek te passen bij het nerveuze raspaardje dat haar dochter was. Toen het Nederlandse leger in februari 1940 werd gemobiliseerd en Pension Walda twee militairen ingekwartierd kreeg, liet ze dan ook geen gelegenheid voorbijgaan om Bertha nader kennis te laten maken met de flinke en intelligente jongens die ze nu in huis had. Kosten noch moeite werden gespaard om het de beschermers van het vaderland naar de zin te maken en als haar dochter op bezoek was, werden de flessen wijn uit de kelder gehaald en liep de avond steevast uit op een vrolijk feest.

Voor de tienjarige Waldy was het een heerlijke tijd. Echte soldaten in huis! Hij kon zich nauwelijks iets spannenders voorstellen en de afgedankte helm die ze hem gaven, kreeg een ereplaats naast zijn leren voetbalschoenen. Hij groeide hard – 'een echt kind al', zoals zijn moeder trots aan Henk schreef – en steeds vaker mocht hij opblijven tijdens de lange, gezellige avonden in Pension Walda. Alleen zijn vader bromde weleens: als Waldy inderdaad dokter wilde worden – iets wat zijn beide ouders vurig hoopten – dan moest hij wél om zijn huiswerk denken. Want al had hij zich dan aangepast aan het strenge regime van de paters, zijn liefde voor het fenomeen 'school' was er met de jaren niet groter op geworden. Er vielen ook zoveel leukere avonturen te beleven voor een jongen van zijn leeftijd: rolschaatsen op het parkeerterrein aan de boulevard, garnalen vangen en hengelen naar scholletjes vanaf de pier, mottenbalgevechten houden tussen opgeslagen matrassen in een van de grote hotels waarvan de vader van zijn beste vriendje bedrijfsleider was.

Vijf mei 1940 was een dag met een gouden randje in Pension Walda. Niet alleen omdat Bertha er was, maar ook omdat het een van de eerste echt warme dagen van het jaar was. De soldaten haalden ijsjes, die de pensionbewoners in de tuin achter het pension aan de Zeekant opaten. Vrolijk poseerden ze met zijn allen voor Waldemars camera op en rond de houten tuinbank: de militairen, de familie Nods en de Poolse dienstmeisjes die in afwachting van de komende zomerdrukte weer naar Scheveningen waren gekomen. Hondje Topsy dartelde eromheen met de even pluizige puppy die ze de voorgaande herfst gekregen had. Maar de tekst die Rika daags erna op de achterkant van een van de genomen kiekjes schreef was aanzienlijk minder zonnig: 'In bange dagen, mei 1940'.

Aan de vooravond van de oorlog, voorjaar 1940.

De vrijdag daarop – het was inmiddels 10 mei – werd Waldy 's ochtends ongewoon vroeg wakker van het geluid van de radio. Beneden in de woonkamer vond hij zijn vader, al helemaal aangekleed. Luid klonk de geagiteerde stem van de radio-omroeper door de kamer: die ochtend was bij het aanbreken van de dageraad, om vijf minuten voor vier, een uit enkele honderden vijandelijke vliegtuigen bestaande luchtvloot de oostgrens van het land gepasseerd. Op de Nieuwe Maas in Rotterdam landden momenteel watervliegtuigen en rond de vliegvelden kwamen duizenden Duitse parachutisten naar beneden. Vooral bij Den Haag was sprake van grote vijandelijke activiteit, kennelijk met als oogmerk de regering en de koninklijke familie gevangen te nemen. 'Gaan ze hier ook schieten, pap?' vroeg Waldy. 'Ik denk het niet,' antwoordde zijn vader, 'maar je kunt nooit weten.' Hij was nog niet uitgesproken of een zwart vliegtuig daverde rakelings over hun huis en op de boulevard begonnen mitrailleurs te ratelen.

Toen Waldy en zijn vader na een paar minuten weer voorzichtig van de vloer omhoog durfden te komen en ze uit het raam keken, zagen ze in de branding recht voor hun huis drie watervliegtuigjes. Net op dat moment stopte een grote, dure automobiel op de Zeekant. Een passagier stapte haastig uit en tilde twee koffers uit de auto. Terwijl de auto alweer weggleed, klauterde hij met een koffer in zijn hand het talud af en liep het parkeerterreintje over, het strand op. Een van de piloten rende hem tegemoet, nam hem op zijn schouders en droeg hem door de branding naar zijn vliegtuig. Even later taxiede het vliegtuigje met de vluchteling – in wie Waldy's vader inmiddels minister van Buitenlandse Zaken Van Kleffens had herkend – door de branding en steeg op richting Engeland. Terwijl het vliegtuigje als een stip aan de horizon verdween, begon plotseling het oorverdovend schieten weer. Duitse jachtvliegtuigen doken als zwarte schaduwen naar beneden en de twee watervliegtuigjes in de branding veranderden van het ene moment op het andere in vuurballen. Weggedoken achter het raam hoorden Waldy en zijn vader de piloten schreeuwen in de vlammen. En voor hun huis stond nog steeds een eenzaam koffertje, achtergelaten door de vluchtende minister.

> 10 mei 1940
> Vrijdagmorgen 9 uur
> Lieve Kinderen!
> Het pakje kon niet weg, 't is oorlog. God bescherme jullie, kom als je kan allemaal naar je Moeder. Hier is ruimte, de zee maakt ons kalm. Twee arme vliegers zijn voor onze ogen beschoten, bid tot Maria, houd goede moed, God zegene en bescherme jullie allen. Ik kan niet meer schrijven, jullie brief heden ontvangen. Weest gerust, Moeder bidt voor jullie allen, veel liefs, omhelsd door Moedertje en de Waldy's.

Die dag vertrok de Poolse kapitein halsoverkop met zijn vissersschepen uit de haven van Scheveningen. Waldy hielp zijn vader de hele dag bij het bouwen van een uit zandzakken bestaande schuilkelder aan de achterkant van hun huis; zijn moeder begon met het aanleggen van een noodvoorraad. De volgende ochtend meldde de radio dat het Nederlandse leger overal moedig verzet bood en wel honderd Duitse vliegtuigen had neergehaald. Het hele pension juichte. Maar op zondag vluchtte kroonprinses Juliana met haar man en twee dochtertjes naar Engeland en de dag daarop volgde koningin Wilhelmina met de laatste leden van de Nederlandse regering.

Op dinsdagmiddag om vijf voor half twee verschenen als dikke zwarte bromvliegen tegen een blauwe hemel Heinkel-bommenwerpers boven Rotterdam. Tien minuten later bogen ze weer af richting oost, met achterlating van zevenhonderd doden, duizenden gewonden en een enorme vlammenzee op de plek waar die ochtend nog een levendig stadshart was geweest. Vanaf hun achterbalkon konden Waldy en zijn moeder de vuurgloed en de zwarte wolken boven Rotterdam en de olie-installaties van Pernis zien. De volgende ochtend, 15 mei, huilden ze samen terwijl de radio-omroeper meldde dat opperbevelhebber Winkelman de strijd had gestaakt nadat de Duitsers hadden gedreigd ook Utrecht te bombarderen. Maar al snel droogde Rika hun tranen: met huilen schoot je niets op, zei ze, en het zou zeker slechts een kwestie van tijd zijn voor er Britse oorlogsschepen aan de horizon zouden verschijnen om hen te bevrijden.

De dag daarop verlieten de nu gedemobiliseerde soldaten Pension Walda. Een van hen schreef in het gastenboek:

> Een halfjaar mobilisatie en vier dagen oorlog brengt ons mensen dichter bij elkaar als vele jaren zogenaamde vriendschap. Het was in de bange tijd van 10 mei dat wij door de bewoners van Huize Walda in ons geloof aan Nederland werden gesterkt.

Zo abrupt als de oorlog was losgebarsten, zo gemakkelijk gleed het leven terug in de orde van de dag. Terwijl de badgasten mondjesmaat weer verschenen en Rika trachtte haar zomerseizoen te redden, vestigde het nieuwe regime onder leiding van rijkscommissaris Seyss-Inquart zijn hoofdkwartier in het even boven Scheveningen gelegen landgoed Clingendael. In juni werd een eenheid van de Waffen SS in de badplaats gelegerd om de havens en de vuurtoren te bewaken. Op de boulevard speelde een Duitse blaaskapel vrolijke deuntjes en hoge militairen lieten zich in hun veel te warme leren jassen glimlachend fotograferen naast de ezeltjes op het strand: kijk, zo slecht was het leven niet onder de nieuwe orde. Ook Pension Walda kreeg Duitse militairen ingekwartierd. De soldaten verveelden zich stierlijk, en al snel verdiende menige kennis van de familie wat bij door met hen aan de Zeekant om geld te kaarten.

Met dezelfde pragmatische koopmansgeest waarmee Nederland in de zeventiende eeuw in de slavenhandel was beland, schikte het land zich onder het nazi-regime. Er leek ook weinig anders op te zitten, want Hitlers oorlogsmachine denderde als een tank over het continent en het ene na het andere land werd onder de voet gelopen. Op 28 mei gaf België de strijd op, op 9 juni volgde Noorwegen en op 22 juni Hitlers zoetste overwinning, die op Frankrijk, het land dat Duitsland in 1918 nog zo vernederend op de knieën had gedwongen. Aan het eind van de zomer was het grootste gedeelte van het continent onder Duits bewind. Alleen Engeland, beschermd door hetzelfde water als waar het gezin Nods op uitkeek, bood nog weerstand, maar het leek slechts een kwestie van tijd voor ook de Britse eilanden aan het Groot-Duitse rijk zouden worden toegevoegd. Want, zoals Hitler het zelf in een radiotoespraak uitdrukte: 'Ik ben een man die maar één ding gekend heeft: overwinnen, overwinnen en nog eens overwinnen.'

In Pension Walda leefden bezetters en onderdrukten vooralsnog gebroederlijk samen. Rika had een ruim hart en had gedurende de vooroorlogse jaren te veel aardige en beschaafde Duitsers meegemaakt om ervan uit te gaan dat onder elke *Stahlhelm* een overtuigde nazi schuilging. Van vertrek naar Indië was voorlopig geen sprake – alle scheepsverbindingen met de koloniën waren in mei 1940 verbroken – en de dankbetuigingen op de bladzijden in haar gastenboek regen zich deze zomer als vanouds aaneen. Een gaste schreef:

> Wat kan een officiersvrouw, wier echtgenoot zich in gevangenschap bevindt, beter doen dan de vakantie met twee kleine peuters door te brengen in Pension Walda waar een gezellige sfeer heerst en het eten, zelfs in distributietijd, voortreffelijk is.

Bertha had de raad van haar moeder opgevolgd en was naar Den Haag gekomen. Ze werkte bij de Brandweerinspectie en kwam bijna dagelijks langs op de Zeekant. Haar wekelijkse brieven richtte Rika nu aan zoon Henk, die inmiddels zestien was en nog steeds bij zijn vader in Groningen woonde. Hij schreef haar geregeld terug – zij het niet zonder stevige aanmoediging van haar kant:

> Mijn lieve Henk
> Nu je zo goed je best hebt gedaan een echte lange brief te schrijven, nu vind ik je pas mijn echte grote flinke zoon. Want lieve jongen, je gelooft het niet, maar elke ademhaling van mezelf gaat in en om mijn lieve kinderen. Mijn geest is altijd om je heen, mijn hart is bij mijn lieve kinderen. En als ik dan maar zo een paar nuchtere krabbeltjes ontvang, en zo vluchtig geschreven, dan bijt ik mijn tanden op elkaar en dan zeg ik tot mezelf: wat kan een moeder zich arm voelen.

> Je beschouwt het nu net als je werk hoor! Ik ben helemaal niet boos als je geen tijd hebt voor een lange brief. Maar iets moet ik elke week van je horen. En je weet het, Henk, dan ben ik er toch blij mee.

In haar brieven haalde Rika herinneringen op uit de tijd dat ze nog allemaal bij elkaar waren ('Ik weet nog hoe jullie mijn stoel versierden'), vertelde honderduit over de dagelijkse belevenissen van zijn broertje Waldy ('Op zijn vader is hij stapel. Ze zitten net als twee jongens plannen te maken voor de vakantie') en die van hemzelf ('Dat jij zo heerlijk leert dansen dat vind ik fijn jongen. Je moeder is er altijd nog no. 1 in'). Tegelijkertijd probeerde ze haar zoon Henk te vertellen wat ze al die jaren niet had kwijt gekund, en dat was haar kant van het verhaal.

> Wat tussen jouw Moeder en je Vader staat kan jij lieve schat niet begrijpen. Later als je een man geworden bent, zullen vanzelf je ogen opengaan. En dan lieve jongen, zul jij gelukkig zijn dat jij altijd met je lieve zuster je moedertje trouw bent gebleven.
> God alleen weet dat dit alleen de drang was in mij, om aan jullie toekomst te denken, waarvoor ik mijn grootste schatten die ik op aarde heb liet gaan, naar hun vader. Helaas... is hier schandelijk misbruik door gemaakt om de zaak geheel anders aan mijn lieve kinderen voor te leggen. Maar God roept ons allen ter verantwoording en Hij alleen weet hoeveel ik voor mijn kinderen gedaan heb en dat mijn hart zwakker was dan mijn verstand. Want ik had het nooit moeten doen. God verlaat degene niet die zich met vertrouwen tot Hem richten.

Weliswaar wist Henk niet echt wat hij aan moest met dit soort emotionele ontboezemingen van een vrouw die hij sinds zijn kleutertijd hooguit tien keer had ontmoet, maar hij was zachtaardig en vriendelijk van aard en dol op zijn zuster. En nu deze in Den Haag woonde en kind aan huis was bij zijn moeder, was de stap om zelf naar de Zeekant te gaan niet zo groot meer, zeker niet nu zijn vader zijn verzet daartegen min of meer leek te hebben opgegeven. In november 1940 kwam hij voor het eerst bij zijn moeder thuis. Een dolblije Rika toonde hem een van alle gemakken voorziene kamer op de zolderetage, met uitzicht op de zee. 'Dit is nu jóúw kamer,' zei ze, maar Henk wist dat er in de zomer gewoon weer badgasten zouden logeren. Ook legde ze hem de kaart. 'Jij wordt architect en dan kom je je moeder met een auto ophalen,' voorspelde ze hem.

Vanaf dat moment kwam Henk vrij geregeld op de Zeekant, meestal in gezelschap van een neefje. Nu leerde hij dan eindelijk de man kennen die zo'n doorn in de ziel van zijn vader was geweest en die door de Hagenaar-kinderen altijd 'de oude Waldy' werd genoemd, dit ter onderscheid van Kleine Waldy. Hij vond hem erg sympathiek. Pas veel later zou hij zich realiseren hoe groot het leeftijdsverschil tussen zijn moeder en haar elegante tweede echtgenoot was en hoe enorm het schandaal dat hun liefde had veroorzaakt.

Was het contact met zijn moeder voor Henk nog tamelijk onwennig, Rika pakte de draad op alsof ze hem al die jaren bij zich had gehad. Trots schreef ze aan Bertha:

> Henk ziet er prachtig uit, hoor, ik vind hem knapper geworden. Hij heeft heerlijk bij ons gegeten en gezellig theegedronken. Hij was zonder zijn neef, wat ik heel prettig vond.

Je wil wel eens graag alleen zijn, hè Zus. En dan mijn kinderen zijn toch heel anders, dat moet ik eerlijk zeggen hoor! Zijn vriend is een lieve jongen, maar toch zit er zoiets heel anders in. Henk is een echte degelijke schat, ik ben trots op hem. Ik hoop dat hij maar gauw komt.

Het jaar 1941 brak aan. Nederland mocht dan nog steeds bezet zijn, voor Rika en Waldemar was het leven nooit beter geweest. Zeker toen er in de herfst een dikke brief uit Groningen arriveerde, afkomstig van Jan, de zoon van wie Rika sinds hij er in 1929 als achtjarige in het kielzog van zijn grote broer vandoor was gegaan taal noch teken meer had vernomen. Al die jaren had ze hem trouw briefjes en cadeautjes gestuurd en via haar andere kinderen onvermoeibaar pogingen gedaan contact met hem te krijgen. 'Geef Jan in stilte een zoen van mij en als je hem gegeven hebt zegt dan van je moeder!!' en 'Laat deze foto van Waldy als padvinder gerust aan Jan zien, dat hij zich nooit voor zijn lieve kleine broer behoeft te schamen'. En keer op keer: 'Bertha, schrijf mij heel veel over de jongens, daar ben ik zo gelukkig mee.'

Nooit had Jan ook maar één keer laten merken dat hij wist dat zijn moeder nog bestond. Nu echter was hij door zijn vader het huis uit gezet omdat hij niet alleen zijn studie schromelijk had verwaarloosd, maar ook nog een geheime verkering was aangegaan met een meisje dat net als zijn moeder katholiek was. Willem had zich sinds zijn rampzalig afgelopen huwelijk ontwikkeld tot een zo mogelijk nog grotere papenhater dan zijn vader en de gedachte dat zijn zoon zich zou bekeren tot het katholicisme vond hij onverteerbaar. Zoals Jan aan een oom schreef:

> Ik heb Vader nog verschillende malen geschreven, maar het antwoord was telkens zo desillusionerend dat het tenslotte zo ver gekomen is dat ik deze hele nieuwe verhouding zonder meer aanvaard heb. Met hem komt het geloof ik niet meer goed. De haat tegen alles wat katholiek is, zit te diep bij hem, dan dat hij reëel kan oordelen.

Lachen had Rika altijd goed gekund, maar zelden zag ze er zo innig verrukt uit als de eerste maal dat ze voor de fotocamera van haar man poseerde met haar inmiddels groot geworden zoon. Ondanks de lange scheiding bleken ze het uitstekend met elkaar te kunnen vinden. Net als zijn moeder was Jan een vrolijke doerak, vol verhalen en verzinsels en zucht naar avontuur. Zijn ooms, die in de voetsporen van vader Van der Lans in de groente- en fruithandel waren gegaan, spanden zich ondertussen in om hem te helpen zijn leven weer op orde te krijgen. Oom Marcel regelde een baantje voor zijn neef en oom Jan vond een pater die zijn naamgenoot kon bijspijkeren waar het zijn geloofsopvoeding betrof. Toen bleek dat werk en studie niet met elkaar te combineren waren, financierden ze samen een soort studiefonds, zodat Rika's zoon economie kon gaan studeren aan de Rotterdamse Hogeschool.

Als gevolg van de rantsoenering van de belangrijkste levensmiddelen was Kerstmis 1941 wat betreft eten maar een karige aangelegenheid in vergelijking met de feestmalen die eerder in Pension Walda waren aangericht. Maar voor Rika was het een feest van ongekende luxe, want ze had zomaar drie van haar vijf kinderen om zich heen. Behalve Waldy en Rika was nu ook Jan met zijn verloofde van de partij en in haar kerk dankte ze God vurig voor 'het grote geluk om mijn jongen weer in mijn omgeving te hebben'.

Waldy was diep onder de indruk van de joyeuze grote broer over wie hij zijn hele jeugd heldenverhalen had gehoord en die nu zo plots was gematerialiseerd:

> Hij doet al Jan zijn manieren na. Soms zegt Waldemar, nou is het uit, praat gewoon! Wat zijn mijn kinderen toch ook bestemd voor het toneel. 't Mooiste is Zus – schandalig maar ik moet er altijd zo vreselijk om lachen. En Waldemar meent het dan ernstig, want die kleine knurf weet dat ik er om lachen moet, en dat staat niet opvoedend, als Ma lacht en Pa verbiedt.

De enige die nu nog stug vasthield aan de afwijzing van zijn moeder was Wim, die inmiddels getrouwd was en een huisartsenpraktijk had overgenomen in een klein Fries dorp. Jan probeerde te bemiddelen, maar:

> Wim heeft op een zekere leeftijd onherroepelijk gebroken met mama en hij is er innerlijk van overtuigd dat hij niet anders kon en kan. Als gevolg daarvan heeft hij zich toen ook afzijdig gehouden van de familie v.d. Lans. Hij beseft zeer goed dat dit standpunt aanvechtbaar is, maar Wim is een jongen die nooit iets half doet.

Voor een keer leken de kleine geschiedenis en de grote historie naadloos met elkaar samen te vallen. Want Kerstmis 1941 was niet alleen een heugelijk keerpunt voor Rika, maar ook voor de oorlog. Toen Hitler de voorafgaande zomer het aanvangssignaal had gegeven voor 'Operatie Barbarossa', de grote veldtocht tegen Rusland, was hij dermate overtuigd van het feit dat hij de Sovjet-Unie net zo makkelijk onder de voet zou lopen als hij dat met Europa had gedaan dat hij het niet eens nodig had gevonden om de troepen een winteruitrusting mee te geven. Maar de Russen volgden met succes de tactiek van de verschroeide aarde. Ze brandden alles plat en trokken zich steeds verder terug, zodat de Duitse legers over een groot gebied verspreid raakten en problemen kregen met hun bevoorrading. Toen de ongemeen felle Russische winter inviel, kregen de Duitsers er een tegenstander van formaat bij en begin november 1941 verloor Hitler, de onoverwinnelijke, bij Moskou zijn eerste grote slag.

Was de Duitse leider een volbloed politicus geweest, dan had hij kunnen besluiten zijn positie te consolideren en het volk dat hem met hondentrouw in zijn oorlogen was gevolgd een periode van vrede te gunnen. Maar Hitlers zucht naar overwinning was te allesoverheersend om zich bij een nederlaag neer te kunnen leggen. Het leek zelfs of het spel voor hem verpest was nu hij zijn snelle victorie tegen de Russen niet had gekregen, en hij vanaf nu alleen nog maar uit was op het ontketenen van een zo'n groot mogelijke wereldbrand. Het eerste slachtoffer daarvan was het land dat hij had uitverkoren, maar dat het gewaagd had hem teleur te stellen. Op 27 november zei hij in een radiotoespraak: 'Als het Duitse volk niet meer sterk en offerbereid genoeg is om zijn eigen bloed voor zijn bestaan in te zetten, dan moet het ten onder gaan en door een andere, sterkere macht worden vernietigd... ik zal geen traan laten om het Duitse volk.'

In de vroege ochtend van 7 december 1941 voerde Duitslands belangrijkste bondgenoot Japan een even onverhoedse als vernietigende aanval uit op de Amerikaanse oorlogsvloot die bij Pearl Harbor voor anker lag. Amerika verklaarde Japan de oorlog, Hitler deed hetzelfde met Amerika, en nu was er opeens haast geen werelddeel meer dat niet betrokken was bij de Europese oorlog. Curaçao en Suriname werden door Amerikaanse troepen bezet teneinde de aanvoer van voor de oorlogsindustrie noodzakelijke grondstoffen te waarborgen. Want zoals premier Gerbrandy, leider van de Hollandse regering in ballingschap in Londen, voorspelde: 'Deze oorlog zal gewonnen worden op golven olie en vrachten bauxiet.'

Waldemars laatste band met zijn geboorteland was nu afgesneden en toen de Japanners in februari 1942 Nederlands-Indië bezetten werd ook het contact met zijn zuster Hilda abrupt verbroken. Iedere avond luisterde hij gespannen met zijn zoon naar de frontberichten op de Engelse radio, wachtend op nieuws over de geallieerde invasie op het continent die nu toch echt niet lang meer op zich kon laten wachten. Maar in Berlijn had men zich de kwetsbaarheid van de westkant van het nazi-rijk gerealiseerd en was het bevel gegeven tot de bouw van een bijna drieduizend kilometer lange verdedigingslinie langs de Noordzeekust: de *Atlantikwall*. In Nederland zouden twee grote vestingen komen: één in IJmuiden en één in Scheveningen. En op de stafkaarten verscheen een dikke streep, dwars door Pension Walda heen.

Aanvankelijk merkten Rika en Waldemar er nauwelijks iets van, al verschenen er wel steeds meer Duitse uitkijkposten op de boulevard, het strand, de pier en de daken van de grote hotels. Het aantal boekingen voor het komend zomerseizoen liep dramatisch terug en Rika kwam zo krap te zitten dat ze in maart gedwongen was een deel van haar meubelen te verkopen en geld te lenen bij een van haar broers. 'Ik ben ook een slachtoffer van de oorlog,' schreef ze hem verontschuldigend en beloofde dat hij het terug zou krijgen zodra zich met het mooie weer de eerste badgasten zouden melden. Begin april werden echter zowel het strand als de duinen door de bezetter tot verboden gebied verklaard. Het betekende een doodvonnis voor zowel Scheveningen als het pension.

Als Rika en Waldemar hadden gehoopt in ieder geval nog op de Zeekant te kunnen blijven, dan werd die hoop een maand later de bodem ingeslagen. De burgemeester van Den Haag gaf bevel om 309 huizen op strategisch gevoelige plekken te ontruimen en ook op Zeekant 56 meldde zich een politieman met de gevreesde boodschap. Op 22 mei voor zes uur in de avond diende de familie Nods hun huissleutels in te leveren op het hoofdbureau van politie. In ruil daarvoor kregen ze een tijdelijke woning in Rijswijk toegewezen. In enkele weken vol verwarring en haast verdween Pension Walda en alles wat Rika en Waldemar door de jaren heen met zoveel moeite en liefde hadden opgebouwd. 'Hier in Scheveningen is iedereen aan het pakken. Mama loopt ook al met grote koffers te sjouwen,' schreef Jan, die op dat moment bij zijn moeder logeerde. Waldemar maakte nog een laatste foto van zijn zoon op het strand, staande op een golfbreker, huiverend in zijn wat te grote jas. Het was een ongebruikelijk kille en bewolkte lentedag en het ronde paviljoen aan het einde van de pier rees achter hem op als een zeepaleis uit de nevel. Zoals de eerste notitie in Rika's gastenboek ooit gemaakt was in het Duits, zo was de laatste dat ook weer. Ze was afkomstig van een van de bij hen ingekwartierde militairen, die nu ook moest vertrekken. '*Ich habe mich hier, bei der Familie Nods wie zu hause gefühlt,*' schreef hij. '*Schade dass ich fort muss, aber die Pflicht ruft.*'

Waldy op de golfbreker, voorjaar 1942.

6

Schaduwleven

Hoe verdrietig Rika ook was over de teloorgang van haar pension, toch genoot ze van de eerste zomer sinds jaren waarin ze niet dag en nacht aan het werk was. Zij en Waldemar hielden het niet langer dan een paar weken uit in het saaie Rijswijk en toen wisten ze alweer terug naar hun eigen Scheveningen te komen. Ze betrokken de bovenetage van een zonnig herenhuis in de chique Stevinstraat, met een wilde duintuin eromheen. Het huis was eigendom van een goede vriendin van Rika, die enkele jaren eerder weduwe was geworden en er nu alleen met haar vijf kinderen woonde. Bij ontstentenis van vloerbedekking beitste Rika de houten vloeren van haar nieuwe woning donkerbruin en de zware meubelen die ze van de Zeekant hadden meegenomen ruilde ze in voor modernere, lichtere ontwerpen. En net zoals ze op alle voorgaande adressen had gedaan, maakte ze ook hier weer ruimte voor haar oudste kinderen, die al die jaren als geliefde schimmen met haar waren meegereisd en nu eindelijk tot leven begonnen te komen.

Rika, 1942.

In augustus 1942 schreef ze aan haar dochter:

> Ik heb Waldemar gezegd, als de lessen met kleine Waldy meelopen, dan kopen we later een piano, want nu mijn kinderen groter worden wil ik een echt gezellig thuis hebben, alleen voor onze lieve kinderen. Alle bedden staan opgemaakt, want ik heb vijf kinderen. En die moeten later allemaal bij mij kunnen logeren, met man vrouw en kinderen, hoor! Hier mogen jullie altijd allemaal logeren. Heus, Johan kan hier voortaan altijd slapen. Want we hebben echt voor de kinderen gezorgd. Ik heb Jan ook gezegd dat Ria gerust met mijn verjaardag ook mag komen en als Aat wil komen is ze welkom! Alles is nu welkom.

Ondertussen probeerde Waldemar de dromen te verwezenlijken waarmee hij ooit naar Holland gekomen was. Nadat hij voor het diploma Engelse handelscorrespondentie geslaagd was, begon hij aan een cursus economische handelswetenschappen en de akte hoofdcorrespondent Engels.

Vervolgens vroeg hij dispensatie aan bij het ministerie van Onderwijs om toegelaten te worden tot de Nederlandse Economische Hogeschool in Rotterdam, waar zijn stiefzoon Jan studeerde. De ambtenaren waren echter onverbiddelijk: hoeveel ervaring en aktes de heer Nods ook mocht hebben, het mulo-diploma van de Surinaamse Hendrikschool was en bleef onvoldoende om een universitaire studie te mogen volgen. Kort daarop vond hij een nieuwe baan als boekhoudercorrespondent op de afdeling non-ferrometalen van het ministerie van Economische Zaken. In salaris ging hij er nauwelijks op vooruit, maar de kansen om verder te komen leken hier groter.

Het was een mooie, maar wat onwezenlijke zomer, een stilte voor de storm. Scheveningen was vreemd rustig zonder badgasten en op het strand draaiden nu betonmolens. De zee was buiten hun bereik geraakt, al konden de Nodsen haar op het balkon van hun nieuwe woning nog wel ruiken. Als Waldemar en Waldy wilden zwemmen, moesten ze met de Blauwe Tram naar de Vliet in Den Haag. In de avonden luisterden vader en zoon steevast naar de uitzendingen van Radio Oranje vanuit Londen. Zoals ze ooit hun gezamenlijke vakanties hadden uitgestippeld, zo volgden ze nu de krijgsbewegingen op de kaarten in de atlas. De kansen in de oorlog leken gekeerd. In Noord-Afrika drongen de Britten de Duitse legers steeds verder terug en bij de Midway-eilanden, in de Grote Oceaan, hadden de Amerikanen de Japanse vloot de eerste grote slag toegebracht. Bij Stalingrad hield het Rode Leger nog steeds dapper stand tegen de 'rotmoffen', zoals Waldy ze nu stoer betitelde. Toen een van de nichtjes Van der Lans op bezoek was en zich hardop afvroeg wanneer de oorlog nu eindelijk eens afgelopen zou zijn, spreidde Rika haar tarotkaarten voor zich uit op tafel. Ze bestudeerde ze ernstig en wist toen zeker: het zou héél snel afgelopen zijn.

In november 1942 werd bekendgemaakt dat nu ook de rest van Scheveningen ontruimd zou worden ten behoeve van de verdediging van de kuststrook. Tienduizenden mensen moesten op stel en sprong verhuizen. Rika's vriendin en haar kinderen reisden in de eerste dagen van 1943 af naar kennissen in het veilige Friesland om daar het einde van de oorlog af te wachten. Ook Jan achtte het veiliger zijn heil in het noorden te zoeken. In oktober was bepaald dat alle jonge Hollandse mannen in de Duitse oorlogsindustrie ingezet zouden worden, en hij was al een paar keer maar op het nippertje ontkomen bij een razzia voor deze *Arbeitseinsatz*. Hij trok in bij zijn broer Wim in Friesland.

In februari 1943 stokte de enorme ontruimingsoperatie even abrupt als ze begonnen was. Onder de ruim vijfentwintigduizend mensen die op dat moment nog in de vesting woonden, bevond zich ook de familie Nods. Zij zagen dus met eigen ogen hoe het paradijs van Waldy's jeugd die lente langzaam in een spooklandschap veranderde. Huizen en hotels werden dichtgetimmerd, het strand raakte bestrooid met mijnen en antitankversperringen en de duinen werden volgebouwd met bunkers. De klokken uit Rika's kerk werden naar Duitsland vervoerd ten behoeve van de oorlogsindustrie en zelfs de rode vuurtoren werd in camouflagekleuren overgeschilderd. In plaats van op zee keken de ramen van Zeekant 56 nu aan tegen een tweeënhalve meter dikke tankmuur. Het feestgebouw op de wandelpier veranderde tijdens een geheimzinnige brand op 26 maart in een treurig, zwartgeblakerd staketsel. Rond de badplaats werden hele huizenblokken van de kaart geveegd om plaats te maken voor een meer dan vijf kilometer lange en bijna dertig meter brede, door drakentanden omgeven tankgracht die de vesting hermetisch van de buitenwereld afsloot. Het ooit zo bruisende Scheveningen was inmiddels zo stil geworden dat zelfs de schuwe nachtegalen er hun nesten bouwden.

Omstreeks deze tijd merkte Waldy dat zijn moeder op de zolder toch weer mensen herbergde. Ook op de half onttakelde benedenverdieping hoorde hij soms op de raarste tijdstippen voetstappen en gepraat. Het verbaasde hem wel een beetje: er waren toch helemaal geen badgasten meer? Maar pas nadat hij een keer spartelend tussen twee Duitsgezinde politiemannen bij zijn moeder was thuisgebracht – hij had een jochie dat hem voor vuile nikker had uitgemaakt met stenen bekogeld – nam zijn moeder hem in vertrouwen. Ze was zich halfdood geschrokken toen ze de agenten voor haar deur had zien staan, zei ze. Want de mensen die nu bij hen logeerden waren joden, en niemand mocht weten dat ze er waren.

∽

Toen in de vroege winter was gebleken dat Adolf Hitler de Russische winter, het geharde Rode Leger en de koppige Britten niet kon verslaan, had hij zijn aandacht verlegd naar datgene wat hij zich naast het veroveren van de wereldheerschappij als tweede levensdoel had voorgenomen, namelijk de strijd tegen het internationale jodendom. Want hoeveel *Untermenschen* er inmiddels ook gedwongen waren geweest Europa te verlaten en hoeveel er in Oost-Europa door massafusillades ook waren afgeslacht, verdwenen waren de joden nog altijd niet. Op 20 januari had een aantal nationaal-socialistische kopstukken zich in een landhuis aan de stijfbevroren Wannsee ten zuidwesten van Berlijn tijdens een geheime conferentie over de kwestie gebogen. Het voldeed niet, zoals conferentieleider Reinhard Heydrich benadrukte, om hen op te jagen en uit te hongeren – de sterksten zouden overleven en zich voortplanten, daarmee de wortels leggend voor een nóg taaier ras. Het probleem moest systematisch aangepakt worden, *gründlich*. En toen de verenigde nationaal-socialistische kopstukken het daar eenmaal over eens waren, bleek de efficiënte uitwerking van hun *Endlösung* niet zo moeilijk meer.

'*Die Plicht ruft*,' had de bij Rika ingekwartierde militair geschreven en met dezelfde plichtsbetrachting en toewijding volgde het Duitse volk ook dit keer weer zijn Führer. Op 3 mei 1942 had het nazi-regime in Holland verordonneerd dat alle joden ouder dan zes jaar zich voortaan alleen nog maar buitenshuis mochten begeven met een duidelijk zichtbare gele davidsster op hun kleding. Een kleine twee maanden later publiceerden de Hollandse dagbladen een verklaring waarin werd aangekondigd dat alle *Volljuden* tewerkgesteld zouden worden in Oost-Europa. De oproepen voor deze massale transporten gingen via de Joodse Raad, een op instigatie van de bezetter geïnstalleerd overlegorgaan dat in de beste democratische traditie probeerde door middel van onderhandelingen de schade van het anti-joodse beleid te beperken tot de oorlog afgelopen zou zijn.

Vreselijk als het idee was om uit je vertrouwde wereld versleept te worden naar een gebied waar veler voorouders juist vanwege de pogroms ooit vandaan gevlucht waren, toch gaf het overgrote gedeelte van de ruim 140 000 Nederlandse joden uiteindelijk gehoor aan de oproep van de Joodse Raad. Wat moesten ze anders? Onderduiken was duur en levensgevaarlijk en werd je bij een razzia van straat geplukt, dan dreigde het straftransport naar Mauthausen, het wegens de slechte behandeling van joden beruchte concentratiekamp. Daarbij waren de joden, zo dachten zij, lang niet de enigen die verplicht hun steentje moesten gaan bijdragen aan het nazi-rijk. Eerder al waren werklozen verplicht tewerkgesteld in de Duitse oorlogsindustrie en inmiddels werden ook de overige Hollandse mannen op grote schaal naar Duitsland gestuurd. Bovendien was aan de *Judenrat* uitdrukkelijk beloofd dat de Hollandse joden een voorkeursbehandeling zouden krijgen in de werkkampen. En dus pakten ze hun koffers met de spullen die ze volgens de door de Raad verstrekte lijsten mee mochten nemen, maakten hun huis nog eens extra goed schoon en sloten alles veilig af, zodat ze hun leven intact terug zouden vinden als ze weer terugkwamen.

Op 14 juli 1942 waren de eerste treinen vertrokken naar het Drentse Westerbork. Hier was voor de oorlog een kampement ingericht voor gevluchte Duitse joden dat nu dienstdeed als doorgangskamp. De interne organisatie lag grotendeels in handen van de kampbevolking zelf; de SS zorgde alleen voor het prikkeldraad en de wachttorens eromheen. En natuurlijk voor de uiterst efficiënte doorvoer naar de Poolse werkkampen die vreemde, onbekende namen droegen zoals Treblinka, Auschwitz en Sobibor. Veel werd er daarna niet meer van de gedeporteerden vernomen, maar wat wilde je: het was oorlog en het was ver weg. Afgezien daarvan waren er al spoedig helemaal niet zoveel achterblijvers meer om vergeefs op nieuws of brieven te wachten. Want die hele zomer en herfst en winter en ook het voorjaar bleven de treinen rijden, en iedereen moest mee: vrouwen en kinderen, bejaarden en zieken; hele gezinnen, families en wijken, net zo lang tot op 1 maart 1943, ruim een jaar na de conferentie aan de Wannsee, de *Entjudung* van Holland zo goed als voltooid was.

De Stevinstraat waar de familie Nods woonde lag aan de rand van het Belgisch Park, een buurt waar zich gedurende de Eerste Wereldoorlog vele Antwerpse joden gevestigd hadden. Nadat de treinen naar Westerbork waren gaan rijden, liep hun wereld langzaam leeg. Straat na straat raakte verlaten en van steeds meer winkels bleven de luiken dicht. Vanaf het balkon van hun huis zag Waldy regelmatig treurige groepjes mensen door de straat lopen, bewaakt door Duitse soldaten. Het waren opgepakte onderduikers die werden overgebracht van het hoofdkwartier van het *Judenreferat* dat belast was met het jodenvrij maken van de hofstad in Villa Windekind aan de Nieuwe Parklaan, naar de Scheveningse Strafgevangenis. Vanwege de vele verzetsmensen die daar tegenwoordig opgesloten zaten had dit gebouw in de volksmond inmiddels de bijnaam 'Oranjehotel' verworven. Soms zag Waldy bekende gezichten tussen de arrestanten: vrienden van zijn vader, collega's van zijn moeder, winkeliers bij wie ze gekocht hadden. Op een kwade dag herkende hij tot zijn schrik ook hun altijd opgewekte bakker Rädler, die hij samen met Topsy vaak vergezeld had op zijn rondes met de bakkerskar en die hij als zijn persoonlijke vriend beschouwde. Met zijn onverzorgde zwarte baard en lopend op klompen, zag de kleine man er deerniswekkend uit.

∽

Was Nederland gedurende de eerste jaren van de bezetting nog passief gebleven, nu Hollandse mannen en joden bij tienduizenden tegelijk naar Duitsland respectievelijk Oost-Europa versleept werden, groeide het verzet. Als paddestoelen schoten overal in het land verzorgingskringen voor onderduikers, illegale krantjes en knokploegen uit de grond. Eind 1942 verenigden de regionale verzetshaarden zich in de Landelijke Organisatie voor Hulp aan Onderduikers. In eerste instantie richtte deze zich vooral op ondersteuning van Hollandse onderduikers, maar toen vanaf de lente van 1943 elke nog loslopende jood in principe in levensgevaar verkeerde werden ook zij steeds meer geholpen. De behoefte aan onderduikadressen groeide explosief. De LO zocht haar 'duikadressen' vooral in kringen van mensen met een religieuze levensovertuiging, en de kans is dan ook groot dat Waldemar en Rika via de katholieke kerk in het illegale werk verzeild raakten.

De Nodsen vormden ideale kandidaten: ze hadden een klein gezin en een groot huis, ze hadden altijd veel joden onder hun vrienden en kennissen gehad en bovendien hadden ze grote ervaring met het herbergen van gasten. Daarbij stonden ze al voor de oorlog bekend om hun hulpvaardigheid en de hoeveelheid tijd en energie die ze voor anderen overhadden. Waldemar had die vanzelfsprekende gastvrijheid meegekregen vanuit zijn cultuur; bij Rika lag het in haar karakter, en gezamenlijk hadden ze het nog eens zo sterk. Het waren over het algemeen ook niet de slechtste huwelijken waarin besloten werd onderduikers op te nemen, want misschien loutert lijden niet altijd, liefde doet dat meestal wel.

Voor Rika, die een groot deel van haar volwassen leven met veel plezier een pension had gerund, was het hebben van onderduikers aanvankelijk niet veel meer dan een soort logische voortzetting daarvan. Het appelleerde aan haar behoefte mensen te helpen en aan haar gevoel voor rechtvaardigheid, en daarbij was het een mooie manier om wat bij te verdienen. Want ze was, zoals ze in januari 1943 aan een van haar broers schreef, met haar pension ook haar vooroorlogse welvaart kwijtgeraakt:

> Mijn geld is afgepast, ik heb goddank geen schulden. Maar elk dubbeltje moet ik nu ook omkeren. Alles klopt gelukkig en we leven gelukkig en tevreden. Ik heb mijzelf daarover niets te verwijten, dat de oorlog jou rijk en mij arm heeft gemaakt. Ik geef alles in Gods handen en elke morgen kniel ik neer voor de nieuwe dag en nieuwe moed en kracht. En ik zal mij door al die misère blijmoedig blijven heen zetten.

Gastgezinnen ontvingen voedselbonnen en vaak ook een vergoeding per onderduiker. Dat laatste kon oplopen tot vijfenveertig gulden per maand voor Hollanders en zestig voor joden – geen onaanzienlijk bedrag in een tijd dat honderdvijftig gulden als een fatsoenlijk maandsalaris gold.

Aanvankelijk hadden Waldemar en Rika ook nauwelijks het idee dat het nou zo vreselijk gevaarlijk was waar ze mee bezig waren. Pension Walda had altijd veel Duitse gasten gehad en ze kenden hun oosterburen niet anders dan als beschaafde en hoffelijke mensen. De terreur die het nazi-regime nu liet zien beschouwden ze als de laatste wanhoopssprongen van een kat in het nauw, iets wat zeker niet door het weldenkende deel van het Duitse volk gesteund zou worden. In eerste instantie ging het er dan ook flink amateuristisch aan toe met de illegale activiteiten. Toen Henk eens bij zijn moeder in de Stevinstraat langskwam zag hij vanaf de straat tot zijn schrik de achterkant van hun clandestiene radiotoestel duidelijk zichtbaar in de erker staan.

Maar Rika wuifde al zijn bezorgdheid weg: dat zou toch zeker niet zo'n vaart lopen. Even later zag hij in de kamers op de bovenverdieping beslapen bedden en gebruikt serviesgoed. Toen hij verbaasd vroeg van wie die waren, vertelde zijn moeder hem al even nonchalant dat daar onderduikers woonden. Ze waren nu even weg, zei ze, vis halen aan de haven.

∽

In de loop van het jaar 1943 intensiveerde de jacht op onderduikers en professionaliseerde het verzet. Rika en Waldemar kwamen in contact met Kees Chardon met wie al snel een bloeiende samenwerking ontstond. Ondanks zijn jeugdige leeftijd – hij werd dit jaar vierentwintig – en kleine postuur gold deze Delftse advocaat als een van de belangrijkste figuren binnen het Zuid-Hollands verzet. Al op zijn eenentwintigste had 'Kroonkees' zijn rechtenstudie cum laude afgerond en sindsdien had hij vanuit zijn Haagse kantoor vele in het nauw gedreven joodse cliënten bijgestaan, veelal zonder daar een honorarium voor in rekening te brengen. Toen zijn beschermelingen vanaf maart ondergronds gedwongen werden, ging hij zonder aarzelen met hen mee. Want, zoals een van zijn verzetsvrienden het later zou formuleren: 'Hij meende dat dit een tijd was dat men eerst moest leven en dan pas filosoferen.'

Samen met de gereformeerde bloemist Ad van Rijs specialiseerde Kees zich in wat gold als een van de lastigste taken binnen de illegaliteit, namelijk het vinden van betrouwbare onderduikadressen voor joden. Gedurende de wekelijkse 'beurs' die de provinciale afdeling van de LO organiseerde om onderduikers en gastgezinnen aan elkaar te

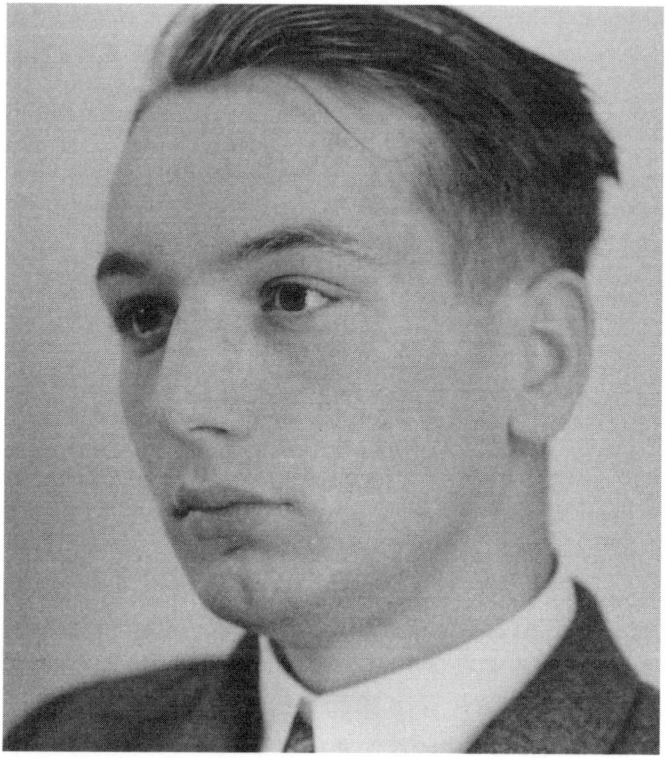

Jodenhelper Kees Chardon, 'de kleine advocaat'.

koppelen was voor 'gewone was' – Hollandse onderduikers – meestal zonder al te veel moeite wel een plekje te vinden, al was het maar bij een eenzame weduwe of een gezin met een ongetrouwde dochter die met nadruk vroegen om 'een flinke vrijgezelle man'. Ook bij middenstanders en boeren was een extra stel handen altijd welkom. Maar op 'grote was' – joodse onderduikers – waren potentiële gastgezinnen aanzienlijk minder happig. Niet alleen omdat dat gevaarlijker was, maar ook omdat joden vaak maar moeizaam in te passen bleken in Hollandse huisgezinnen. Deels kwam dat door het cultuurverschil, deels door het feit dat ze er emotioneel vaak niet best aan toe waren, al was het maar omdat ze in tegenstelling tot de Hollanders geen doorfunctionerend thuisfront of financiële reserves meer hadden. Een extra complicatie werd gevormd door het feit dat ook de illegaliteit niet van antisemitische smetten vrij was. Zo opereerde in Rotterdam een verzetsgroep die joden principieel iedere vorm van hulp weigerde, omdat zij door de kruisiging van Jezus immers alle ellende over zichzelf zouden hebben afgeroepen.

Kees Chardon, idealist tot in het diepst van zijn wezen, reisde echter stad en land af op zoek naar adressen voor 'zijn' joden. Hij wist er honderden onder dak te brengen en toen hij tijdens een provinciale vergadering van de LO eens gemaand werd wat minder risico's te nemen, antwoordde hij: 'Als ik mensen wegbreng, breng ik het liefst joden weg en dat doe ik het liefst in spertijd en in spergebied.' Omdat Kees zelf als actief verzetsman in principe geen onderduikers voor langer dan een dag of twee kon herbergen aangezien dat voor alle partijen te gevaarlijk zou zijn, ging de woning van de Nodsen aan de Stevinstraat al snel functioneren als doorgangshuis waar mensen voor kortere of langere tijd konden verblijven tot er een permanente plek voor ze gevonden was op het veilige platteland. Voor de praktische ondersteuning van de groep-Chardon werd gezorgd door de Delftse politieman Jan van der Sloot, die met zijn knokploeg distributiekantoren en politiebureaus overviel en bevrijdingsacties voor arrestanten op touw zette.

Hoe verschillend Rika en Kees ook waren wat betreft intellectuele achtergrond en leeftijd, ze lagen elkaar. Ze waren beiden energiek en emotioneel van aard, en op een aan roekeloosheid grenzende manier moedig. 'Ze was een edele vrouw,' schreef een joodse onderduiker later over Rika. 'Wij zijn drie maanden bij haar in Scheveningen geweest doch gingen met haar om als een jarenlange vriendin.' Zowel Rika als Kees ontleende kracht aan het geloof, al was zij dan katholiek en hij protestant. Maar hoe verbrokkeld en verdeeld de illegaliteit in Den Haag ook was, juist de kerkgenootschappen wisten hier de verzuiling van het vooroorlogse Nederland te overstijgen en werkten eendrachtig samen.

Net als in vredestijd liet Waldemar de dagelijkse gang van zaken thuis aan zijn vrouw over. Rika nam echter geen belangrijke beslissing zonder hem te raadplegen en hij was tot in de kleinste details op de hoogte van wat er speelde. Hiermee was hij overigens lang niet de enige West-Indiër die betrokken was geraakt bij de illegaliteit. Met name in kringen van de Surinaamse Arbeidersbond in Amsterdam werd actief aan jodenhulp gedaan. Hoe inferieur zwarte mensen volgens de nationaal-socialistische doctrine ook waren, lastiggevallen door de bezetter werden ze niet. Hun aantal was simpelweg te klein om er een apart beleid voor te bedenken en ze kregen zelfs nog steeds keurig hun extra rijstrantsoenen.

Rika runde haar illegale pension met evenveel verve en vindingrijkheid als ze dat met Pension Walda had gedaan. Het grootste probleem was om genoeg levensmiddelen in huis te krijgen zonder dat het in winkels op zou vallen dat mevrouw Nods wel erg veel inkopen deed voor haar kleine gezin. De boodschappen deed ze dus gespreid of bij vaderlandslievende middenstanders. Ook probeerde ze via haar broers op de zwarte markt aan extra groente en fruit te komen. Kennelijk waren die niet geheel onwetend van de activiteiten van hun zuster, want zonder blikken of blozen vroeg ze hun in de zomer van 1943 schriftelijk om tien kilo prinsessenbonen, 'niet voor de inmaak'.

Inmiddels was het wel tot Rika en Waldemar doorgedrongen dat het niet geheel ongevaarlijk was waar zij zich mee bezighielden. Want terwijl bijvoorbeeld Amsterdamse politiemensen zo veelvuldig saboteerden dat de Duitsers er uiteindelijk maar van afzagen hen als instrument te gebruiken, was het politiekorps in Den Haag onder de nieuwe orde opmerkelijk gezagsgetrouw gebleven. Zonder protest begeleidden Haagse dienders jodentransporten en ze lieten zich zelfs inzetten voor wachtdiensten in Westerbork. Vooral de Inlichtingendienst, die zich voor de oorlog bezig had gehouden met het in de gaten houden van suspecte linkse elementen, had zich na de capitulatie gewillig overgegeven aan het duidelijke, heldere systeem van de nazi-ideologie. Het merendeel van de agenten werd lid van de NSB en was in dienst van de nu tot Documentatiedienst omgedoopte afdeling de strijd aangegaan met Hollandse verzetsmensen. Hiermee had Franz Fischer, virulent antisemiet en chef bij het *Judenreferat*, de beschikking over een aantal uiterst fanatieke en professioneel te werk gaande jodenjagers gekregen. Zijn taak werd nog vergemakkelijkt door het feit dat de Haagse illegaliteit met plakband aan elkaar hing: de vele onderlinge tegenstellingen zorgden ervoor dat verraders en provocateurs ware slachtingen konden aanrichten in haar gelederen. Er waren zelfs groepen, zoals die van de schilderes Ru Paré, die ervoor kozen om zich om veiligheidsredenen geheel afzijdig te houden van wat als 'het georganiseerd verzet' bekendstond.

Het beruchtste onderdeel van de Documentatiedienst was de 'Jodenploeg', zoals de leden ervan zichzelf niet zonder trots betitelden. Per gepakte onderduiker kregen ze een premie van de SD en ze maakten er een ware sport van om iedere week weer zoveel mogelijk joden op het SD-hoofdkwartier te kunnen aanleveren. De groep bestond uit een tiental mannen die zich, zoals de meeste Hollanders die de kant van het Duitse regime hadden gekozen, in het vooroorlogse Nederland miskend en gefrustreerd hadden gevoeld. Het waren over het algemeen niet al te slimme, nogal makkelijk te beïnvloeden types die in de abnormale omstandigheid van de oorlog opeens een ongekende macht in handen hadden gekregen. Onbetwiste leider was de jonge Hagenaar Maarten Spaans, een energieke jongen vol geldingsdrang, die op zijn prooi joeg met hetzelfde plezier en gebrek aan inlevingsvermogen als een jager op konijntjes.

Toen er op een mooie zomernacht een grote Duitse vrachtwagen piepend en grommend tot stilstand kwam in de uitgestorven Stevinstraat, precies voor de voordeur van de familie Nods, waren de wakker geschrokken bewoners ervan overtuigd dat de Jodenploeg ze te pakken had. De halfgeklede onderduikers renden voor hun leven, de grote tuin in, op naar de geïmproviseerde schuilhut die ze daar in een voormalig stuk duin gebouwd hadden. Maar toen Waldemar de deur opende stonden daar geen Hollandse agenten of SD'ers met jachtlust in hun ogen, maar de verloofde van Rika's dochter, ietwat verfomfaaid van de lange reis die hij achter de rug had. Hij bleek gedrost van de fabriek in Duitsland waar hij tewerk was gesteld en was naar Nederland gelift. Amper was iedereen van de schrik bekomen of er volgde een tweede incident, een stuk ernstiger dit keer. Een van de onderduikers was tegen alle afspraken in toch de straat op gegaan en was in Den Haag als jodin herkend. In allerijl werden de telefonisch gewaarschuwde bewoners van de Stevinstraat over verschillende adressen verspreid, en het duurde dagen voor de kust veilig genoeg geacht werd om terug te keren.

Kort daarop – het was inmiddels eind augustus 1943 – werd de evacuatie van Scheveningen hervat en moest ook de familie Nods eraan geloven. Na enkele weken gebivakkeerd te hebben in een verzamelcentrum voor evacués in Den Haag, kregen ze half september een bovenhuis aan de Pijnboomstraat toegewezen. En zo kwamen Rika en Waldemar veertien jaar nadat ze elkaar voor het eerst gefotografeerd hadden in de versgevallen sneeuw in de Azaleastraat weer terecht in de nog altijd even kale Haagse bloemen- en bomenbuurt.

Gebruikmakend van het feit dat ze officieel vijf kinderen te huisvesten had, had Rika er bij de afdeling herhuisvesting een dubbele etage uit weten te slepen en op het nieuwe adres was de illegale voortzetting van Pension Walda al snel weer vol in bedrijf. Zelf bewoonden ze de benedenetage. De bovenetage fungeerde deels als doorgangshuis en deels als tijdelijke woonruimte voor mensen die een wat langduriger opvang nodig hadden, zoals het jonge joodse stel dat hier in oktober 1943 door Kees Chardon werd afgeleverd: Dobbe Franken en haar verloofde, Herman de Bruin.

Later, toen er alweer meer dan een halve eeuw tussen haar en de oorlog gekomen was, was er één periode die Dobbe Franken uiteindelijk bij zou blijven als de allerergste – erger nog, vreemd genoeg, dan de vreselijke tijd die erop gevolgd was – en dat waren de laatste maanden van 1943, toen ze met haar Herman op de Pijnboomstraat 63 woonde. Want terwijl de herfstzon haar rode haren nog steeds fel deed oplichten en ze ogenschijnlijk normaal door de Haagse straten liep, was ze als onderduikster een grijze schim geworden, een nonpersoon, iemand die niet meer mocht bestaan en niemand meer kon vertrouwen.

Eens was Dobbe toevallig langs het huis van de schilderes Ru Paré gekomen, voor wie zij en haar zusje voor de oorlog hadden geposeerd. Haar eerste opwelling was geweest om aan te bellen – gewoon, om even bij te praten. Maar haar hand bleef halverwege steken: stel dat ook deze vrouw net als zoveel andere mensen van wie je het nooit zou verwachten, de andere kant had gekozen en niet meer te vertrouwen was? Want als drie jaar onder de nazi's haar iets geleerd had dan was dat wel dat overal, ook achter de vriendelijkste gezichten, verraad kon schuilen. En dus liep ze door, onwetend van het feit dat Paré en haar vriendin tientallen onderduikers veilig de oorlog door zouden loodsen en dat haar leven weleens heel anders had kunnen verlopen als ze wél had aangebeld, om over dat van Herman nog maar te zwijgen.

Dobbe, die eenentwintig jaar oud was geweest toen de oorlog uitbrak, was de oudste dochter van de gerespecteerde Rotterdamse rechter Maurits Franken en zijn elegante Russische vrouw. De Frankens waren het toonbeeld van een perfect geassimileerde joodse familie: verlicht in hun denkbeelden en het middelpunt van een grote intellectuele en artistieke vriendenkring. Dat weerhield haar vader er overigens niet van om overtuigd zionist te zijn. Hij kende de geschiedenis van zijn volk te goed om te beseffen dat joden, hoe aangepast ook, kwetsbaar zouden blijven zolang ze geen plek op de wereld hadden die ze de hunne konden noemen. Maar toen in 1940 ook in Nederland de hakenkruisvlaggen gehesen werden, was hij er geen moment van uitgegaan dat hij en zijn gezin in acuut levensgevaar verkeerden.

Al spoedig waren allerlei anti-joodse maatregelen ingevoerd en had Dobbes vader zijn baan en zijzelf haar studie moeten opgeven. Maar, zoals ze troostend tegen elkaar zeiden, het leven ging door. Franken maakte zich verdienstelijk als lid van de Joodse Raad; Dobbe werd leerlingverpleegster in het Portugees-joodse ziekenhuis in Amsterdam. Hier ontmoette ze Herman de Bruin, die in de apotheek werkte zolang hij niet verder mocht met zijn studie medicijnen. Dankzij het werk van Dobbes vader kregen ze beiden een felbegeerde plaats op de 'Lijst-Frederiks', bestemd voor mensen die zich op cultureel, intellectueel of maatschappelijk gebied dermate verdienstelijk hadden gemaakt dat ze gevrijwaard zouden blijven van dwangarbeid in het oosten. Op 1 maart 1943 werd deze elitegroep geïnterneerd op een landgoed in Barneveld op de Veluwe, waar ze het einde van de oorlog zouden kunnen afwachten. Maar eind september 1943 was het bericht gekomen dat de 'Barneveldjoden' die dag alsnog naar Westerbork zouden worden overgebracht. Dobbes vader bleef geloven dat het het beste was om maar rustig mee te werken, maar zijzelf had geen enkel vertrouwen meer in de belofte van de mensen aan wie ze overgeleverd waren. Zij en Herman tornden de jodenster van hun kleren, verborgen zich tot iedereen weg was en reisden vervolgens naar vrienden in Amsterdam.

De sfeer in bezet Nederland bleek gedurende de zomer die zij op de Veluwe hadden doorgebracht echter dramatisch omgeslagen. De nazi's hadden hun beschaafde ambtenarenmasker definitief afgegooid en de jodenjacht was in alle hevigheid ontbrand. Razzia's, executies en andere vormen van openlijke terreur waren aan de orde van de dag, en Dobbe en Herman beseften dat ze hun Amsterdamse vrienden in groot gevaar brachten door bij hen te blijven. Via een kennis van Dobbes vader wist het voortvluchtige stel contact te leggen met Kees Chardon, bij wie ze een nacht in Delft logeerden. Vervolgens bracht hij hen naar de bovenetage aan de Haagse Pijnboomstraat. Hun contact met de buitenwereld beperkte zich nu tot de wekelijkse bezoekjes van een contactman, die bonkaarten, geld en gesmokkelde brieven bracht.

Herman zag er zo joods uit dat Dobbe hem onder geen beding de straat op wilde laten gaan, maar zelf kon zij met haar rode haardos en lichte huid makkelijk voor een arische doorgaan. Zij deed dus de boodschappen en wist als Margreet Spiegelenberg, zoals de naam op haar valse persoonsbewijs luidde, zelfs nog een baantje als schoonmaakster te bemachtigen. Erg overtuigend was haar nieuwe identiteit niet, zo bleek toen een oogarts die een recept voor een bril uitschreef, haar aanbod om te betalen wegwuifde. 'Ach mevrouw, u zult uw geld wel beter kunnen gebruiken,' zei hij. Vriendelijk als het gebaar was, voor Dobbe was het eens temeer een waarschuwing dat elk menselijk contact in potentie dodelijk kon zijn. En dus ging ze met niemand om. Niet met de voortdurend wisselende, maar evident joodse bewoners die op de andere kamers op hun etage bivakkeerden, en ook niet met het gezin op de etage onder hen, dat als huisbaas optrad. In hoeverre deze mensen – een blanke vrouw, een donkere man en een bruin jongetje – op de hoogte waren van hun situatie en wat hun motieven waren om hun onderdak te bieden, wist ze niet. En ze wilde het ook niet weten, zo bang was ze geworden, zo depressief van haar schaduwleven en het voortdurend op haar hoede moeten zijn.

∽

Gerard van Haringen, die enige weken na Dobbe en Herman zijn intrek nam op de Pijnboomstraat, herinnerde zich later juist eigenlijk geen enkel moment bang te zijn geweest. Maar deze 'duikeling' was in meer dan één opzicht dan ook een speciaal geval. Niet alleen was hij zo blond en zo arisch als maar kon, ook had hij kort tevoren zelf nog in het veldgrijze uniform met de gevreesde SS-runen op de kraag rondgelopen. Gerard was nog maar zeventien geweest, een kindsoldaat bijna, toen hij van huis was weggelopen om als vrijwilliger dienst te nemen bij de Waffen SS. Hij stelde zich het soldatenleven voor zoals hij dat in de wervingsfilmpjes in de bioscoop had gezien: een aaneenschakeling van stoere avonturen, zoals van rijdende legerwagens springen en in amfibievoertuigen op verre stranden landen. Dat was nog eens iets anders dan de verveling op school, en de donderpreken van zijn vader omdat het hem maar niet lukte goede cijfers te halen. Want zo goed als Gerard was in fysieke activiteiten, zo wars was hij van alles waarbij hij zijn hersens moest gebruiken.

Al tijdens het zware trainingsprogramma in de kazerne in München was duidelijk geworden dat de praktijk van de Duitse krijgsdienst iets heel anders was dan een spannend jongensboekavontuur. Enkelen van zijn aspirant-medestrijders pleegden zelfs zelfmoord, maar de atletische Gerard was glansrijk door alle onderdelen heen gekomen en had zich enthousiast laten inlijven als pantsergrenadier bij het Bataljon Westland. Pas toen hij al aan het Oostfront was, bij Charkow in de Oekraïne, drong de rauwe realiteit van het oorlogsbedrijf tot hem door. Nog voor hij ook maar één schot had gelost, kreeg hij dysenterie en moest per hospitaaltrein terug achter de linies. De bloedige taferelen in de trein, de verminkte en stervende soldaten, waren voldoende om ervoor te zorgen dat hij er bij het eerste het beste verlof vandoor ging, terug naar het ouderlijk huis in Rotterdam-Noord en de vader wiens hart hij gebroken had door voor de SS te tekenen.

Het had Van Haringen senior nog heel wat moeite gekost om een veilig onderduikadres te vinden voor zijn verloren zoon, die bij ontdekking het *Kriegsgericht* en de onvermijdelijke kogel wachtten. De meeste verzetsmensen wilden hun handen niet vuilmaken aan een SS-deserteur, maar uiteindelijk kwam hij via een kennis, Marcel van der Lans, in contact met Kees Chardon, die zich juist het lot van de meest hopeloze gevallen placht aan te trekken. Deze bracht Gerard onder op de Pijnboomstraat. In Rika's ruime hart paste ook nog wel zo'n jonge jongen, die zich in zijn dwarse branie had laten inpalmen door de nazi-propaganda. Iedereen haalde in zijn jeugdige onbezonnenheid weleens stomme streken uit – daar wist zij persoonlijk alles van.

Gerard had het geweldig naar zijn zin bij de familie Nods. Vanzelfsprekend kon de voormalige SS'er niet met de joodse onderduikers op de bovenverdieping samenwonen en dus kreeg hij het zijkamertje boven de trap en werd als zoon in het gezin opgenomen. Tante Riek was uiterst zorgzaam, wist voor alles een oplossing en kon – niet onbelangrijk voor een robuuste, altijd hongerige achttienjarige zoals hij – heerlijk koken. Met zijn sterke armen en arische uiterlijk kon hij haar op zijn beurt mooi helpen met de boodschappen. Van zijn statige zwarte gastheer was hij ronduit onder de indruk. Erg geneigd tot introspectie over zichzelf of anderen was Gerard niet, maar een halve eeuw later zou het beeld van Waldemar hem nog in zijn geest gegrift staan. Het was, zo zou hij zich herinneren, een man waar je rustig van werd.

Voor kleine Waldy, met zijn veertien jaar inmiddels helemaal niet meer zo klein, was Gerard een soort vervanger van de mythische oudste broer die hem almaar niet was komen opzoeken en bovendien een nieuwe vriend in een tijd dat hij bijna alles was kwijtgeraakt waar hij van hield. Gerard leerde hem schaken en gitaarspelen, kleine lichtpuntjes in een tijd die hij als verre van vrolijk ervoer. Hij miste het huis aan de Zeekant, en hij miste zijn kameraadjes van wie hij sinds zijn vertrek uit Scheveningen steeds meer het spoor bijster was geraakt, zeker nadat hij na een mislukt eerste jaar op het jezuïetengymnasium – 'te speels en maakt het zich te gemakkelijk' vonden de paters – door zijn vader overgeplaatst was naar het lyceum. En het meest van alles miste hij de zee, nu van hem gescheiden door tankgrachten, prikkeldraadversperringen, mijnenvelden en het andere oorlogstuig waarmee de Duitsers de ooit zo frivole badplaats tot een grimmige vesting hadden omgebouwd.

Kerstmis 1943 vierde Gerard stiekem bij zijn ouders thuis in Rotterdam-Noord. In Washington bereidde de geallieerde opperbevelhebber Eisenhower de invasie van West-Europa voor, in Italië maakten Britse troepen zich op voor de beslissende slag om de Gustav-linie bij Monte Cassino en in

Rusland wist het Rode Leger eindelijk Leningrad te ontzetten. En in de Pijnboomstraat kwam een van Rika's zusters met man en dochter op visite. Op de trap zag ze schimmige figuren wegschieten, maar zowel Rika als Waldemar gedroeg zich alsof het de normaalste zaak van de wereld was om in deze bange tijden joods uitziende vreemden door je huis te hebben lopen. Toen ze aan het einde van de middag door het al schemerige Den Haag weer naar huis wandelden, merkte Rika's zwager op: 'Die Riek moest toch eens wat voorzichtiger zijn.'

∽

De bel ging in de vroege ochtend van de achttiende januari 1944. Het was half zeven en de straat was nog in diepe duisternis gehuld. Waldemar en Waldy waren al op, maar Rika lag in bed, omdat ze last van een kaakontsteking had. Ook Gerard sliep nog. De benedendeur zat op het nachtslot en dus liep Waldy de trap af om open te doen. Nauwelijks had hij de sleutel omgedraaid of hij voelde hoe de deur met grote kracht opengeduwd werd. Mannen in zwarte leren jassen stormden langs hem heen, de trap op, en hij voelde de loop van een pistool in zijn rug. Luttele seconden later schrok Gerard wakker. Er stond een kerel naast zijn bed die zijn hele kamer leek te vullen. 'Ben jij joods?' vroeg hij. Na zijn ontkennende antwoord, kreeg hij bevel zich aan te kleden. Op de overloop trof hij zijn gastfamilie. Rika was inmiddels aangekleed en had in de gauwigheid nog een bus suiker en een pakje margarine uit de keuken mee gegrist. Boven hun hoofd klonken harde voetstappen, openslaande deuren en geschreeuw en even later stommelden ook de overige bewoners met grote angstogen naar beneden.

Dobbe, die die ochtend in alle vroegte was gaan schoonmaken, kwam de straat inlopen toen het al wat lichter aan het worden was. Bij nummer 63 had zich een aantal nieuwsgierigen verzameld om te kijken hoe hun buren werden weggebracht. Tussen de mensen door zag ze Herman, en de mannen in de leren jassen. Ze realiseerde zich meteen dat het mis was, maar vreemd genoeg kwam de gedachte aan vluchten helemaal niet bij haar op. Ze kon alleen maar denken aan de grote trommel met koekjes die hun Amsterdamse vrienden hun voor Kerstmis hadden opgestuurd en die nog steeds in de grote kast op de bovenetage moest staan. Gedwee liet ze zich aanhouden en naar de klaarstaande overvalwagens brengen, die hen naar het politiebureau aan de Javastraat vervoerden. Het gezin Nods werd in één cel ondergebracht, maar Rika en Waldemar moesten bijna onmiddellijk weer meekomen met de rechercheurs.

Aan Waldy's dag in de cel leek geen einde te komen, zó verveelde hij zich. Op een gegeven moment schreef hij op het driehoekige achterflapje van een oude bruine envelop die hij in zijn broekzak vond: 'Houd moed Ger en tot ziens' en gooide het opgevouwen in de cel schuin tegenover hem, waarin hij Gerard van Haringen had zien verdwijnen. Pas toen hij het door het celraam buiten alweer donker zag worden, kwamen zijn ouders terug. Hij schrok van ze, zo aangeslagen zagen ze eruit. In Villa Windekind tikte Maarten Spaans ondertussen geroutineerd het arrestatieverslag van de inval aan de Pijnboomstraat uit:

> In de woning van Nods, die hoofdbewoner van het perceel Pijnboomstraat 63 is, werd een radiotoestel gevonden, waarmede door Nods en door zijn gezin de berichten van de vij-

andelijke zenders werden beluisterd. Dit werd door Nods erkend. Voorts verklaarde Nods bekend te zijn met het feit, dat hij Joden en een deserteur der Waffen SS in zijn woning had verborgen. Wat de Joden betreft, werd deze aangelegenheid meestal door zijn echtgenote behandeld. Deze echtgenote, genaamd H.W.J. van der Lans, weigerde verklaringen hierover af te leggen.

Dobbe had die ochtend nog geprobeerd haar valse naam op te geven. Maar de wachtmeester aan de andere kant van de tafel zei meteen: 'Welnee, u moet Dobbe Franken zijn.' Voor hem op tafel zag ze een blad papier met een namenlijst liggen:

Abraham Cohn, geb. 22 september 1904, wonende te Voorburg;
Joseph Polak, geb. 18 oktober 1898, wonende te Naarden;
Herman de Bruin, geb. 3 juni 1918, wonende te Amsterdam;
Dobbe Franken, geb. 1 september 1919, wonende te Rotterdam

Toen ze dat zag wist ze zeker dat ze verraden waren.

Ook voor Gerard van Haringen was er geen ontkennen aan geweest. Ze wisten alles van hem: zijn naam, zijn woonplaats, zijn geboortedatum en zijn status als deserteur. Toen ze hem vroegen wat hij met zijn uniform en zijn wapen had gedaan, durfde hij niet te zeggen dat hij die in de Bergse Plas had laten verdwijnen. In plaats daarvan hing hij een fantasieverhaal op over een kledingruil op het station van Utrecht met een kennis die niet door de Duitse keuring heen was gekomen. Gevraagd naar zijn medebewoners, leek het hem echter maar het beste om gewoon te vertellen wat hij had gezien: dat er de hele tijd nieuwe mensen kwamen en weer weggingen.

Prompt had zijn ondervrager gebeld naar de leden van de jodenploeg die op de Pijnboomstraat waren achtergebleven om het huis te doorzoeken: ze konden daar maar beter een nachtje blijven posten, want je wist maar nooit wat er nog allemaal zou komen aanlopen. Ook op de vraag hoe Gerard zelf op de Pijnboomstraat was beland, gaf hij zo goed mogelijk antwoord. Hij kende die Chardon verder helemaal niet – dat zou toch niet zoveel kwaad kunnen?

∾

Die avond, even na tien uur, werd er aangebeld bij het advocatenkantoor annex woonhuis van de familie Chardon aan de Spoorsingel in Delft. Kees zat op dat moment in de wachtkamer beneden met enkele onderduikers, die hij net van vervalste papieren aan het voorzien was. Toen hij meteen na het openen van de voordeur overmeesterd werd door de mannen van de Jodenploeg, wist hij nog net 'Onraad' te roepen over de stille Singel. De kreet werd gehoord door een onderduiker enkele huizen verderop die erin slaagde om vervolgens nog tal van mensen telefonisch te waarschuwen.

De ouders van Kees en twee van zijn zussen zaten in de salon boven het kantoor te lezen en hoorden niets. Zij beseften pas dat er een inval was toen de deur openvloog en de mannen in de leren jassen opeens de kamer binnenstormden. Anderen bonkten de trap op, naar zolder, waar ze een klein meisje vonden in een van de slaapkamers. Hoewel ze was geïnstrueerd de naam Chardon op te geven, stamelde ze van schrik haar werkelijke naam. Betty Springer, twaalf jaar oud. 'Reuze begaafd kind, maakte zelf gedichten,' zoals een van Kees' zussen haar later omschreef. En de agenten feliciteerden elkaar: wéér een jood, wéér een premie binnen.

Beneden deed ook Maarten Spaans een goede vangst. In het nog openstaande bureau van Kees vond hij adressenlijsten, enige tientallen blanco en vervalste persoonsbewijzen en bonkaarten, alsmede zegels van de stad Den Haag en het arbeidsbureau. '*Der Rechtsanwalt Cornelis Chardon in Delft betrieb die Beihilfe zur Judenflucht in grossen Stil*,' zoals het SD-rapport de zaak later samenvatte. Kees deed die avond nog een poging door de serredeuren weg te komen, maar met zijn kleine gestalte was hij geen partij voor Spaans en zijn kompaan. Bij wijze van repercussie werd hij geslagen en geschopt. Even later arriveerde versterking van Villa Windekind in de vorm van enkele Duitse en Hollandse SD'ers. Het verhoren van Kees ging die hele verdere avond en nacht door, waarbij onder andere zijn arm gebroken werd. Tegen een uur of vier in de ochtend ondernam hij nog een laatste, wanhopige vluchtpoging, waarop hij bewusteloos geslagen werd. Kort daarna werden de bewoners van de Spoorsingel naar Villa Windekind afgevoerd.

Waldemar, Rika en Waldy bevonden zich op dat moment nog steeds op politiebureau Javastraat, waar ze de nacht gezamenlijk in hun cel hadden doorgebracht. De volgende ochtend – het was inmiddels woensdag 19 januari geworden – werden ze opgehaald. Ze moesten op een houten bank in de gang plaatsnemen, bewaakt door Duitse soldaten. Praten met elkaar mochten ze niet, maar toch stootte Rika haar zoon, die in het midden zat, op een gegeven moment aan en fluisterde: 'Hier, geef deze maar aan papa, want we zullen elkaar voorlopig wel niet meer zien.' Ze duwde hem Waldemars trouwring, die ze in de verwarring van de vorige ochtend van de toilettafel gegrist had, in de hand. Waldy wist de ring aan zijn vader te geven, al leverde hem dat een snauw en een dreigende beweging van een bewaker op. Even later wenkte een van de agenten hem en begeleidde Waldy naar de uitgang. Daar werd hij naar buiten geduwd, terug de vrije wereld in.

Zijn oom Bob, de jongste broer van zijn moeder, stond hem met een bleek gezicht op te wachten. Toen Rika de dag ervoor niet was komen opdagen op een familieverjaardag, had hij haar gebeld en een volslagen onbekende man aan de lijn gekregen. Ze hadden zich meteen gerealiseerd dat het foute boel was. Twee van Rika's zussen waren de volgende ochtend naar de Pijnboomstraat gegaan en hadden de woning verzegeld aangetroffen. Via de buren hadden ze vernomen waar de Nodsen werden vastgehouden en telefonisch had Bob vervolgens toestemming gekregen om zijn neef te komen ophalen. Hij bracht Waldy naar het huis van zijn opa en oma. Inmiddels was Bertha, die een halfjaar eerder naar Nijmegen was overgeplaatst, op de hoogte gebracht van de gebeurtenissen. Zij meldde het nieuws aan haar broer Henk en hun vader in Groningen. De volgende dag begroef Henk de dikke stapel brieven en kaarten die hij in de loop der jaren van zijn moeder had gekregen onder een tegel in het fietsenhok achter in de tuin. Je wist maar nooit – wie weet kwamen ze ook bij hem naar bewijzen zoeken.

Op vrijdag 21 januari kwam officieel het bericht dat Rika en Waldemar waren ingesloten in de *Deutsches Polizeigefängnis* oftewel het Oranjehotel. Besloten werd dat Waldy, die nog steeds bij zijn opa en oma logeerde, die maandag daarop maar weer gewoon naar school moest gaan. Dat weekend ging hij naar de Pijnboomstraat om zijn schoolboeken en wat kleren op te halen. Door de verzegeling van de voordeur was de huissleutel onbruikbaar, maar via een openstaand zijraampje wist hij toch naar binnen te klauteren. Even later dwaalde hij door zijn ouderlijk huis, in de grootste stilte die hij ooit had meegemaakt. Zijn voetstappen echoden door de lege kamers, want het grootste deel van hun huisraad stond al ingepakt boven aan de trap, klaar om opgehaald te worden. En pas toen drong het tot hem door dat het nog weleens een hele tijd zou kunnen duren voor zijn ouders weer zouden thuiskomen.

De week daarop meldde Waldy zich met een mandje vol lekkere dingen bij de poort van het Oranjehotel in de hoop dat hij dat zelf aan zijn ouders mocht geven. Maar de portier was onverbiddelijk. Het mandje kon hij afgeven, maar te zien kreeg hij ze niet. De twee mensen die Waldy's wereld uitmaakten – zijn moeder met haar zachte armen, zijn kalme, sterke vader: ze waren beiden door het grote stenen gebouw opgeslokt.

∾

Op donderdag 27 januari 1944, negen dagen na de inval aan de Pijnboomstraat, vertrok vanuit de Scheveningse strafgevangenis een transport naar Westerbork. In de trein zat de oogst van de Haagse jodenjagers van de voorgaande week – in totaal zo'n vijfenzeventig mensen van wie vijftien bij het oprollen van de groep-Chardon waren opgepakt. Een van hen was de 53-jarige Leopold Nabarro, een joodse man die op de nacht na de inval bij de familie Nods samen met zijn Hollandse begeleider in de val gelopen was.

In Westerbork werden Dobbe en Herman opgewacht door

haar ouders en zus. Ze hadden het slechte nieuws al via het ondergrondse informatienetwerk gehoord en hoopten dat het stel zich alsnog bij de van dwangarbeid vrijgestelde Barneveld-joden zou mogen voegen. Als alle gepakte onderduikers werden Dobbe en Herman echter overgebracht naar de barak met de 'S' voor *Strafe*, waarvandaan ze met voorrang naar de werkkampen in het Oosten zouden worden getransporteerd. Nog geen twee weken later, op woensdag 8 februari, was het zover. Tot de vele honderden mensen die die ochtend in de klaarstaande goederenwagons werden geladen, behoorden behalve Dobbe, Herman en de andere joodse onderduikers van de Pijnboomstraat ook Betty Springer, die in Westerbork was herenigd met een jonger broertje.

De treinen waren overvol, er was geen verwarming en de faciliteiten beperkten zich tot twee grote tonnen per wagon – één die fungeerde als toilet, één met drinkwater. Op 11 februari arriveerde het transport op het station van het Poolse dorp Auschwitz. Het vroor, en in de koude lucht hing een merkwaardige geur die niemand echt thuis kon brengen. Toen Dobbe uit de wagon was gesprongen, vroeg een medepassagiere haar een klein kind aan te pakken dat nog in de trein zat. Met de peuter in haar armen liep Dobbe richting kamp, tot het punt waar een SS-officier de nieuwkomers monsterde en met een handbeweging in twee rijen verdeelde. Eén blik op Dobbe en zijn hand wees naar rechts – de kant van de ouderen, de zieken, de moeders, de kinderen en ook Betty Springer, het meisje dat zo mooi kon dichten. Instinctief zette Dobbe haar last neer, liep naar de selectieofficier en legde in haar beste schoolduits uit dat zij er niet de moeder van was. *Gut*, gebaarde de SS'er, dan alleen het kind naar rechts en zijzelf naar links. En pas toen, op die plek en op dat moment, begon het tot Dobbe door te dringen dat Herman en zij al die tijd voor iets op de vlucht waren geweest dat veel erger was dan vrijheidsberoving of dwangarbeid, dat haar vader en diens collega's bij de jodenraad veel naïever waren geweest dan ze in haar zwartste dromen had kunnen denken en dat ze met haar impulsieve actie van daarnet haar leven had gered. Dat hier iets gebeurde wat onvoorstelbaar en ongeëvenaard was in de beschaafde, westerse wereld, namelijk de industriële vernietiging van menselijke wezens. Zo bloedserieus als Hitler was geweest in zijn voornemen om met het Duitse volk de wereldheerschappij te veroveren, zo'n ernst bleek het hem met zijn nog veel krankzinniger plannen om de wereld te verlossen van het internationale jodendom. Hier ging het leven niet meer door, hier hield het leven op.

7

De ogen van Rika

Hun zevende trouwdag vierden Waldemar en Rika in Scheveningen, maar wel in de Deutsche Polizeigefängnis waar Waldemar was opgesloten in cel 403 en Rika in cel 382. Op 20 januari 1944 was hier ook Paula Chardon, een zuster van Kees, ingesloten. Samen met de andere gearresteerde familieleden was zij na verhoor in Villa Windekind overgebracht naar het Oranjehotel, 'lopend langs lege huizen en door lege straten', zoals ze in haar dagboek schreef.

> De deur werd nauwelijks voor je open gedaan, geen woord en je stond in een cel met de deur achter je dicht. Ik zag een oud wijfje, twee jodinnen en een vrouw met vurige ogen. Ik was doodmoe en ging gauw zitten. Ze vroegen waar ik vandaan kwam. 'Uit Delft,' zei ik. Toen vloog die vrouw met die zwarte ogen op en riep: 'Jij bent toch niet van Chardon?' 'Ja,' zei ik. Toen omhelsde ze mij en riep uit: 'Ik ben mevrouw Nods!' Wat was ik blij.

De joodse celgenotes van Rika en Paula kwamen uit Limburg en waren dikke vriendinnen. 'Ze waren altijd vrolijk en opgewekt. Zij verzorgden alles.' Dankzij hen wenden de nieuwe bewoonsters van cel 382 relatief vlot aan het dagelijks bestaan in de eigenlijk voor één mens bestemde ruimte van twee bij drie meter oppervlakte en vier meter hoogte. Om half zeven 's ochtends sprongen de lichten aan. Dan wasten zij zich zo goed en zo kwaad als dat ging aan een geïmproviseerde wasbak, maakten hun cel schoon en ontbeten. Vervolgens was het zaak de lange dag door te komen. Een van de jodinnen sneed tweeëndertig stukjes uit een stuk karton en maakte er figuren op met een haarspeld, zodat Rika haar celgenotes de kaart kon leggen.

Tot de dagelijkse bezigheden behoorde ook het repeteren van namen en adressen. 'Iedere nieuwkomende kreeg van elke celbewoonster één of meer adressen op. Wie er dan het eerst uit ging, bracht daar groeten en boodschappen,' schreef Paula. Verder lazen ze wat en krasten met de achterkant van een lepel teksten op de al met allerhande leuzen bedekte muren:

In deez' Bajes
Zit geen Gajes
Maar Hollands Glorie
Potverdorie.

En:

Hoe zwaar ook de dag,
Hoe moeilijk de scheiding,
We zijn weer een dag dichter
Bij de bevrijding.

Rika voegde hieraan toe: 'Verbeter de wereld, begin bij jezelf', een door radiopriester Henri de Greeve van de Bond zonder Naam bedacht motto dat haar zo aansprak dat ze het thuis op een tegeltje aan de muur had hangen.

Tegen acht uur 's avonds maakten de celbewoonsters zich klaar voor de nacht. Hun bedden bestonden uit dicht opeengepakte strozakken op de grond. Een opgevouwen jas diende als kussen. Dan werden de lichten uitgedraaid en begon wat Paula noemde 'het knusse gedeelte':

> Tot tien uur werd er door de gevangenen naar hartelust gezongen, berichten uitgewisseld, nieuws doorgegeven. Alle cellen hadden wat te praten. Het leek wel een kostschool. Omstreeks half tien werd het stiller en tegen 10 uur kwamen de klopgeesten voor de dag. Dat ging zo: aan de andere kant van de muur tikte er één het morsesein van de V: ... – Tante Bep ging als ingewijde naar de muur en tikte terug .... .. Het eerste werd er gevraagd of er nieuwe mensen waren. Dat was bij ons en cel 383 het geval: Wanda, Mevrouw Nods en ik. Dan vroegen ze waar we vandaan kwamen en of er nieuws was.

De dagelijkse monotonie van het gevangenisleven werd slechts onderbroken door luchten en douchen – beide eens per week – en de distributie van pakketten van het Internationale Rode Kruis, waarin de gevangenen etenswaren aantroffen die ze in bezet Nederland al in geen jaren meer gezien hadden, zoals echte chocolade. Maar er waren ook angstige momenten, zoals het luchtalarm op de avond van 23 januari, toen geallieerde vliegtuigen met duizenden tegelijk overdenderden en de hele gevangenis bad dat vesting Scheveningen deze avond niet het doelwit zou zijn.

De ochtend daarop werd Rika opgehaald door een bewaakster die onder de gevangenen bekendstond als 'das Germanische Edelweib'.

Tegen half 12 (verhoortijd) ging de deur open. Het Edelweib riep: 'Nods!' Daar ging tante Riek. Wat zag ze er tegenop. Wij bewaarden haar pannetje in de 'hooikist' (twee matrassen waartussen eten warm werd gehouden) en gingen wat lezen. Laat ze nu omstreeks 3 uur terugkomen: doodsbleek en met een ijzig strak gezicht. Ze was helemaal van streek. Het was een verhoor geweest! Voor ze vertellen ging moest ze zich helemaal wassen. Van angst was het misgegaan. Het werd een vrolijke waspartij.
En toen begon tante Riek te vertellen: 't was vreselijk geweest en tot slot had ze nog een aai van Kappie van Windekind ge-

Jodenjager Kees Kaptein, 'de grootste jodenbeul van Nederland'. Nationaal Archief, Den Haag.

> kregen *met een lange gordijnroe!* Nu zagen we bij haar rechteroor een grote plek, bijna erin geslagen had die sadist. Ook haar arm had hij geraakt. En dat tegen een vrouw, een moeder van vijf kinderen! De hele avond en nog dagen erna was tante Riek van streek. Ze lag en zat uren te bidden (ze was fijn R.K.) of ze maar nooit meer voor een verhoor hoefde.

Tot op zekere hoogte hadden de mensen die ervan overtuigd waren geweest dat de bezetter zich niet zou bezondigen aan de primitiefste vormen van terreur gelijk gekregen. Want net zoals de gedisciplineerde Duitse militairen hun handen liever niet vuilmaakten aan de jodenjacht, zo lieten ze ook de verhoren omtrent *Judensachen* bij voorkeur over aan de Hollanders in hun dienst. Een van de beruchtsten van hen was de 28-jarige Kees J. Kaptein oftewel 'Kappie'. Zelf als kind in Nederlands-Indië stelselmatig vernederd en mishandeld door zijn vader, schepte deze voormalige Oostfrontstrijder groot behagen in de angst van de mensen die aan hem overgeleverd waren en de macht die hij over ze had. Later zou hij zich erop beroemen dat hij 99 procent van zijn slachtoffers binnen een maand aan het praten kreeg. Hij beschreef zijn methode als volgt: 'Eerst maar eens gewoon vragen – dan dreigen – dan diepe kniebuigingen – dan een paar opdonders, tikken zoals ik het noem.'

Zo ver ging Kaptein in het uitleven van zijn machtswellust dat het zelfs zijn Duitse superieuren soms te gortig werd en ze hem maanden het wat rustiger aan te doen. Maar zelf was hij trots op zijn reputatie en het feit dat Radio Oranje in een van zijn uitzendingen speciaal voor hem gewaarschuwd had en aan nieuwe slachtoffers stelde hij zich dan ook bij voorkeur voor met de woorden: 'Ik ben Kees Kaptein, de grootste jodenbeul van Nederland!' Vrouwen hadden het bij hem extra zwaar te verduren. Van de jongeren probeerde hij orerend over zijn rol als 'weldoener der mensheid' seksuele gunsten los te krijgen; de ouderen vernederde hij, vooral als ze zich hadden bezondigd aan wat hij beschouwde als 'rassenschande', oftewel omgang met een joodse man. Hij schreeuwde en sloeg, liet ze honderden kniebuigingen doen of net zo lang om een pilaar heen lopen tot ze er letterlijk bij neervielen. Voor degenen die doorsloegen koesterde Kaptein een soort tevreden minachting en niet zelden liet hij mensen die hem ter wille waren inderdaad vrij of zorgde ervoor dat ze er met enkele maanden straf vanaf kwamen. Maar de enkelingen die weigerden zijn almacht te erkennen door om genade te bidden en te smeken, brachten hem tot een krankzinnige razernij waarbij hij met zijn blote vuisten, de kolf van zijn pistool of een ijzeren gordijnroe tekeerging.

Rika behoorde tot die laatste categorie. Het was misschien niet eens heldendom, het was gewoon haar karakter. Nooit had ze gebogen voor dwang, dreigementen of drift – niet voor die van haar ouders, niet voor die van Willem Hagenaar en niet voor die van de wereld. En dat ging ze voor een man als Kaptein, die nota bene haar zoon had kunnen zijn, ook niet doen. Zoals ze ooit uitdagend in haar witte bruidsjapon langs het huis van haar ouders was gereden en zoals ze haar man bij het station van Den Haag eventjes had toegewuifd als ze haar kinderen kwam halen, zo keek Rika nu recht in de bleekblauwe ogen van haar ondervrager. En hoe meer hij probeerde haar te intimideren en te beledigen vanwege haar relatie met een zwarte man, des te koppiger weigerde zij te antwoorden. Het enige dat ze kwijt wilde was dat zij en zij alleen verantwoordelijk was geweest voor de onderduikers aan de Pijnboomstraat –

haar man had van niets geweten. En Kees Kaptein was racistisch genoeg om genoegen te nemen met dit verhaal – zo'n domme neger kon toch niet meer geweest zijn dan het jonge speeltje van die vrouw.

Het verhoor dat Waldemar diezelfde ochtend onderging, was dan ook kinderspel vergeleken met wat Rika door moest maken. Toen hij haar die middag terugzag in de wachtruimte van Windekind was hij diep geschokt. 'Dat ze jou nog zo te pakken zouden nemen had ik niet gedacht, Rika,' zoals hij later schreef. Maar Paula noteerde die avond in haar dagboek:

> Maar wat alles vergoedde bij tante Riek: ze had haar man gezien! En samen waren ze van Windekind naar de Bajus gelopen. Hij zag er ontoonbaar uit, 't was een West-indisch type en nu met een baard en zonder boord net een bosjesman.

Wat Rika en Waldemar allemaal al hadden meegemaakt, nooit hadden ze kunnen denken dat ze nog eens zó door Scheveningen zouden lopen. Samen doorkruisten ze de landkaart van hun gemeenschappelijke geschiedenis. Als altijd klonk het gedruis van de zee op de achtergrond en vlogen de meeuwen krijsend boven hun hoofd. Maar hun handen waren geboeid, om hen heen marcheerden bewapende soldaten en op het Kurhaus wapperde de rode hakenkruisvlag triomfantelijk in de wind.

Enkele dagen na Rika's eerste verhoor vond het jodentransport naar Westerbork plaats.

Om half twaalf werden alle cellen geopend en moesten de joden zich klaarmaken. 't Was vreselijk. Tevoren hadden Tante Riek en ik alle eetbare waar verdeeld. 't Was het enige en laatste wat we voor hen doen konden. Zo bleven wij samen achter. Allebei onder de indruk van het gebeurde. De gevangenis leek uitgestorven. Het was doodstil, ook de baby's en de kinderen waren weg. 's Middags kregen we als bijzonderheid (omdat de Bajus Judenfrei was zeker) witte bonen met snijboontjes. We konden één pannetje niet leeg krijgen. Die nacht droomde Tante Riek heel raar: een bende katten lag bovenop haar. Overal liepen ze door het bed. We werden dan ook wakker door een angstgil.

Op 1 februari 1944 werd Paula onverwacht op vrije voeten gesteld. Zij mocht naar huis, naar Delft, waar ze werd opgewacht door haar inmiddels eveneens losgelaten moeder en zuster. Haar vader, haar broer Kees en het echtpaar Nods bleven achter in afwachting van hun proces. In principe was dit nog geen al te grote reden tot paniek, want de officiële straffen die op jodenhulp stonden waren laag – twaalf maanden voor mannen, zes voor vrouwen – en konden bovendien uitgezeten worden in het als relatief menswaardig bekendstaande Kamp Vught.

Politiechef Rauter had dit kamp in 1943 bij Den Bosch laten bouwen bij wijze van gebaar naar de Nederlandse bevolking, zodat Hollandse politieke gevangenen niet meer naar de beruchte Duitse concentratiekampen hoefden. Het was een soort modelkamp: het regime was *streng aber gerecht*, het eten goed en mishandeling van gevangenen verboden. Toen bij wijze van strafmaatregel meer dan tachtig vrouwen een hele nacht in twee kleine cellen werden gestouwd met de verstikkingsdood van tien van hen tot gevolg, werden de verantwoordelijken dan ook voor de Tuchtrechtbank gesleept. Het feit dat de politieke gevangenen een sterke machtspositie binnen de kamphiërarchie hadden verworven en de beste baantjes reserveerden voor goede vaderlanders, maakte het Hollandse concentratiekamp met name voor verzetsstrijders verre te verkiezen boven de monotone verveling, de knagende onzekerheid en vooral de dreiging van verdere verhoren in de gevangenis. 'Ik zou om te werken heel graag ten spoedigste deze maand nog naar Vught gaan,' zoals Kees Chardon aan zijn familie schreef.

Op 23 februari werden Kees, zijn vader en Waldemar inderdaad per trein overgebracht naar Brabant. 'Kees was opgewekt, had het erg prettig in Vught,' getuigde een medegevangene later. De jonge advocaat zelf maakte zich vooral nog zorgen over zijn onderduikers. 'Hoed mijn schapen,' schreef hij aan een neef die zijn werk had overgenomen, zich onbewust van het feit dat een groot deel van die schaapjes al weken eerder in de gaskamers van Auschwitz was omgebracht.

Nog geen honderd jaar nadat Waldemars grootmoeder zich op eigen kracht aan slavernij had weten te ontworstelen, werd haar kleinzoon weer tot slaaf gemaakt. Bij aankomst in Vught was hij genummerd, medisch gekeurd, kaalgeschoren, voorzien van een blauw-grijs gestreept pak, dito muts en houten klompen. Hij kreeg een etensbakje dat hij met een touw om zijn middel moest binden, en een brits in een grote, voor zo'n 250 man bestemde barak.

Kort na aankomst werd Waldemar ingedeeld bij een *Aussencommando* dat een tankgracht moest graven in de Wouwse plantage, vlakbij de Belgisch-Nederlandse grens. De dwangarbeiders werden ondergebracht in een voormalige Landbouwschool in Roosendaal en bewaakt door Duitse kapo's. 'Jóu kunnen we wel overslaan,' zeiden ze tegen Waldemar als ze de zeep uitdeelden. Hij liet het stoïcijns van zich afglijden, net als de goedmoedig bedoelde plagerijen van zijn medegevangenen, die in de schemering deden of ze tegen hem opliepen: 'Je moet wel lachen, anders zien we je niet.' De meesten van hen hadden nog nooit een zwarte man gezien en onder elkaar hadden ze al uitgemaakt dat hun intrigerende lotgenoot een nachtclub bezat in een mondaine badplaats.

Het zware buitenwerk was flink wennen voor iemand die gewend was op kantoor te werken, maar Waldemar was taai en in goede conditie. Zijn grootste zorg gold Rika. Hij hoopte vurig dat de Duitsers er mee zouden volstaan hem als hoofdbewoner van de Pijnboomstraat te straffen en zijn vrouw veilig naar haar huis en hun zoon hadden laten terugkeren.

Lieve Riek of Jo,

Vught 5 maart

Als je deze brief ontvangt, hoop ik dat je eindelijk weer in je eigen huis zal zijn. Vught is een verademing na de kleine cel in Scheveningen. Het was een grote overgang, eerst de hele dag binnen en nu de hele dag in de buitenlucht. De barakken zijn proper met stromend water en wc's en goede bedden. Je ontmoet hier een massa mensen. Alle mogelijke types en de dag is geheel bezet.

Vandaag net een Vughtpakket ontvangen, dat scheelt weer een boel met eten, want je hebt hier altijd trek van de buitenlucht. De behandeling is hier goed als je je maar stipt aan de voorschriften houdt. Ik heb dringend nodig: handdoek, washandje, tandenborstel, oude sokken, slipover, oude lappen als zakdoek, vette creme of vaseline, zeep en stuur mij vooral tabak of sigaretten en als je 't missen kunt wat beleg-sel voor brood, maar dat is niet noodzakelijk, ook nog mijn oude wollen das.

Heb je de zaken nog goed kunnen regelen?

En Waldie, hoe maak jij 't, heb je goed voor de tabak gezorgd? En gaat 't goed op school?

Jo, misschien wil jij mij 't een en ander sturen, als Riek nog niet terug is, die onzekerheid vind ik het ergste.

Hartelijke groeten, Waldemar

Maar Kees Kaptein was nog lang niet klaar met de koppige Haagse vrouw die hem zo provocerend aan kon kijken. Nadat een van de op de Pijnboomstraat aangehouden onderduikers had verklaard dat 'mevrouw Nods-van der Lans in verbinding stond met mr. Chardon die tezamen met haar vele joden in Den Haag en andere plaatsen had ondergebracht', was hij ervan overtuigd een groot ondergronds netwerk op het spoor te zijn. En toen een Amsterdamse verzetsman begin maart na de nodige mishandelingen toegaf direct te staan onder 'Chardon in Den Haag, hoofd van de illegale beweging aldaar' werd ook Kees weer naar Scheveningen teruggehaald. Hem werd beloofd dat hij binnen een week terug naar Vught zou mogen, maar dat werden zes maanden, die hij grotendeels doorbracht in eenzame opsluiting in de zogenoemde dodencellen van waaruit hij slechts via verwarmingsbuizen en gaten in de muur contact kon houden met medegevangenen.

Kaptein stelde ondertussen alles in het werk om informatie uit zijn arrestanten te krijgen. Zo werd een provocateur ingezet, die brieven van Kees uit de gevangenis naar zijn familie smokkelde – nadat ze eerst zorgvuldig op Windekind waren nageplozen op belastende informatie. De ontdekking van dit dubbelspel viel Kees zwaar en hij zou nog maanden tobben over het feit dat zijn misplaatste vertrouwen wellicht mensenlevens had gekost. Het was in de gevangenis algemeen bekend dat Kees geregeld zwaar mishandeld werd. Aan zijn familie schreef hij:

> Ik zwijg als 't graf. Ben weer 3x verhoord. Toestand niet mooi, doch ik houd moed en vertrouw op God. Al blijf ik diep in 't hart toch verlangen naar de open lucht en arbeid van Vught. Och, ik hoop toch zo dat al mijn andere 'schapen' gespaard zijn gebleven. En dat ook verder het werk voortgang heeft.

Zijn verzetsvrienden stelden Kees' ouders voor om een bevrijdingspoging te wagen, maar zijn vader vond de risico's te groot. Het leek hem beter om maar af te wachten: het einde van de oorlog kon nu toch niet ver weg meer zijn.

Op 1 mei werden de vonnissen tegen de kernleden van de groep-Chardon uitgesproken. Zowel Kees als Rika kreeg levenslang wegens *Judenhilfe* op grote schaal en samenzwering. Waldemar, zelf iets milder gevonnist tot opsluiting voor de duur van de oorlog, probeerde zijn vrouw schriftelijk op te beuren:

> Lieve Jo
>
> Vught 7 maart
>
> Jullie laatste brief ontvangen, met brief van Riek, ja 't is nogal taai in zo'n kleine ruimte en dan als 't zo lang duurt. Wil je mijn groeten overbrengen en zeggen dat ze *moed moet* houden en Brabant gaan we zeker in zodra wij weer vrij zijn, dat is

een reuze idee. Fijn Bob, dat je haar hebt kunnen zien. Probeer het af en toe maar weer, want 't geeft weer moed als je iemand van buiten ziet. Hoe gaat het met vader en moeder, alles goed hoop ik en jij weer helemaal beter, Jo? En Bertie, is de tabak bij jou wel zo veilig als je schrijft? Hier kun je er duizenden mannen mee vangen.

Dinie en Jan bedankt voor jullie pakket hoor, 't heeft alles heerlijk gesmaakt. Vooral de sinaasappelen waren een verrassing. Zus, 't roggebrood was heerlijk hoor, alles goed bij de Brandweer, groeten aan Johan en Jan & Henk, ik moet in telegramstijl overgaan, want ik nader het einde. Dan nog een pakket gehad met eigen gebakken brood, cake, kaas, enz. afzender was geloof ik Mien, papier was gescheurd. Dankjewel hoor, jullie verwennen me ontzettend.

En nu Waldie, prachtig dat je 't zo fijn hebt jongen, maar een 4 voor geschiedenis en 5 voor nederlands is slecht. Beter leren hoor, uittreksels maken en zorg dat je overgaat, anders kom ik naar huis om je een draai om je oren te geven.

Op 10 mei, precies vier jaar na het begin van de oorlog, werd ook Rika naar Vught overgebracht om daar haar straf uit te zitten. Dankzij vaderlandslievende bewakers in de Scheveningse strafgevangenis was haar familie op de hoogte van het transport en Bob kon op station Staatsspoor nog een glimp van zijn oudste zuster opvangen. Rika gooide een haastig gekrabbeld briefje naar hem toe:

Donderdag 10 mei 1944
In de trein
Dag lieve kinderen
Dag Vadertje en Moedertje
Dag lieve broers en zusters

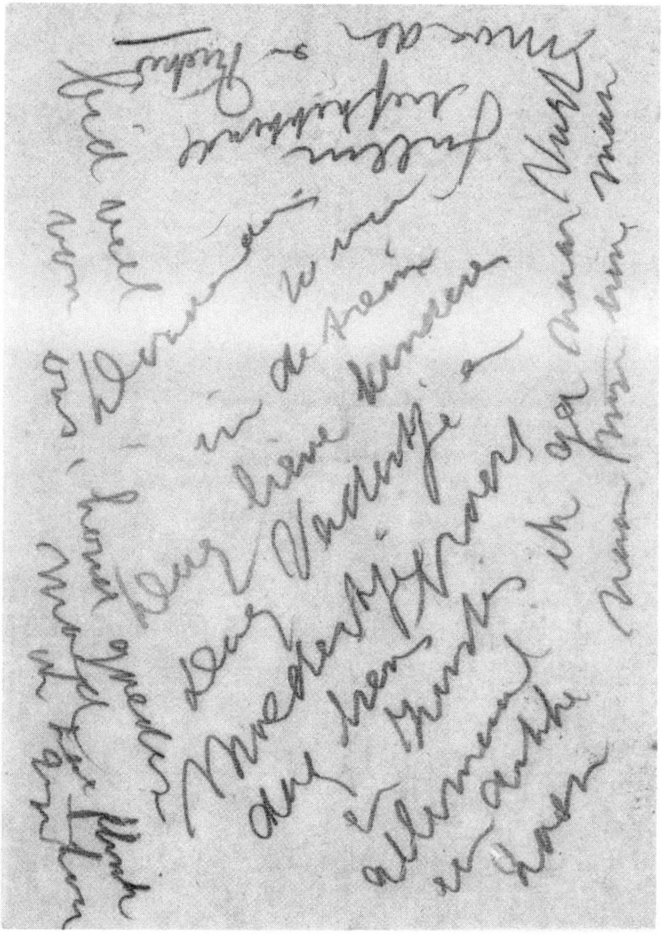

Levensteken van Rika uit de trein op weg naar het concentratiekamp Vught gegooid, 10 mei 1944.

allemaal een dikke zoen
ik ga naar Vught
naar mijn lieve man
bid veel voor ons
houd goeden moed
ik zal flink zijn hoor
jullie liefhebbende moeder
Rika

Waldemar was inderdaad terug in het hoofdkamp, want buitencommando Roosendaal was inmiddels alweer opgeheven. Officieel was contact tussen de mannen- en de vrouwenafdelingen in Vught streng verboden, maar in de dagelijkse praktijk waren er tal van mogelijkheden om hier onderuit te komen. Zo bestond er een levendige smokkel van briefjes en goederen en waren er plekken bij de prikkeldraadafscheidingen waar mannen en vrouwen naar elkaar konden roepen. Ook als de vrouwelijke gevangenen 's ochtends naar hun werkplaatsen marcheerden konden ze wuiven naar de mannen die dan nog op de appelplaats stonden.

In ieder geval één keer zagen Rika en Waldemar elkaar op deze manier. Tussen al die kaalgeschoren mannen in hun gestreepte gevangenispak pikte Rika het zwarte gezicht van haar echtgenoot er zo uit. Maar al waren ze nu buiten bereik van de vuisten en de gordijnroe van Kees Kaptein, buiten bereik van zijn invloed waren ze nog lang niet. En hij was hen, getuige een verklaring van een van zijn latere slachtoffers, nog lang niet vergeten: 'Hij beroemde zich erop dat hij die vuile pestkliek van Chardon had uitgeroeid en hij zei dat hij Kees en die anderen naar Duitsland had gestuurd,' zoals een andere gevangene later verklaarde.

Nog geen tien dagen na haar aankomst te Vught zocht Rika vergeefs naar het donkere hoofd van haar man op de appelplaats. Door Kaptein gebrandmerkt als 'zwaar geval' was Waldemar op 19 mei om kwart voor zes in de avond na een medische keuring met nog negen anderen op transport gesteld. De richting van de trein was dezelfde als die hij achttien jaar eerder met de *SS Oranje Nassau* gegaan was: noordnoordoost.

∽

Vijf dagen later, op woensdag 24 mei arriveerde het kleine transport uit Vught in een groot concentratiekamp ten zuidoosten van de Noord-Duitse havenstad Hamburg. Bij de oprichting, zes jaar eerder op een verlaten terrein van een steenfabriek, was KZ Neuengamme nog gewoon een van de buitenkampen van concentratiekamp Sachsenhausen geweest. Maar nadat Hitler in 1942 had verordonneerd dat alle gevangenen twaalf uur per dag ingezet dienden te worden als dwangarbeiders in de oorlogsindustrie, had *Reichsführer* Heinrich Himmler, als politiechef verantwoordelijk voor het gevangenenbeleid, het kamp een zelfstandige status gegeven. Met de toename van de terreur in de bezette gebieden steeg het aantal aangevoerde gevangenen en Neuengamme had zich in hoog tempo uitgebreid en op zijn beurt weer allerlei buitenkampen gekregen bij bedrijven in de omgeving. Het hoofdkamp was met een kapel, een ziekenhuis en zelfs een bibliotheekje nog redelijk geoutilleerd, maar terwijl het ingericht was op vijfduizend gevangenen herbergde het in het voorjaar van 1944 al meer dan tienduizend mensen. Met het gestaag oprukken van de geallieerde troepen door Europa zwollen de stromen nieuwkomers steeds verder aan: zo arriveerde er op de dag dat Waldemar aankwam ook een transport van maar liefst 1880 Franse gevangenen vanaf Compiègne.

Het was Waldemar meteen duidelijk dat in het enorme, overbevolkte Neuengamme totaal andere wetten golden dan in het in vergelijking bijna vriendelijke Vught. De kamphiërarchie werd gedomineerd door de met een groene of zwarte driehoek getooide Duitse criminelen, die het langst in het kamp zaten en de beste baantjes naar zich toe getrokken hadden. Gewapend met gummiknuppels handhaafden deze kapo's de orde in de overvolle, vervuilde barakken volgens de wetten van de onderwereld en het recht van de sterkste. De nieuwaangekomenen werden over hun hele lichaam geschoren, ontluisd en voorzien van een gestreept gevangenispak. Hij kreeg een rode driehoek, ten teken dat hij een politiek gevangene was. Op het metalen plaatje dat hij met een touwtje om zijn nek moest hangen stond het nummer 32180, wat betekende dat al meer dan 32000 mensen hem voorgegaan waren.

Net als de slavenplantages zijn de Duitse concentratiekampen de geschiedenis ingegaan als een soort zwarte gaten waar mensen zonder aanzien des persoons door werden opgezogen. Toch kenden ook deze oorden hun eigen wetmatigheden. Persoonlijkheidskenmerken als leeftijd, fysieke conditie en sociale en maatschappelijke vaardigheden speelden wel degelijk een rol bij het lot van het individu. Zo hadden Hollanders het vaak relatief zwaar in de Duitse kampen, omdat zij in tegenstelling tot bijvoorbeeld Russen en Polen niet van jongs af aan gehard waren door zwaar werk en weinig eten en al helemaal niet gewend waren om voor zichzelf te moeten vechten.

Waldemar had echter een aantal dingen mee, zoals het

feit dat hij al in het voorjaar van 1944 in Neuengamme arriveerde. Weliswaar was het kamp al overbevolkt en werd het overgrote deel van de nieuwkomers meteen doorgevoerd naar de anonieme massacommando's in de beruchte buitenkampen, maar het hoofdkamp was nog steeds overzichtelijk genoeg om er op te kunnen vallen en je daardoor een goede positie te kunnen veroveren. En Waldemar viel op. In een omgeving die er geheel en al op gericht was mensen hun individualiteit te ontnemen en tot een amorfe massa terug te brengen, werd hij dankzij zijn huidskleur nooit een nummer. Hij bleef een individu, een *Mensch* en dat feit alleen al gaf hem extra kansen. Want hoe minachtend de nazi's zich in hun propaganda ook uitlieten over het zwarte ras, voor de meeste Duitsers – die zelf nauwelijks koloniën en dus ook geen gekleurde rijksgenoten hadden gehad – was een zwarte man nog iets uitermate exotisch.

Een drietal uit Franse koloniën afkomstige Afrikanen die ook in het voorjaar van 1944 in Neuengamme arriveerden, vreesden het ergste, maar:

> In feite waren de SS-mannen alleen maar nieuwsgierig om degenen die ze als dieren beschouwden van dichtbij te zien. Geen enge beesten, maar iets bijzonders, heel anders dan de joden die beschouwd werden als ondermensen. Dit waren eigenlijk nauwelijks mensen. De SS-mannen wreven over de huid van een donkere Senegalees om te kijken of de kleur zou veranderen. Even later zag een SS-officier ze in de douche en zei wat een prachtige atleten het waren. Waarschijnlijk had hij een herinnering aan de Olympische spelen in Berlijn. Een andere keer stond een SS-man een halfuur totaal verbaasd in een fabriek toe te kijken toen bleek dat zo'n

Brief van Waldemar Nods vanuit concentratiekamp Neuengamme, blok 1, 2 augustus 1944.

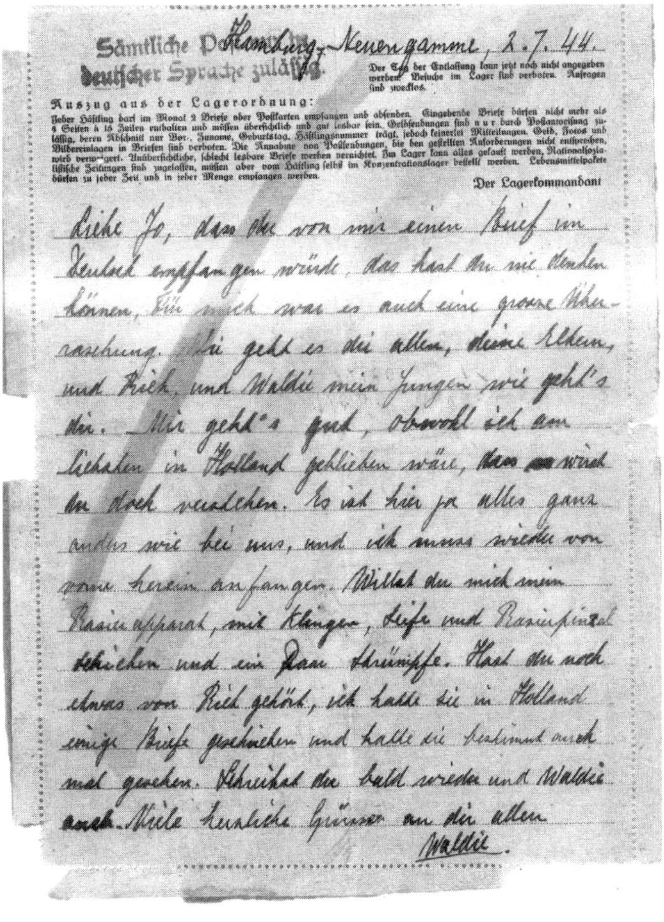

Sämtliche Post ist in deutscher Sprache zulässig. Hamburg-Neuengamme, 2.7.44.

Der Tag der Entlassung kann jetzt noch nicht angegeben werden. Besuche im Lager sind verboten. Anfragen sind zwecklos.

Auszug aus der Lagerordnung:
Jeder Häftling darf im Monat 2 Briefe oder Postkarten empfangen und absenden. Eingehende Briefe dürfen nicht mehr als 4 Seiten à 15 Zeilen enthalten und müssen übersichtlich und gut lesbar sein. Geldsendungen sind nur durch Postanweisung zulässig, deren Abschnitt nur Vor-, Zuname, Geburtstag, Häftlingsnummer trägt, jedoch keinerlei Mitteilungen. Geld, Fotos und Bildereinlagen in Briefen sind verboten. Die Annahme von Postsendungen, die den gestellten Anforderungen nicht entsprechen, wird verweigert. Unübersichtliche, schlecht lesbare Briefe werden vernichtet. Im Lager kann alles gekauft werden. Nationalsozialistische Zeitungen sind zugelassen, müssen aber vom Häftling selbst im Konzentrationslager bestellt werden. Lebensmittelpakete dürfen zu jeder Zeit und in jeder Menge empfangen werden.

Der Lagerkommandant

Liebe Jo, dass du von mir einen Brief in
Deutsch empfangen würde, das hast du nie denken
können. Für mich war es auch eine grosse Über-
raschung. Wie geht es dir allen, deine Eltern,
und Rieh, und Waldie mein Jungen wie geht's
dir. Mir geht's gut, obwohl ich am
liebsten in Holland geblieben wäre, das wirst
du doch verstehen. Es ist hier ja alles ganz
anders wie bei uns, und ich muss wieder von
vorne herein anfangen. Willst du mich mein
Rasierapparat, mit Klingen, Seife und Rasierpinsel
schicken und ein Paar Strümpfe. Hast du noch
etwas von Rieh gehört, ich habe sie in Holland
einige Briefe geschrieben und habe sie bestimmt auch
mal gesehen. Schreibst du bald wieder und Waldie
~~auch~~. Viele herzliche Grüsse an dir allen
Waldie.

chimpansee in staat was gecompliceerde Duitse plannen te lezen en zelfs precies uit te voeren.

Een van de zwarte Fransen had in Parijs furore gemaakt als bokser en werd tot kampmascotte verheven. Op de vrije zondagmiddagen organiseerde de kampleiding bokswedstrijden waarin hij mensen uitdaagde het tegen hem op te nemen. Om zijn machtig fysiek goed in vorm te houden, werd hij vrijgesteld van zware arbeid en kreeg hij een van de veelbegeerde baantjes in de keuken. En al was de elegante Waldemar een heel ander soort zwarte man, ook hij moet met zijn perfecte Duits en propere manieren bij zijn aankomst een attractie geweest zijn. Hij bewoog zich als een danser en wist er zelfs in zijn groezelige streepjespak nog waardig uit te zien.

Op 2 juli 1944, ongeveer zes weken na zijn aankomst in Neuengamme, verstuurde Waldemar zijn eerste brief naar huis – in het Duits, vanwege de censuur.

Lieve Jo, dat jij van mij een brief in het Duits ontvangen zou, dat had je nooit kunnen bedenken. Voor mij was dat ook een grote verrassing. Hoe gaat het met jullie allemaal, met je ouders, en Riek en Waldie mijn jongen, hoe gaat het met jou?
Mij gaat het goed, hoewel ik het liefste in Holland gebleven was, dat kun je wel begrijpen. Het is hier allemaal heel anders dan bij ons, en ik moet weer bij het begin beginnen. Wil je mijn scheerapparaat met messen, zeep en scheerkwast sturen en een paar kousen. Heb je nog iets van Riek gehoord? Ik heb haar in Holland enige brieven geschreven en heb haar zeker ook eens gezien.
Schrijf je me snel terug en Waldie ook. Vele hartelijke groeten allemaal, *Waldemar*

De Franse bokser voelde zich dermate zeker van zijn positie als zondagmiddagvermaak dat hij, aangevuurd door medegevangenen, zo dom was om openlijk de spot te drijven met een Duitse kapo. De volgende dag werd hij overgeplaatst naar een van de zwaarste buitencommando's; enkele maanden later was hij dood. Maar Waldemar wist van aanpassen – dat had hij die eerste jaren in Holland wel geleerd. Hij liet zich niet provoceren en bewaarde onder alle omstandigheden zijn goede manieren en correcte houding. Ook zijn rode driehoek en talenkennis kwamen hem van pas. Want net als in Vught was in Neuengamme een schaduwkampleiding van politieke gevangenen actief. Deze *Funktionshäftlinge* bezetten een aantal sleutelposities op de kampadministratie en wisten net in deze periode dankzij het groeiend personeelsgebrek van de SS hun invloed structureel uit te breiden en tal van kameraden uit de zwaardere commando's te houden.

Dankzij de invloed van zijn medegevangenen werd Waldemar half juli tewerkgesteld op het postkantoor van het kamp, waar hij brieven voor medegevangenen vertaalde en schreef. Als lid van de kampadministratie behoorde hij nu tot de elite van het kamp. Van een barak waar hij met drie man een bed had moeten delen en wakker moest blijven om zijn bezittingen te bewaken, verhuisde hij naar Barak 1, bestemd voor de gevangenen die dagelijks met SS'ers omgingen. Hier was het relatief schoon en veilig en had hij zelfs zijn eigen bed. Zijn tweede brief, drie weken later verstuurd, klonk dan ook al een stuk opgewekter:

Neuengamme, 23 juli 1944
Lieve Jo,
Vandaag zondag en schrijfdag, dat is altijd fijn, ik verheug

me op jouw brief om iets te horen van Riek en jullie allemaal.
Alles goed bij jou en de hele familie?
Hier gaat het ook beter, schrijf Riek dat zij zich niet ongerust moet maken, dat het mij goed gaat, maar ik heb hier van alles nodig, maar dat komt ook.
Nu Waldie mijn zoon, hoe gaat het met jou, je bent overgegaan of niet, hebt nu vakantie, sport veel en goed leren. Schrijf snel en stuur mij een sigarettenaansteker, zo eentje van 25 cl. En Jo, denk je aan mijn scheerapparaat, een tandenborstel en tabak niet vergeten alsjeblieft.
Vele groeten aan de hele familie en bekenden en in 't bijzonder voor je ouders en jezelf. Pas goed op, *Waldemar*

Rika had vreselijke weken gehad nadat Waldemar zo opeens uit Kamp Vught verdwenen was. 'Waar is mijn man?' vroeg ze in iedere brief en krabbel die ze naar het thuisfront wist te sturen. 'Waar is mijn man?' bleef ze vragen tijdens het bezoek dat haar broer Marcel haar na veel vijven en zessen mocht brengen. Pas nadat zijn eerste brief uit Neuengamme was gearriveerd, ontspande ze enigszins: in ieder geval wist ze dat haar man nog leefde. Nu kon ze zich richten op haar eigen omstandigheden, die ook voor haar een stuk beter waren dan in de Scheveningse strafgevangenis. Ze genoot van de zon en de buitenlucht, van de gezelligheid met al die vrouwen om haar heen, van haar relatieve vrijheid en vooral van het wegvallen van de dreiging van de verhoren van Kaptein.

De politieke gevangenen hadden Rika weten in te delen bij het werkcommando van Philips, een elektronicaconcern dat sinds begin 1943 arbeidskrachten van het kamp huurde, officieel voor de fabricage van knijpkatten en condensatoren en de reparatie van radio's, maar eigenlijk als dekmantel om zoveel mogelijk goede vaderlanders heelhuids de oorlog door te krijgen. De selectie van werknemers lag in handen van de gevangenen zelf, die als criterium 'valabiliteit' oftewel belang voor de goede zaak hanteerden. De productiecijfers in de Philips-barakken deden nauwelijks terzake en de dwangarbeiders konden gerust een deel van hun elfurige werkdag slapend doorbrengen. Weliswaar werden de teugels iets strakker aangetrokken nadat de Hollandse opzichter in juni wegens deze 'sabotage' vervangen was door een Duitse ingenieur, maar het regime bleef alleszins leefbaar.

Ondertussen zorgden haar familie en haar dochter ervoor dat het Rika, die immers zo'n lekkerbek was, in gevangenschap aan niets ontbrak. In combinatie met het wekelijkse Rode-Kruispakket en de dagelijkse warme maaltijd die door Philips ter beschikking werd gesteld, hadden gevangenen als zij vaak beter te eten dan mensen buiten het kamp. Soms spoelden ze de kampmaaltijden zelfs door de wc omdat ze het niet op kregen. Ook over het contact met het thuisfront had ze niet te klagen, want tussen Vught en de buitenwereld bestond een levendig postverkeer. Naast de gecensureerde brieven die de gevangenen tweemaal per maand naar huis mochten schrijven, werden volop kattebelletjes en berichten via de wasserij van het kamp en vrijgelaten gevangenen naar buiten gesmokkeld. Rika kon haar kinderen zelfs cadeautjes voor hun verjaardag sturen, zoals een geborduurd kruisje en een plexiglazen hangertje in de vorm van een traan, dat ze gemaakt had van materiaal dat afkomstig was uit de vliegtuigsloperij van het kamp.

Vught, 17 juli 1944

Lieve Vader, Moeder, broers en zusters, mijn lieve dierbare kinderen. Vanmorgen de briefkaart van Waldy ontvangen en

woensdag j.l. brief van Jo, waar ik heel blij mee was, temeer dat Waldy is over gegaan. Heerlijk Waldy, wat zal Papa daar blij mee zijn. 't Is nu zondag en nu heb ik deze week *geen* pakje ontvangen, het laatste van Marcel kwam vrijdag 8 dagen geleden. Ik was daar ook heel blij mee hoor, en ik dank jullie hartelijk, ik hoop nu dat het pak van deze week niet verloren is geraakt, want dat zou erg zijn. Maken jullie het niet zwaarder dan 3 kilo, anders wordt het terug gestuurd. Als jullie fruit of tomaten, komkommer wil sturen, mag je daar elke week een fruitpakket *afzonderlijk* sturen, bij het andere pakje, dan moet je er 'fruitpakket' opzetten.
Ik hoop dat jullie allen in blakende gezondheid mag zijn, met mij gaat het heel goed hoor. Alleen verlang ik erg naar jullie. Ik hoop dat jullie gauw terug schrijven en goed nieuws van Waldemar hebben ontvangen, want daar verlang ik heel erg naar. Ik hoop dat ik jullie heel gauw zien mag, deze week ben ik een half jaar van huis. Bidden dat we elkaar gauw mogen zien, de brief is weer vol, ontvang allen een dikke zoen, en heel veel liefs voor alle vrienden, kennissen van jullie liefhebbende moedertje en jullie aller Riek *tot ziens* dag!!

Vanzelfsprekend had het Philips-commando aan illegale radio's geen gebrek en de gevangenen in Vught konden het verloop van de oorlog dan ook op de voet volgen. Nadat de geallieerden op 6 juni 1944 in Noord-Frankrijk de invasie van West-Europa hadden ingezet, vochten de Amerikaanse, Britse en Canadese legers zich die zomer langzaam maar zeker een weg over het continent. Keer op keer werd de strijd beslist door hun suprematie in de lucht, met dank aan Waldemars vaderland Suriname, dat maar liefst zestig procent van het voor de geallieerde luchtvloot noodzakelijke bauxiet leverde. De Scheveningse strafgevangenis was daags na de invasie ontruimd. Lichte gevallen waren naar huis gestuurd; zware, zoals Kees Chardon, kwamen in het geïsoleerde en streng bewaakte bunkercomplex van Vught terecht.

Halverwege augustus stonden de Amerikanen voor Parijs. Het Derde Rijk kraakte in zijn voegen, de geruchtenmachine in het kamp draaide op volle toeren en de lucht zinderde van optimisme: de bevrijding zou nu echt niet lang meer op zich laten wachten.

Vught, 20 augustus 1944

Lieve Vader, Moeder, broers en zusters, mijn lieve dierbare kinderen. Eerstens allen hartelijk gefeliciteerd met Jan zijn verjaardag. En ik hoop dat dit de laatste verjaardag in de familie zal zijn waar ik niet bij kon zijn. De eerste verjaardag die nu aankomt is die van mijn Waldemar. Ach, wat zou dat een feest zijn als wij die met ons allen konden vieren. Lieve kleine Waldy blijf trouw vroeg opstaan, en draag elke dag voor je lieve vader de Heilige Mis op, om een smeekbede voor een spoedige Vrede voor *alle* mensen! Ik hoop dat Waldemar ook nu zijn post en pakket ontvangen zal hebben. Heeft H. daar al een antwoord op gekregen?
Van kleine Waldy geen postkaart ontvangen deze week. Hoe komt dat? Zus, jouw heerlijk fruitpakket was heerlijk hoor. 't Was net of je bij mij op visite was. Tante Bert ook hartelijk dank voor al je lieve zorgen, alles is goed gekomen, ik hoop jullie allen gauw weer te zien. Lieve Vader, Moeder, broers en zusters, lieve schatten van kinderen en ook alle vrienden en kennissen, ook de tantes, ooms, neven, nichtjes *allemaal* heel veel liefs Waldy, Zus, Jan, Henk en een dikke zoen voor jullie allen *Riek Mamma*

Maar de oorlog speelde een cynisch spel met hen die in het hart van de nazi-machinerie terechtgekomen waren. Want zoals de ommekeer in de krijgskansen Rika en Waldemar in 1942 hun pension aan de Zeekant had gekost, zo zorgde de opmars van de bevrijders er indirect voor dat de omstandigheden voor de gevangenen steeds slechter werden. De aftakelende Adolf Hitler ontplooide vanuit zijn bunker in de tuin van de Berlijnse Rijkskanselarij nog één keer een koortsachtige activiteit, waarbij hij nog maar een doel voor ogen leek te hebben: in geen geval overgeven en de oorlog zo lang mogelijk rekken, zodat er in ieder geval nog zoveel mogelijk joden van het aardoppervlak geveegd zouden worden. In Polen rookten de schoorstenen van de vernietigingskampen dag en nacht en stonden mensen urenlang in de rij voor de gaskamer; in de concentratiekampen werd het regime met de dag strenger. In Vught werden de Nederlandse kapo's vervangen door geharde criminelen uit Duitse kampen, de Rode-Kruispakketten en andere privileges afgeschaft en de straffen steeds zwaarder.

De bewakers in Vught hadden paniek in hun ogen, en de bewoonsters van de vrouwenbarak spitsten hun oren: hoorden ze in de verte niet al de explosieven waarmee bruggen werden opgeblazen om de geallieerde opmars te stuiten? Maar wat ze hoorden was het onmiskenbare geluid van fusillades in het mannenkamp, waar op de valreep nog vierhonderdvijftig gevangenen werden geëxecuteerd. Ondertussen zoemden in Den Haag geruchten rond over ophanden zijnde massadeportaties vanuit Vught naar Duitsland en in een gesmokkeld briefje raadden Rika's zusters haar dringend aan zich ergens vanaf te laten vallen of iets anders te doen waardoor ze naar het ziekenhuis zou moeten, zodat ze niet mee zou hoeven op een eventueel transport. Enkele dagen later gingen ze de ziekenhuizen in de omgeving van Vught af in de hoop haar te vinden. Maar ze troffen alleen een paar van haar medegevangenen die het advies wel ter harte hadden genomen. Rika zelf had met haar gebruikelijke bravoure verklaard: 'Júllie kunnen het proberen, maar ik ga mezelf voor niemand kapot maken.'

Op 30 augustus arriveerde er weer een gesmokkeld briefje in Den Haag:

> V. Woensdagavond.
> Lieve Vader, Moeder, broers & zusters, mijn lieve dierbare kinderen.
> Het is alweer 's avonds en het wordt al donker. Zojuist het pakje van Jo gehaald. Over de andere pakjes heb ik in mijn vorige brieven al geschreven. Ik zit op bed te schrijven, want we worden vreselijk streng gecontroleerd. En dus durf ik het overdag niet meer te doen. Ik dank altijd God als het weg is. Jongens, altijd voorzichtig zijn met schrijven. Zorgt altijd dat wanneer er iets in handen komt, dit geen *nadeel* kan zijn voor diegene die ons helpt, begrepen! Want daar zou ik maar nog meer verdriet van hebben. Zeg nooit iets van deze brieven hoor, aan niemand. Alles hebben jullie gehoord van luitjes die de boodschap hebben gedaan, hoor.
> Lieve schatten ik hoop zo dat we gauw naar huis komen. Ik snak er naar. Ik zie mij niet eerder thuis voor de oorlog is afgelopen. 't Is nu al 8 maanden straks, bar he. Maar als Waldemar het maar goed maakt, dat is het voornaamste en jullie allen gezond blijven, dat is mijn liefste wens. Mijn energie is nog niet gebroken. En ik denk maar zo elke dag is een dag eerder thuis, en de dagen zijn soms verschrikkelijk, want jullie weet niet wat *Häftling* betekenen. Je bent *niets*, helemaal *niets* meer van jezelf. 't Is soms te mooi als ik denk dat ik nog

vrij kom en jullie allen kan omhelzen. En dan mijn lieve goeie kinders en mijn dierbare man terug zal zien. Zeg jongens, wat snak ik soms naar jullie *allen*!

Dag lieve broers en zusters, dag vadertje en moedertje omhelst door jullie Riek.

Op zondag 3 september 1944 werkten de gevangenen zoals gebruikelijk van zeven uur tot twaalf uur in de ochtend. Maar bij terugkeer in de barakken was duidelijk dat dit de laatste min of meer normale dag was geweest. Bewaarders waren overhaast hun spullen aan het pakken en het hele kamp stonk naar de rook van gevangenendossiers die werden verbrand. De radio meldde dat geallieerde tanks oprukten door België en de Nederlandse grens al in het vizier hadden. De dagen daarna tuurden de gevangenen ingespannen naar de horizon achter het prikkeldraad: ieder moment konden daar de bevrijders opdoemen en zouden ze eindelijk naar huis mogen. Twee dagen later sloegen in heel Nederland Duitsers en NSB'ers op de vlucht. In Den Haag joelden Waldy en zijn vriendjes tijdens deze 'Dolle Dinsdag' de vluchtelingen uit bij de Rijswijkse Brug. Waldy schold en danste het hardst van iedereen. Hij was door het dolle heen: eindelijk zouden zijn ouders thuiskomen en zouden ze weer teruggaan naar de Zeekant.

Maar terwijl Waldy de meest hoopvolle uren van zijn oorlog beleefde, reden lange, lege goederentreinen Kamp Vught binnen. In nog geen achtenveertig uur werd het kamp compleet ontruimd. Zelfs de inventaris van het kamphospitaaltje en de machines uit de Philips-werkplaatsen werden in de treinen geladen. Vervolgens werden bijna vijfendertighonderd gevangenen overhaast de wagons in gedirigeerd. Ze kregen voor drie dagen brood mee. Als laatsten werden op de middag van 6 september Rika en de overige vrouwelijke gevangenen ingeladen.

In tegenstelling tot de mannen mochten de vrouwen nog enkele persoonlijke bezittingen meenemen. Ze droegen hun zomerkleding – een helderblauwe overall met een rood vluchtkruis op de rug en hoofddoekjes met blauwe stippen. Aan het meenemen van winterkleren dacht niemand, want, zo dachten ze, vóór ze bij de Duitse grens waren zou het Nederlandse verzet de treinen zeker saboteren en hen bevrijden. Maar die nacht denderden de treinen ongehinderd bij Zevenaar de grens over, weg uit Holland, een onbekende bestemming en de winter tegemoet.

8

Noordnoordoost

Ruim twee dagen en twee nachten reden de Vught-vrouwen door het verduisterde Duitsland. Hoewel de omstandigheden in de overvolle, benauwde treinwagons verre van comfortabel waren, hoorden de mannelijke gevangenen hun gezang boven het geratel van de wielen uit. In Oranienburg, bij concentratiekamp Sachsenhausen, werden de mannenwagons losgekoppeld. Rika en haar achthonderd lotgenotes reden verder noordwaarts, ruwweg dezelfde richting volgend die Waldemar een halfjaar eerder gegaan was: noordnoordoost. Ter hoogte van Berlijn boog de trein oostwaarts af om halverwege de ochtend van 9 september tot stilstand te komen op het station van Fürstenberg, een klein stadje in de uitgestrekte, eeuwig zingende bossen van Brandenburg en Mecklenburg.

Het was een mooie nazomerdag en fier marcheerden de Hollandse vrouwen onder bewaking van SS'ers in hun blauwe overalls door het prachtige landschap. Na enkele kilometers passeerden ze een idyllisch, door wuivend riet omzoomd meertje, de Schwedtsee geheten. Sommige vrouwen plukten bloemen: die zouden zo meteen fleurig staan in hun nieuwe barak. Want ze wisten inmiddels dat ze op weg waren naar Ravensbrück, het concentratiekamp dat in 1938 door Himmler was ingericht voor al die vrouwen die niet voldeden aan het arische *Kinder, Küche und Kirche*-ideaal: misdadigsters, prostituees, zigeunerinnen en de laatste jaren ook steeds meer verzetsstrijdsters uit heel Europa. Een medegevangene had er een tijdlang vastgezeten en het was er, zo vertelde ze, heel schoon en gedisciplineerd. Zo werd er iedere ochtend streng gecontroleerd of de gevangenen hun bed wel netjes genoeg hadden opgemaakt.

Even later liepen de Vught-vrouwen het kamp binnen. De eerste indruk was al vreemd, want achter het prikkeldraad zagen ze magere, vervuilde vrouwen met uitgestrekte armen en bedelende gezichten. Eendrachtig besloten ze het brood dat ze overhadden van de reis naar hen toe te gooien – het was toch oudbakken en ze zouden zo meteen zeker weer vers krijgen. Maar eenmaal gearriveerd bij de hoofdgebouwen van het kamp werden ze samengedreven op een met een soort kolengruis bedekte heuvel en verder aan hun lot overgelaten. Het ging regenen en het werd koud, maar eten of beschutting kregen ze niet. En toen ze die avond een deken kregen uitgereikt, begrepen ze dat ze daar hongerig en wel de nacht zouden moeten doorbrengen.

Het georganiseerde vrouwenkamp van enkele jaren eerder bestond niet meer. Nu uit alle uithoeken van het afkalvende Derde Rijk gevangenen versleept werden naar de nog 'veilig' geachte kampen in Sleeswijk-Holstein, was Ravensbrück, toch al zwaar overbevolkt sinds de ontruiming van Poolse getto's, veranderd in een complete chaos. De dag na aankomst werden de Hollandse vrouwen gestald in een grote tent en geregistreerd. Rika kreeg nummer 67001.

Vervolgens mochten ze douchen. Ze moesten hun propere blauwe overalls en hoofddoekjes inleveren en kregen daarna de wasbeurt een stapel vodden voor terug, hun toegegooid door ruwe Duitse en Poolse kapo's. Op de rug van de kleren was een groot rood kruis gekalkt, ten teken van hun gevangenenstatus. Sommige vrouwen kregen niet eens ondergoed. Ze werden ondergebracht in een barak die bedoeld was voor vierhonderd mensen, maar waarin er nu meer dan twaalfhonderd waren ondergebracht. Van bedden was nauwelijks nog sprake: drie gevangenen moesten één brits en strozak delen. Het was er buitengewoon smerig en het duurde niet lang of de nieuwkomers begonnen zich verwoed te krabben: luizen en vlooien hadden zich gretig op de verse aanvoer gestort.

Ook tot Neuengamme waren de berichten over de invasie van West-Europa, het verloop van de oorlog en de ontruiming van de kampen in en nabij de frontlinie doorgedrongen. Vanuit zijn postkantoortje deed Waldemar verwoede pogingen iets te weten te komen over het lot van zijn vrouw:

Lieve Jo,

10 september 1944

Sinds lange tijd niets van jullie gehoord.
Hoe gaat het daar in Holland? Met jullie allemaal goed, hoop ik. Het moet voor jullie ook een tijd van grote spanning zijn.
Ook hoe het nu met Riek gaat, daarover maak ik me zorgen.
Of zij daar blijft of verplaatst wordt.
En Waldie, hoe gaat het met jou mijn jongen. Ben je alweer op school begonnen?

> Eergisteren van Zus een brief gekregen en een pakket, helaas was het fruit bedorven, de andere spullen hebben mij goed gesmaakt. Zus bedankt. Hier gaat het goed, alleen is het wel wat koud en veel regen. Verder hier niets nieuws. Ik wacht alleen maar.
> Riek, de tijd gaat snel en alles gaat voorbij. Allen mijn hartelijke groeten, *Waldemar*

Maar Waldemars troostende woorden bereikten Rika niet. Want waar de gevangenen zich in Vught nog met honderd draden verbonden met hun oude leven hadden kunnen voelen, waren ze in Ravensbrück op een soort eiland terechtgekomen, waar gebrek was aan letterlijk alle elementaire levensbehoeften en waar de meeste gevangenen hun menselijkheid allang van zich af hadden gegooid als een luxe die je je in deze omstandigheden niet kon veroorloven. Nog één keer mochten de Hollandse vrouwen in Ravensbrück een briefje naar huis schrijven, maar slechts een klein deel daarvan bereikte zijn bestemming. Van post terug, laat staan voedselpakketten of gesmokkelde briefwisselingen was geen sprake meer.

Het merendeel van de Hollandse dwangarbeidsters uit Vught werd op grond van hun ervaring bij Philips ingelijfd bij de werkcommando's van elektronicafabrikant Siemens. Iedere ochtend om vier uur dienden ze zich te verzamelen op de appèlplaats; om zes uur marcheerden ze in colonne naar de werkplaats. Daar produceerden ze twaalf uur lang onafgebroken spoelen. Na afloop van de werkdag volgde het al even langdurige avondappèl, zodat ze nooit eerder dan acht uur 's avonds in hun barak terugkeerden.

Ondanks alles raakte vooral die eerste periode het moreel onder de relatief weldoorvoede en fitte Vught-vrouwen nog niet echt aangetast. Ook de onderlinge solidariteit bleef groot, al raakten ze meer en meer over het kamp verspreid. Dat was net zo goed overlevingsstrategie, want zonder vriendinnen redde niemand het. Rika deelde haar dagelijks lief en leed met een jonge concertpianiste en haar moeder, beiden afkomstig uit het Haags verzet, en een Zaanse verpleegster die als koerierster had gewerkt. Ze troostten elkaar als de dagelijkse misère, de viezigheid, de luizen, de honger en de ziektes hun weer eens te machtig dreigden te worden. Ze zongen, voerden toneelstukjes op ter afleiding en hielden elkaar op de been met optimistische scenario's. Siemens was bezig met het optrekken van een nieuwe barak: dáár zouden de omstandigheden vast wel beter worden. Koningin Wilhelmina zou alweer voet op Hollandse bodem gezet hebben, de bevrijding van de rest van Europa was nabij. Bovendien kon je juist aan die vreselijke chaos merken dat het Duitse Rijk op instorten stond, het zou nu werkelijk niet lang meer duren: vóór de kerst waren ze zeker thuis.

Op 1 november vierde Rika Allerheiligen tijdens een geïmproviseerde maar drukbezochte mis in de ontluizingstent. Want juist in omstandigheden waarin de mensheid zich van haar meest goddeloze kant liet zien, werd het geloof voor velen en ook voor haar belangrijker dan ooit. Maar de weken vergleden, het werd kouder en het duurde maar. En toen begon de wanhoop te knagen, vooral nadat de eerste gebedsdiensten gehouden hadden moeten worden voor vriendinnen die bezweken waren aan een van de vele besmettelijke ziektes die zo welig tierden in de overvolle en vervuilde barakken. De nekslag kwam begin december, toen een Poolse vrouw die in Auschwitz geweest was, vertelde wat daar gaande was.

De meeste Vught-vrouwen waren afkomstig uit ontwikkelde milieus. Ze lazen de krant, hadden de gevaren van het fascisme tijdig onder ogen gezien en hun sporen in het verzet verdiend. Maar ze waren er altijd van uitgegaan dat ze hun vrijheid waagden om joden van de werkkampen te redden en zelfs de meest cynischen onder hen hadden nooit kunnen denken dat de Duitsers in hun ideologische waanzin in staat zouden zijn om weloverwogen en op deze schaal onschuldige mensen te vernietigen. Ze waren er kapot van, en de een na de ander stortte in, moreel nog meer dan fysiek.

De jongeren en de sterkeren krabbelden er na verloop van tijd meestal wel weer bovenop. Zij zetten elke gedachte aan verleden of toekomst uit hun hoofd en concentreerden zich op één ding: overleven, van uur tot uur, van dag tot dag, zonder ooit te twijfelen dat dat zou lukken: '*Aufgeben ist Eingeben.*' Maar anderen lieten de hoop varen, en met de hoop vervloog ook de levenskracht. Half december stierf de moeder van de pianiste, met wie Rika zo hecht bevriend was geraakt. Al was ze met haar drieënvijftig jaar nu de oudste in hun groepje, haar geestkracht was nog altijd ongebroken. Ze bleef, zoals een medegevangene later zou vertellen, 'reuze opgewekt'. Met het bijna desperate optimisme waarmee ze zich begin jaren dertig al door zoveel ellende heen had geslagen, klampte ze zich ook nu vast aan haar geloof in een spoedige en goede afloop, en een behouden terugkeer naar haar kinderen en haar beide Waldy's.

Ondertussen wachtte Rika's familie in Den Haag vergeefs op nieuws van hun oudste dochter en zuster. Maar het enige wat arriveerde was een brief bestemd voor Rika, afkomstig van een voormalig celgenote uit Scheveningen die ook tegelijkertijd met haar in Vught gezeten had. Zelf was deze inmiddels vrijgelaten en ze was er heilig van overtuigd dat ook 'tante Riek' inmiddels wel weer op vrije voeten zou zijn gesteld:

> Wat ben ik geschrokken toen ik daar in Vught opeens de groeten van tante Lena en u kreeg; ik had steeds gedacht dat u al vrij was. Met uw felicitatie en de bonbons was ik ontzettend blij. Dat was weer echt een lief idee van u. Is het waar dat uw man op transport naar Duitsland gesteld is? Wat zou ik dat vreselijk voor u vinden. En hoe maakt kleine Waldy het? Die zal wel ingelukkig geweest zijn toen mamma terugkwam. Gelukkig dat u hem nog hebt. Maar ook uw andere familie zal wel erg lief voor u zijn in deze moeilijke tijd. Ik weet nog goed van de brieven die u in de cel kreeg hoe zij allen meeleefden. Wat duurt de oorlog eindeloos lang, hè? Weet u nog hoe wij in februari met Wil en Ria al elke dag het einde verwachtten? Nu is het al bijna weer een jaar later. Toch laat ik me niet down slaan. *Keep smiling*, hoor! Ik lach nog steeds. Wij moeten immers nog sterk staan, als de mannen terugkomen. En eens zal dat toch zijn! Wat je daar naar verlangen kunt! Dat alles zo erg zou worden, hadden we toch nooit kunnen denken, maar nog meer verwonder ik me er eigenlijk over dat de mensen nog zoveel hebben kunnen. Je krijgt allemaal klap na klap en je richt je weer op en leeft weer verder. Zal er eenmaal weer een tijd van werkelijk geluk komen, tante Riek? Ja, daar ben ik, ondanks alles, nog steeds van overtuigd en dat houdt mij er ook bovenop.

Half december 1944 gaf Hitler opdracht tot het Ardennenoffensief. Het was een tot mislukken gedoemde, mensenlevens verslindende wanhoopsdaad die de Duitse legers hun laatste stootkracht aan het Oostfront kostte. Maar de geallieerde opmars stokte, de oorlog kreeg uitstel van executie en de gevangenen in de concentratiekampen waren met Kerstmis nog steeds niet thuis. Boven de barakken waar ze illegale kerstmissen hielden, hoorden ze de trekganzen naar elkaar roepen om niet verdwaald te raken in de mist. Maar al die mensen die die laatste oorlogswinter over het geteisterde Europa uitgestrooid waren, riepen vergeefs – de postverbindingen waren verbroken en er kwam geen antwoord meer.

∽

Noch Ravensbrück noch Neuengamme was bedoeld om mensen te vernietigen. De concentratiekampen waren gebouwd in een tijd dat het Derde Rijk nog een geolied wonder van efficiëntie was, met als doel mensen te straffen, ideologisch te heropvoeden en hun werkkracht aan te wenden voor verdere bloei van het Rijk. Destijds hadden overzicht, orde en duidelijkheid tot de meest aantrekkelijke kanten van het nationaal-socialisme behoord, vooral voor de plichtsgetrouwen, de mensen die de verantwoordelijkheid over hun eigen handelen liever aan een systeem overdroegen dan zelf te moeten nadenken. Maar in de wintermaanden van 1945 was datzelfde rijk een monster in doodsnood, met verwonde flanken en grote klauwen die wild om zich heen sloegen in een poging zich te verweren tegen de aanvallen die het van alle kanten te verduren had. Het brein was krankzinnig geworden, maar de ledematen trachtten nog steeds de taken uit te voeren waarvoor ze ooit bedoeld waren.

En dus reden de treinen nog steeds af en aan en werden gevangenen met duizenden tegelijk vanuit de bezette gebieden versleept naar de Noord-Duitse concentratiekampen. In verwoede pogingen om de nieuwe aanvoer te verwerken zoals men dat gewend was, werden daar voortdurend nieuwe buitenkampen gesticht en weer opgeheven. De grote, logge machinerie die Waldemar en Rika had opgeslokt, haperde, liep vast, werkte elders des te koortsachtiger door, ook al had dat allemaal geen enkele zin meer. Want het enorme leger van verzwakte en hongerende gevangenen vormde nu alleen maar extra ballast voor het ten dode opgeschreven land en het enige waar de dwangarbeiders aan bijdroegen was het rekken van een uitzichtloze oorlog.

Hitlers darwinistische theorieën over de arische volkeren die elkaars *Lebensraum* dienden te bevechten, vertaalden zich nu op een afschuwelijke manier in de alledaagse werkelijkheid van de kampen. Mensen stierven niet zozeer als gevolg van het sadisme of de moordlust van individuen, maar aan de strijd om het bestaan, gevoerd in een situatie waarin simpelweg te weinig was voor allen. De orde was tot chaos verworden en degenen die de kampen al die jaren in relatieve rust draaiende hadden gehouden, raakten elk houvast kwijt. Sommigen zochten een uitweg in drank of andere excessen, anderen onderdrukten hun angst door degenen die aan hen waren overgeleverd met nog wredere methoden in toom te houden. Executies en mishandelingen waren aan de orde van de dag. Maar zelfs diegenen die erin slaagden menselijk te blijven, konden uiteindelijk niet veel doen voor de gevangenen die nu verpletterd werden in de doodsstrijd van het Derde Rijk.

Hoewel Neuengamme in vergelijking met Ravensbrück nog steeds vrij redelijk georganiseerd was, waren ook hier de levensomstandigheden vanaf het najaar van 1944 dramatisch verslechterd. In het hoofdkamp verbleven inmiddels zo'n veertienduizend mensen. Er was nog soep, alleen elke dag minder. Er waren dekens, maar niet meer voor iedereen. Er waren douches, alleen mochten de gevangenen daar nauwelijks en uiteindelijk helemaal geen gebruik meer van maken. En dan was er de kou. De winter zette vroeg en streng in, en gedurende de urenlange appèls stonden de gevangenen vaak tot aan hun knieën in de sneeuw. Vooral nieuwkomers raakten vaak zo lamgeslagen door de situatie waarin ze terechtgekomen waren dat ze hun aankomst nog geen weken overleefden en het aantal sterfgevallen nam dermate toe dat de SS zich gedwongen zag er een tweede crematorium bij te laten bouwen.

Oudgedienden als Waldemar hadden betere overlevingskansen. Ze kenden de onderliggende structuur en de wetmatigheden van het kamp, en alleen al het feit dat ze door hun positie geen deel uitmaakten van de anonieme massa gevangenen sterkte hun moreel. De algehele vuiligheid was Waldemar een gruwel en tegen de kou had hij nooit goed gekund, maar hij had het taaie gestel van zijn vader geërfd en was nog altijd in een redelijke conditie. Het ergste leed hij onder het feit dat hij al in geen maanden meer iets uit Holland of over Rika had gehoord en in een briefje dat hij op 7 januari 1945 naar Nederland stuurde, kroop ook bij hem de wanhoop tussen de regels door:

> Lieve Jo,
> Allereerst jou en Moeder, Vader en verder allen een echt goed 1945 gewenst. Alles goed thuis, hoop ik. Hebben jullie intussen iets van Riek gehoord? Zo ja, vergeet niet mij haar adres te sturen, nummer en kamp, dat ik schrijven kan. Het is deprimerend wanneer men helemaal geen brieven ontvangt.
> En Waldie mijn jongen, hoe gaat het met jou? Werk hard en

doe ook je best met voetbal. En Jo, jij moet ook een zware tijd gehad hebben met de huidige omstandigheden. Mij gaat het goed en ik ben gelukkig gezond. Het kan hier zeer koud zijn, maar ik red me wel. Schrijf alsjeblieft zo spoedig mogelijk terug. Jij ook Waldie, daarop wacht ik nu.
Alle bekenden mijn groeten, en jij in het bijzonder Jo,
Servus, jullie *Waldemar*

Vijf dagen later sloegen de Sovjet-troepen een grote wig in het Oostfront. Honderdduizenden burgers sloegen op de vlucht. Heel Duitsland was nu aan het vechten, tot kinderen en oude mannen aan toe. Ze dachten hun leven te geven voor de overwinning, maar in feite streden ze voor de grootse ondergang die hun onder vier meter gewapend beton geïsoleerde dictator in zijn Berlijnse bunker verkoos boven iedere vorm van overgave.

Heel af en toe drong er nog een snippertje nieuws vanuit de concentratiekampen door tot Holland. Zo hoorde de familie Chardon na maandenlange angstige stilte op 11 februari eindelijk weer iets over het lot van hun Kees, die na de ontruiming van Vught ook naar Duitsland was getransporteerd. Een ontsnapte dwangarbeider bleek hem ontmoet te hebben in een buitenkamp van Neuengamme, waar hij van de Heinkel-fabrieken in Sachsenhausen naartoe overgebracht bleek te zijn. In Delft noteerde zijn zuster opgetogen in haar dagboek:

Hij werkte in een dorpje bij Helmstad (Morsleben?) tussen Hannover en Maagdenburg. Het eten was goed en geen last van bombardementen. Heel misschien zal er van Kees zelf ook bericht doorkomen. Gelukkig dat we juist nu weten waar hij is. De Russen zijn vlakbij. Voor we het weten is hij weer thuis!

Maar ondertussen had ze geen idee dat haar tengere broer door zijn medegevangenen in de zoutmijnen van Helmstedt maar heel weinig overlevingskansen toegedicht werden. 'Het was evident dat hij noch psychologisch, noch fysiek tegen het leven in het kamp was opgewassen,' zoals een van hen later schreef. Toch hield Kees het aanvankelijk verrassend goed vol. Net als Rika ontleende hij kracht aan zijn rotsvaste geloof en net als zij had hij al sinds zijn Vught-tijd een hecht ploegje vrienden om zich heen dat elkaar op de been hield. Pas toen zijn beste vriend in februari aan de ontberingen bezweek, knakte zijn ziel. Dagenlang werkte en at hij niet meer en met nietsziende ogen zwierf hij door het kamp, met rust gelaten door zelfs de meest beruchte bewakers. 'De wil tot overleven leek verdwenen,' getuigde een medegevangene later.

Al aan het eind van de zomer van 1944 waren brandbrieven naar Berlijn uitgegaan over de groeiende wantoestanden in de concentratiekampen. De nazi-top had erop gereageerd volgens het even simpele als nietsontziende gedachtegoed dat de basis vormde van haar hele ideologie: de zwakken dienden te verdwijnen om ruimte te geven aan de sterkeren. In september had Himmler opdracht gegeven tot de bouw van een gaskamer in Ravensbrück. Het gebouw was die herfst opgetrokken aan de Schwedtsee, vlak naast het crematorium van het kamp. In het iets buiten het hoofdkamp gelegen Uckermark werd een ziekenhuis ingericht. Eerder had dit bijkamp dienstgedaan als afdeling voor minderjarige meisjes en daarom werd het nog steeds *Jugendlager* genoemd.

In december was de vergassingsinstallatie in gebruik genomen. Eigenlijk was ze bestemd voor de categorie opgegeven patiënten in het ziekenhuis die daarvoor nog met gifinjecties om het leven werden gebracht, maar de chaos was inmiddels zo groot geworden dat al snel besloten werd het 'natuurlijke' sterftecijfer onder de kampbevolking op te schroeven. Die winter vonden er iedere dag om vier uur 's middags selecties in de werkbarakken plaats, waarbij iedereen die er te ziek, te zwak of te oud uitzag om te werken werd overgeplaatst naar *Mitwerda*, zoals de gaskamer in kamptaal werd genoemd, of naar het Jugendlager. Dat laatste betekende in de meeste gevallen slechts uitstel van executie, want eten kregen ze hier nauwelijks meer, dekens waren er niet en van medische verzorging was al helemaal geen sprake. Aan het eind van de dag sleepten kapo's de doden naar het crematorium en de erbarmelijkste gevallen naar de gaskamer of – toen de capaciteit daarvan ook niet meer voldeed – naar speciaal daartoe omgebouwde vrachtwagens. De lichamen werden verbrand, de as vervolgens geloosd in het water van de Schwedtsee. Alleen de enkelingen die erin slaagden om op eigen kracht beter te worden maakten kans het Jugendlager levend te verlaten. Ze mochten terug naar boven, naar de gewone barakken.

Het duurde niet lang of het hele kamp wist dat je koste wat het kost moest zien te vermijden geselecteerd te worden voor het Jugendlager. Bij de selecties werd van alles verzonnen om ook zieke mensen er nog zo gezond mogelijk uit te laten zien. Met kneepjes in de wangen of desnoods bloed werd getracht om wat kleur te krijgen en vrouwen ondersteunden heimelijk diegenen die echt niet meer op hun benen konden staan. Maar in februari, toen de temperaturen zelfs overdag haast niet meer boven de min twintig kwamen, de sneeuw meer dan een meter hoog lag en de Oostzee praktisch dichtgevroren was, brak in de barakken waar Rika verbleef een dysenterie-epidemie uit. Deze uiterst besmettelijke ingewandsziekte sloopte haar slachtoffers binnen enkele weken zowel lichamelijk als geestelijk.

Op een koude dag aan het eind van die maand werden er weer tachtig gevallen voor het Jugendlager geselecteerd. Onder de vervuilde, vermagerde schepsels die door een onverschillige vinger werden verwezen naar het vreselijke oord met de vriendelijke naam, bevond zich ook nummer 67001, in een ander, nu bijna onvoorstelbaar leven Rika Nods, vrouw van Waldemar, moeder van Waldy. Enkele weken later slaagde een twintigtal geselecteerden erin zo'n gezonde indruk te maken dat ze terug mochten naar het bovenkamp. Maar Rika zat daar niet meer bij.

Enkele honderden kilometers westwaarts hield Waldemar zich nog steeds overeind – vervuild, hongerig en kouder dan hij zich van zijn levensdagen ooit voor mogelijk had gehouden. Nadat het postkantoor bij gebrek aan postverbindingen was opgeheven, was hij overgeplaatst naar de administratie van de weverij van het kamp. Zijn slaapplaats was nu in barak 4, nog steeds een van de betere barakken. Landgenoot en mede-*ocean swimmer* Anton de Kom, die ooit de revolutie had gepredikt vanaf het balkon van de Waag aan de Waterkant en die in augustus 1944 wegens werkzaamheden voor de illegale pers was opgepakt, had dat geluk niet, al werden hij en Waldemar geregeld voor elkaar aangezien. Ze waren beiden lang en mager en met hun bij gebrek aan verzorging tot een wilde bos uitgegroeide haar leken ze sprekend op elkaar. Maar De Kom was pas rond de jaarwisseling vanuit Sachenhausen naar Neuengamme getransporteerd en arriveerde in een periode waarin de SS allang geen tijd meer had om nog aardigheid te hebben in een zwarte man. Hij kwam terecht in de reguliere massacommando's.

Alleen voor overplaatsing naar de gevreesde buitencommando's hoefde De Kom niet bang te zijn: kleurlingen mochten het kamp onder geen beding verlaten, dit vanwege het risico dat ze in geval van ontsnapping Duitse vrouwen zouden verkrachten en het arische ras met hun bloed besmeuren. Medegevangenen zouden later vertellen hoe hij zelfs in het kamp nog bleef verhalen over de zoele, zinnenprikkelende schoonheid van zijn *Switi Sranan.* Maar voor Waldemar, gevangen in een continent dat niet het zijne was en een oorlog die ook niet de zijne was, waren de kleuren van zijn vaderland, toch al verbleekt in het stijve Holland, allang achter het Duitse prikkeldraad verdwenen.

In het oosten rukten de Rode Legers op, miljoenen burgers, collaborateurs en soldaten voor zich uit drijvend richting Berlijn. Ondertussen hadden de geallieerde bommenwerpers praktisch vrij spel in het luchtruim en de ene Duitse stad na de andere ging ten onder in een inferno van vuur en explosies. Het Derde Rijk brandde en smeulde, maar nog was de algehele verwoesting Hitler niet genoeg. Op 19 maart 1945 gaf hij het zogenaamde Nerobevel, waarin bepaald werd dat spoorlijnen, fabrieken en alle andere elementaire voorzieningen in Duitsland vernietigd dienden te worden. April brak aan en de verwarring steeg. De Britse tanks stonden al bij de Elbe en de ene tegenstrijdige order werd opgevolgd door de andere. Gevangenen werden van hot naar haar gesleept, in open veewagons of lopend, maar meestal zonder eten of drinken en voortdurend bestookt door de geallieerde vliegtuigen die als muggen over Duitsland zwermden, op zoek naar vijandige marscolonnes.

Nog steeds werden er op zondagmiddag op de grote appèlplaats van Neuengamme muziekuitvoeringen gegeven en sportwedstrijden georganiseerd. Alleen waren nu op de achtergrond de onheilspellende contouren van galgen met daaraan bengelende lichamen te zien. Want hoe lastiger het was om de tucht in het catastrofaal overbevolkte kamp te handhaven en hoe duidelijker het werd dat het systeem op instorten stond, hoe wreder de excessen van kapo's en SS'ers werden. Sommigen van hen brachten de laatste dagen van hun oneindig geachte rijk stomdronken door, anderen leefden hun machtswellust nog één keer uit. Weer anderen trachtten aan te pappen met invloedrijke gevangenen, in de hoop op een voorkeursbehandeling na de oorlog.

Half april werden ruim drieduizend gevangenen van Kamp Helmstedt overgebracht naar het geïmproviseerde kamp Wöbbelin bij Ludwigslust. Maar de paniek onder de bewakers was nu zo groot dat ze en masse de benen namen, de uitgeputte, half verhongerde en deels al stervende gevangenen aan hun lot overlatend. Op 16 april stierf ook Kees Chardon, de kleine man met de grote geest. Tegen alle voorspellingen in had hij zich nog maanden in leven weten te houden, samen met de enige makker die hem restte. Enkele uren na hem bezweek ook deze laatste kameraad.

Hun lichamen zouden een paar weken later gevonden worden door Amerikaanse soldaten, die zo geschokt waren door wat ze in het kamp aantroffen dat ze de inwoners van het nabijgelegen dorp dwongen erdoorheen te lopen, zodat dezen met eigen ogen zouden zien wat er in hun naam was aangericht. Maar wat de kampen Kees Chardon ook hadden aangedaan, een beest hadden ze van hem nooit kunnen maken. Zoals een Franse overlevende schreef:

> Hij bleef vreemd genoeg zacht in een omgeving met een totaal gebrek aan zachtheid. Hij wist door de waardigheid die hij handhaafde en die uniek was weerstand te bieden aan de grootste schurk. Hij dwong respect af, en men kon hem niet bang maken. Hij heeft zijn leven gegeven om zijn menszijn niet te verliezen, zonder welke concessie dan ook.

Op 19 april werd begonnen met de ontruiming van Neuengamme. Buiten het kamp werd het lente en zongen de vogels, binnen heerste een koortsachtige drukte. Duizenden gevangenen marcheerden de poort uit naar de gereedstaande goederentreinen en in de hoog oplaaiende vuren van de crematieovens brandden de stille getuigen: lichamen van

De *Cap Arcona* in glorietijd. Collectie Nederlands Instituut voor Oorlogsdocumentatie (NIOD).

joodse kinderen op wie medische experimenten waren uitgevoerd, lijken van communisten die op bevel van de Gestapo uit Hamburg waren opgehangen en de kadavers van afgemaakte bloedhonden. Als laatste verdwenen ook de in stukken gezaagde galgen in de vlammen. In de kantoren naast het SS-gebouw gomden medewerkers van de kampadministratie strafmaatregelen uit dossiers, maar al snel werd besloten dat dit te tijdrovend was en verdwenen ook de mappen met honderden tegelijk in de ovens.

De nazi's hielden vast aan hun gevangenen als, zoals historicus Jacques Presser later schreef, een gewond roofdier dat zich vastgebeten heeft in zijn prooi. Nog steeds arriveerden er bijna dagelijks transporten, die even later weer doorgevoerd werden naar andere kampen. Anton de Kom kwam terecht in buitenkamp Sandbostel, waar hij op 24 april van honger en uitputting overleed. Maar de meeste gevangenen gingen naar het noorden, naar de zee, de enige kant die de SS'ers nog op konden nu de geallieerde troepen vanuit het zuiden onstuitbaar oprukten.

Binnen anderhalve week was de totale ontmanteling van het hoofdkamp een feit. Op 29 april vertrok het allerlaatste transport, bestaande uit de zevenhonderd *Funktionshäftlinge* die waren ingezet bij de ontruiming en het uitwissen van de sporen. Ook Waldemar maakte hier deel van uit. Concentratiekamp Neuengamme had officieel opgehouden te bestaan. De ovens waren nog warm, maar in de lege barakken fluisterden slechts de geesten van hen die er waren omgekomen.

Deels lopend, deels via nog bruikbare spoorverbindingen werden de gevangenen voortgedreven naar de havenstad Lübeck aan de Oostzee, zo'n zestig kilometer boven Hamburg. Ze juichten bij het zien van de verwoestingen die de geallieerde bommenwerpers hadden aangericht, maar tegelijkertijd leefden ze voortdurend in angst voor aanvallen van diezelfde Tommy's, die nog steeds boven het Derde Rijk zwierven, op zoek naar prooi. Bij de zee aangekomen werden ze aan boord gebracht van vrachtschepen. In de donkere ruimen, die volstrekt niet berekend waren op het verblijf van mensen, speelden zich mensonterende taferelen af toen gevangenen elkaar op leven en dood begonnen te bevechten om een beetje brood of drinkwater.

Vanaf 26 april begon de inscheping op een majestueuze oceaanstomer die zo'n tweeënhalve mijl uit de kust voor anker lag. Ten tijde van zijn tewaterlating in 1927 was de volledig geëlektrificeerde, door vierentwintigduizend paardenkrachten voortgedreven en van maar liefst vierentachtig koks voorziene *Cap Arcona* de meest luxueuze stoomboot van die tijd geweest, 'de koningin van de Hamburg-Zuid-Amerika-lijn'. In 1942 was ze ingezet als drijvende kazerne voor de Duitse Kriegsmarine in Gotenhafen en door propagandaminister Joseph Goebbels als decor bestempeld voor een verfilming van het verhaal van de *Titanic*. Maar de rolprent had het witte doek nooit bereikt omdat de felrealistische ontruimingsscènes te heftig bevonden werden voor het toen toch al gedemoraliseerde Duitse volk. Gedurende de laatste oorlogsmaanden was het inmiddels donkergrijs geschilderde schip ingezet voor het redden van Duitse burgers en soldaten uit door het Rode Leger bedreigde gebieden. Het had al meer dan zesentwintigduizend vluchtelingen over de Oostzee in veiligheid gebracht.

Nu dwaalden duizenden verkommerde en schichtige mannen over de inmiddels danig afgeleefde maar nog steeds luxueuze *Cap Arcona*. Het was alsof ze van de hel in de hemel waren terechtgekomen. Ze streken met hun knokige vingers over de sofa's, de met zijde bespannen wanden, de marmeren schoorstenen en de citroenhouten tafels. Ze strekten zich uit op de zachte matrassen in de hutten en merkten tot hun verbazing dat ze de beschikking hadden over warm en koud stromend water. Er klopten zelfs stewards aan die beleefd verzochten of de heren erop wilden letten het meubilair niet te beschadigen of vuil te maken. De grootste schok kwam echter toen zij zichzelf onder de kristallen kroonluchters tegenkwamen in de manshoge spiegels in de eetzaal. De meesten hadden in geen jaren hun eigen beeltenis gezien en herkenden zichzelf niet meer: ze waren spookmensen geworden.

Wat de Duitsers voorhadden met het samenbrengen van de concentratiekampgevangenen op de *Cap Arcona* en een aantal andere, kleinere schepen die voor anker lagen in de Lübeckerbocht was ondertussen volstrekt onduidelijk. Optimisten opperden dat Himmler hen bij wijze van humaan gebaar naar het neutrale Zweden wilde laten gaan, maar anderen dachten dat dit weleens een variant zou kunnen zijn op de 'Maatregel X' die de nazi's enkele weken eerder hadden uitgevaardigd: liever dan gevangenen in handen van de vijand te laten vallen dienden de kampen opgeblazen te worden, met alles en iedereen erin. Als de schepen buitengaats tot zinken zouden worden gebracht, zouden daarmee in één keer duizenden getuigen van de misdaden van het regime naar de zeebodem verdwijnen.

Op 1 mei gonsde de hele *Cap Arcona* van de geruchten: Hitler was dood. Officieel was hij gevallen 'tot op het laatst strijdend tegen het bolsjewisme'; in werkelijkheid had hij in de middag van 30 april in zijn Berlijnse bunker samen met zijn minnares Eva Braun zelfmoord gepleegd. In zijn testament liet hij de restanten van zijn Derde Rijk na aan marineadmiraal Karl Dönitz. Deze probeerde te redden wat er te redden viel voor het Duitse volk, en dat betekende uitstel van de nu onvermijdelijke overgave, zodat nog zoveel mogelijk soldaten veilig uit de oorlogsgebieden naar huis konden komen. Ondertussen trachtte de kapitein van de *Cap Arcona* de dienstdoende SS-commandant over te halen hem zijn schip terug te laten varen naar de haven van Lübeck. Op haar beurt deed de illegale kampleiding verwoede pogingen om contact te leggen met de naderende bevrijders, want de eerste geallieerde verkenningsvliegtuigen waren al rondjes vliegend boven de Lübecker Baai gesignaleerd en het was niet zeker dat zij wisten dat de *Cap Arcona* en de kleinere schepen eromheen samen een drijvend concentratiekamp vormden.

De daaropvolgende dagen bleef het echter rustig. Eten was er weinig aan boord, maar de zeshonderd bemanningsleden en marinemensen deden wat ze konden om hun vreemdsoortige lading bij te laten komen van de doorgemaakte ontberingen en hen te beschermen tegen de SS'ers op het schip. Het was mooi weer en op de dekken koesterden de gevangenen zich in de zon. Voor het eerst sinds jaren zag Waldemar weer de horizon zoals hij die vanuit het huis aan de Zeekant had kunnen zien. Om de baai golfde de groene, door kerktorentjes onderbroken Noord-Duitse kustlijn, en tussen de bomen schemerden de badplaatsjes die de Oostzee in vredestijd tot zo'n aangenaam oord hadden gemaakt.

De derde mei brak aan. Admiraal Dönitz onderhandelde vanuit zijn hoofdkwartier in de haven van Flensburg met de Engelse opperbevelhebber Montgomery over de voorwaarden voor een algehele wapenstilstand, en op de *Cap Arcona* konden de gevangenen het geluid van de Britse artillerie op de wal al horen. Bedrijvig voeren kleine bootjes heen en weer tussen de schepen en de wal en de sfeer was bijna feestelijk. Het was een prachtige dag, een dag om bevrijd te worden.

9

Het koekoeksjong

Enkele weken na de bevrijding op 5 mei, terwijl Nederland nog volop in een overwinningsroes verkeerde, droomde Waldy van zijn ouders. Hij zat in de tram in Den Haag en daar zag hij ze opeens, heel genoeglijk samen op een bankje. Ze zagen er nog precies zo uit als toen hij ze voor het laatst gezien had in de gang van het politiebureau aan de Javastraat. Hij gaf een kreet van vreugde en probeerde zich door de andere passagiers een weg naar hen toe te banen. Maar het vreemde was dat zijn benen dienst weigerden en dat wat hij ook riep en gebaarde, het hem niet lukte om hun aandacht te trekken. Ze keken langs hem heen alsof hij niet bestond. En toen wist hij het eigenlijk al.

In de bijna anderhalf jaar die verstreken was sinds de inval op de Pijnboomstraat, had Waldy zijn eigen kleine reis noordnoordoost gemaakt. Bij zijn grootouders had hij na een halfjaar weg gemoeten. Ze waren al oud en de economische crisis van de jaren dertig had hun een groot deel van hun vroegere welstand gekost – een levendige jongen in de groei konden ze er eigenlijk niet bij hebben. Toen na

'Dolle Dinsdag' duidelijk werd dat de oorlog nog wel even kon duren, was hij verhuisd naar tante Jo, altijd al zijn favoriet onder de tantes. Maar ook zij had het niet breed en toen voedsel dat najaar steeds schaarser en duurder werd, was Waldy overgebracht naar zijn tante Mien, die er van alle zusters het meest warmpjes bij zat. Maar ook zij zat duidelijk niet te wachten op een roerige vijftienjarige in huis en toen in januari 1945 de mogelijkheid werd geboden om stadskinderen op het platteland onder te brengen, had de familie Van der Lans daar dankbaar gebruik van gemaakt.

Samen met een veertigtal andere jongens was Waldy per vrachtwagen naar het Noord-Hollandse Hoogkarspel gebracht. Ook hier werd hij van gezin naar gezin geschoven – niet iedereen had zich gerealiseerd dat een stads bleekneusje ook de eerste zwarte jongen kon zijn die ooit in het dorp had rondgelopen. Uiteindelijk was hij liefderijk opgenomen door een grote, gastvrije tuindersfamilie. Daar maakte hij, inmiddels opgeschoten tot een slungelige puber, op 5 mei 1945 de bevrijding van Nederland mee. En hier wachtte hij de dagen en weken die volgden op het moment waarop zijn ouders op het tuinpad zouden verschijnen en ze eindelijk weer gewoon met zijn drieën zouden zijn. Want dát zijn ouders terug zouden komen was iets waar niemand aan leek te twijfelen. Zoals zijn tantes altijd zeiden: die moeder van jou is zo sterk, zo optimistisch – die is niet kapot te krijgen. En zijn vader was per slot van rekening een jonge, atletische man die getuige zijn brieven goed opgewassen was tegen het kampleven.

Het bleef echter stil. Geen telegram, geen telefoontje, geen enkel bericht – niets. Na enkele weken besloten Marcel en Jan van der Lans zelf naar Duitsland te reizen om hun zus op te halen. Maar in de barakken aan de Schwedtsee vonden ze slechts Duitse krijgsgevangenen, bewaakt door de Russische soldaten die Ravensbrück eind april bevrijd hadden. Zij hadden het kamp toen al grotendeels leeg aangetroffen, want alle gevangenen die nog konden lopen waren in de weken voor de Duitse capitulatie op transport gezet, God wist waarheen.

Onverrichter zake keerden de broers terug naar Holland, waar Marcel in alle landelijke en een aantal plaatselijke dagbladen een advertentie liet plaatsen:

Wie kan mij inlichtingen verstrekken over Mevrouw **RIKA NODS—v. d. LANS,** geb. te Den Haag, 29-9-91. In Jan. '44 gevangen gen., tot Mei '44 in strafgevangenis Scheveningen, tot Sept. '44 in Vught, nummer 0988, daarna overgebracht naar Ravensbrück (Dld.), sindsdien zonder ber. Tevens over **WALDEMAR NODS** (West-Indiër), geb. 1 Sept. 1908 te Paramaribo. In Jan. '44 gevangen gen., tot Febr. '44 in strafgev. Scheveningen, tot Juni '44 in Vught, daarna overgebr. n. Neuengamme (Dld.) No. 32180, blok 4, verm. bij de post werkz. gesteld. Laatste ber. Jan. '45. Bezoeken of briev. gaarne afgew., event. kosten worden vanzelfspr. verg. Mevr. Steens—v. d. Lans, Columbusstr. 129, Den Haag

Oproep van Marcel van der Lans in de krant, juni 1945.

Wie kan mij inlichtingen verstrekken over **Mevrouw Rika Nods-v.d.Lans**, geb. te Den Haag, 29-9-91. In Jan. '44 gevangen gen., tot Mei '44 in strafgevangenis Scheveningen, tot Sept. '44 in Vught, nummer 0988, daarna overgebracht naar Ravensbrück (Dld.), sindsdien zonder ber. Tevens over **Waldemar Nods** (West-Indiër), geboren 1 Sept. 1908 te Paramaribo. In Jan. '44 gevangen gen. Tot Febr. '44 in strafgev. Scheveningen, tot Juni '44 in Vught, daarna overgebr. n. Neuengamme (Dld.), no. 32180, verm. bij de post werkz. gesteld. Laatste ber. Jan. '45. Bezoeken of briev. gaarne afgew. Event. kosten worden vanzelfspr. vergoed.

De oproep werd ook voorgelezen in het speciaal daarvoor ingestelde programma *Radiobaken* op Radio Herrijzend Nederland. Uiteindelijk kwam er één reactie, een briefje van een voormalige onderduiker, die drie maanden aan de Stevinstraat had gebivakkeerd en nu op zoek was naar het ledikant en de donzen dekbedden die hij daar had achtergelaten. Marcel had genoeg gehoord en gezien in Duitsland om realistisch te zijn: iedere dag dat de stilte nu nog langer aanhield, werd de kans kleiner dat zijn zuster en zwager levend terug zouden komen.

Op 28 juni diende Waldy in het Haagse gebouw Petrolea een officieel verzoek in tot inlichtingen over zijn ouders bij het Nederlandse Rode Kruis. In zijn schooljongenshandschrift vulde hij op het formulier voor zijn moeder in: 'Van Vught vervoert naar Ravelsbroek.' Een ambtelijke hand noteerde er later naast: 'Waarschijnlijk vervoerd naar Zweden.' Maar de kortstondig opflakkerende hoop werd al snel gedoofd toen het Nederlandse Gezantschap in Stockholm meldde met zekerheid te weten dat Hendrika J.M. Nods-van der Lans zich niet bevond onder de vrouwelijke gevangenen die gedurende de laatste oorlogsweken uit het ineenstortende Duitsland gered waren.

Wel deden de Hollandse diplomaten navraag naar haar onder de ex-gevangenen die op het Zweedse platteland op krachten kwamen. Begin juli vertelde iemand dat ze inderdaad een 'tante Riek' had gekend, maar dat deze voorzover zij wist was omgekomen. Terwijl het Rode Kruis nog bezig was dit verhaal na te trekken bij andere overlevenden, arriveerde er op 12 juli een tweede reactie op de advertentie. Het briefje was afkomstig van de jonge pianiste met wie Rika zo'n hechte kampvriendschap had gesloten. Zelf was zij half maart net na haar selectie voor het Jugendlager op transport gesteld. Meer dood dan levend was ze gered door een Zweedse diplomaat en nu pas voldoende hersteld om naar Holland terug te keren.

Enkele dagen later hielp Waldy zijn gastfamilie met de aardappeloogst, toen hij zijn pleegmoeder met een van haar dochters over de akker zag komen aanlopen. Ze had tranen in haar ogen, en een brief in haar hand geklemd.

Beste Waldy,
Je zult van de familie Ooteman het ontstellende nieuws wel gehoord hebben, dat jij je lieve Moeder en wij onze lieve zuster nooit meer terug zullen zien. Het is verschrikkelijk. Hoe hebben we allen niet naar haar verlangd en jij zult haar nog het meeste missen. Wij hebben iemand gesproken – wij hadden advertenties geplaatst – die ons vertelde dat zij in Februari in Ravensbruck in het *Jugendlager* met ruim 80 andere vrouwen was verplaatst naar de Breiafdeling. Begin maart zijn er ruim 20 van terug gekomen, de anderen waren aan dysenterie overleden. Die juffrouw wist het zeker, zij herkende ons trouwens direct omdat tante Bertha en ik zoveel op je

Moeder lijken. Zij zal voor ons van de overlevenden die nu in Zweden zijn, nog nadere berichten zien te krijgen.
Ik hoop, dat je je Moeder vooral in je gebeden niet vergeten zal. Het is zeker hard voor haar geweest zo alleen in de vreemde te moeten sterven. Wat zal ze naar haar kinderen verlangd hebben. Denk er om Waldy, dat je werkelijk ernstig en veel voor je moeder zal bidden, want ze is natuurlijk zonder geestelijke hulp geweest. Wij hebben over je Vader gehoord, dat er nog enige hoop bestaat. Een aantal gevangenen is in Maart naar Ludwigslust of Porta Westfalia gebracht. Deze plaatsen zijn door de Russen bevrijd, zo hoorden wij van een dokter die je Vader daar gekend heeft. Hij beweerde dat hij onmogelijk een bericht van daar heeft kunnen zenden, zodat wij daarover de moed nog niet op behoeven te geven. Waldy, ik wens je van harte sterkte en vraag je nog eens dringend je lieve Moeder in je gebeden niet te vergeten. God zal haar zeker genadig zijn!
Je tante Jo.

In Groningen huilde Willem Hagenaar toen hij hoorde dat de vrouw die zijn grote liefde was geweest haar laatste gevecht tegen het lot niet had kunnen winnen. 'Zo had het niet moeten gaan,' zei hij steeds weer, 'zo had het niet moeten gaan.' Een jaar later huwde hij eindelijk Jans, het stille dorpsmeisje dat al die jaren in de schaduw van haar imposante voorgangster had geleefd en liefgehad.

Waldy kon niet huilen, al werkte hij de weken nadat de brief van tante Jo was gekomen voor twee op het land. Het was net, dacht hij later, alsof hij het ergens al wel had geweten. Juli en augustus vergleden, en in Den Haag probeerde Marcel de zaken van zijn overleden zuster zo goed mogelijk te behartigen. De hoop op de terugkomst van zijn zwager had hij zo goed als opgegeven. 'Van Waldemar heb ik nog niets gehoord, alleen een vaag bericht dat hij ziek zou zijn. Maar als ik eerlijk mag zijn, ben ik ervan overtuigd dat ook hij overleden is,' schreef hij aan een broer. Hij won informatie in bij eventuele geschikte internaten en sprak met David Millar, in de hoop dat die zijn bruine neefje in zijn gezin zou willen opnemen. Beide opties liepen op niets uit, en in september, toen Waldy terugkwam naar Den Haag om het opnieuw in de tweede klas van de hbs te proberen, bleek er voor hem een grote kamer gereserveerd te zijn in het huis van zijn grootouders. De ruimte was ingericht met een bankstel van zijn ouders en enkele andere spulletjes die bij de ontruiming van de Zeekant over de familie verdeeld waren, zodat hij toch nog een beetje het gevoel zou hebben 'thuis' te komen.

Kort daarop werd de plechtige requiemmis voor Rika opgedragen. De Antonius Abtkerk was volledig met zwart bekleed en iedereen huilde, maar Waldy zat, zoals hij later beschreef, alleen maar te piekeren:

> Als ze normaal waren gestorven had hij naar twee begrafenissen gemoeten en dan had voor in de kerk nu een kist met het lichaam van zijn moeder erin gestaan, dacht hij. Gelukkig maar, dat dat niet gebeurd is. Dan had ik er langs moeten lopen. Toch wel naar, want Mamma had zo graag bloemetjes op haar graf gehad. Op het kerkhof aan de Kerkhoflaan wilde ze begraven worden, had ze wel eens gezegd. Pappa wilde alleen een steen. Hè, nee, dat is zo koud en zwaar, had ze gezegd. Waar zouden ze nu liggen?

Maar zijn gedachten werden vooral in beslag genomen door de bijbelteksten die de familie voor het bidprentje

Waldy in tenue: ‘Een padvinder fluit onder alle omstandigheden.’

van Rika had uitgezocht. Die op de voorkant vond hij nog wel aardig – 'Grotere liefde kent niemand dan hij die zijn leven geeft voor zijn vrienden' – maar die op de achterkant stonden zo bol van de verwijzingen naar de kennelijk zondige levensloop van zijn moeder dat hij het katholicisme ter plekke voor zijn leven afzwoer.

> Ik zal opstaan en tot mijn Vader gaan en Hem zeggen: Vader, ik heb gezondigd tegen de Hemel en tegen U. Ik ben niet waardig Uw kind genoemd te worden. Maar de Vader zei: Laten wij blij feestvieren, want dit, mijn kind, was dood voor mij en het is herleefd. Het was verloren en het is teruggevonden. (Lucas 15, 18)

> Wie zonder zonde is, werpe de eerste steen. (Joh. 8, 7)

> Veroordeelt niet en gij zult niet veroordeeld worden. (Lucas 6, 37)

Marcel van der Lans ondernam ondertussen nog een laatste poging om zekerheid te krijgen over het lot van Waldy's vader. Hij stuurde een verzoek om inlichtingen naar vijfentwintig mensen die volgens de opgave van het Rode Kruis uit Neuengamme waren teruggekeerd. Langzaam druppelden de reacties binnen, sommige op voorgedrukt postpapier omdat de overlevenden zoveel van dit soort treurige vragen kregen. Het merendeel begon met 'Tot mijn grote spijt...', al was er een enkeling die probeerde wat hoop te geven: er zouden nog Hollanders in Rusland verblijven – wellicht zat de heer Nods daarbij? Maar anderen lieten doorschemeren dat er bijna vijf maanden na de bevrijding weinig kans meer was dat hij nog leefde. Wellicht, schreven zij, had de heer Van der Lans al gehoord over de vreselijke scheepsramp met de *Cap Arcona* die zich in de middag van de derde mei had voltrokken en die duizenden voormalige gevangenen van kamp Neuengamme het leven had gekost.

Op 10 oktober arriveerde een telegram van Waldy's tante Hilda en oom Jo. Beiden bleken ze de jappenkampen overleefd te hebben: '*Safe in british hands hope be home soon*'. Maar toen Waldy enkele dagen daarna thuis van school kwam, liep zijn oude oma hem met tranen in haar ogen tegemoet. Ze omhelsde hem en zei dat hij sterk moest zijn, want er was bericht gekomen van iemand die zijn vader had gekend en zeker wist hem begin mei op het ongeluksschip in de Oostzee te hebben gezien. Ze moesten nu wel aannemen dat hij niet meer terug zou komen. Waldy rende naar boven, naar zijn kamer, maar al binnen enkele minuten hoorden zijn grootouders hem weer de trap aflopen, een sigaret in de hand en tot hun verbijstering een vrolijk deuntje fluitend. Hij had zijn tranen verbeten en zichzelf het mantra van de scouts voorgehouden: 'Een padvinder fluit onder alle omstandigheden.' Het kwam hem op een uitbrander van zijn grootvader te staan: hoe kon hij zó harteloos zijn?

De dag erop werd Rode-Kruisdossier nummer 7991 – W.H. Nods afgesloten. Een herdenkingsdienst kwam er niet, wel een korte annonce in de *Haagsche Courant*, onopvallend tussen tientallen vergelijkbare berichtjes.

> Nadat eerder van het Rode Kruis bericht ontvangen was van het overlijden van Mevrouw **Hendrika Nods-van der Lans** in Maart '45 in het concentratiekamp 'Ravensbrück', werd deze dagen door het Rode Kruis bevestigd dat haar echtgenoot, de Heer **Waldemar Nods** laatstelijk gevangen i.h. con-

centratiekamp 'Neuengamme' omgekomen is bij de ramp van de 'Cap Arcona'. Namens de familie: M.J.H. van der Lans, Rotterdam, Statensingel 93-c.

In Indië rouwde Hilda om de dood van haar lievelingsbroertje en aan de andere kant van de wereld ontving een oude man het overlijdensbericht van zijn jongste zoon, die hij meer dan twintig jaar geleden voor het laatst had gezien op een steiger aan de Waterkant in Paramaribo. Koos Nods was nu bijna tachtig en was nog steeds dezelfde taaie oude vos. Maar het fortuin had hem weer eens in de steek gelaten en maanden later ontving Rika's familie een schrijven uit de Braziliaanse jungle, waarin hij zich opwierp als de eerste rechthebbende op het vermogen dat zijn veelbelovende Waldemar ongetwijfeld in het rijke Holland had achtergelaten.

∽

De precieze omstandigheden waaronder Rika en Waldemar om het leven waren gekomen werden nooit helemaal duidelijk, al zou met name de familie Van der Lans nog tot in de jaren zeventig proberen getuigen te vinden van hun dood. Voor zijn zestiende verjaardag in 1946 kreeg Waldy van zijn grootouders de eerste publicaties waarin overlevenden van de concentratiekampen hun vaak gruwelijke herinneringen van zich afschreven. Hoe goedbedoeld het gebaar ook was, de boekjes leverden hem niet meer op dan nachtmerries over gaskamers, sadistische bewakers en brandende schepen. Vooral de dood van zijn vader bleef hem bezighouden. Want hoe had dat schip in de Lübeckerbocht zo kort voor het einde van de oorlog nog kunnen vergaan? En hoe was het mogelijk dat uitgerekend zo'n geweldige langeafstandszwemmer als zijn vader zomaar had kunnen verdrinken?

Waldy's ouders waren spoorloos verdwenen, samen met al die miljoenen andere mensen die nooit meer terugkeerden uit het oosten. Want gedurende het eerste jaar na afloop van de Tweede Wereldoorlog was het langzaam tot de wereld doorgedrongen dat zich in nazi-Duitsland iets onvoorstelbaars had voltrokken. In totaal bleken meer dan zes miljoen joden omgebracht. Van de 140 000 Nederlandse joden overleefden er zo'n 34 000; van de 11 000 joden die uit Den Haag waren weggevoerd, kwamen er slechts 500 terug. Alleen de Surinaamse joden waren haast allemaal de dans ontsprongen: voor één keer trokken ze profijt van de soepele huwelijksmoraal en de weinig precieze registratie in hun geboorteland.

De cijfers uit de 'gewone' Duitse concentratiekampen waren al even verbijsterend. Van de ruim 132 000 geregistreerde gevangenen in Kamp Ravensbrück overleefden naar schatting slechts 42 000; van de 100 000 dwangarbeiders die in Kamp Neuengamme waren opgesloten nauwelijks de helft. De grote slachting in het mannenkamp had vooral aan het einde van de oorlog plaatsgevonden, tijdens de transporten en de scheepsramp in de Lübeckerbocht.

De groep-Chardon bleek praktisch in zijn geheel omgekomen, want de bloemist en de politieman met wie Kees had samengewerkt waren respectievelijk in Neuengamme gestorven en op de Waalsdorper vlakte gefusilleerd. Het overgrote deel van de 'schaapjes' die ze hadden proberen te redden overleefde de oorlog evenmin. Voorzover de joodse onderduikers niet meteen al op 11 februari 1944 in Auschwitz vergast waren, waren ze het daaropvolgende jaar in de werkkampen eromheen aan ziektes of uitputting bezweken. Herman de Bruin, de medicijnenstudent die met Dobbe Franken bij Rika en Waldemar op de bovenverdieping had gebivakkeerd, had zijn leven nog het langst weten te rekken – hij overleed op 28 maart 1945 in Dachau, meer dan een jaar na zijn arrestatie. De bewoners van de Pijnboomstraat vonden een gezamenlijke laatste rustplaats in het Rode-Kruisarchief in Den Haag, in de eindeloze rijen bruine enveloppen die veelal de enige tastbare herinnering vormen aan al die verdwenen levens. De enveloppen van Rika en Waldemar zijn vrij dik, ten teken dat er veel navraag naar hen is gedaan. Maar die van Herman de Bruin is bijna leeg: van zijn familie was er na de oorlog eenvoudigweg niemand meer over om naar hem te gaan zoeken.

De enige die om de ooit zo veelbelovende medicijnenstudent kon rouwen, was het roodharige meisje met wie hij zich zijn toekomst had voorgesteld. Want Dobbe Franken overleefde dwangarbeid, transporten, ziektes en in totaal vijf selecties. Ze werd op 8 mei 1945 door de Russen bevrijd in een kamp in Tsjecho-Slowakije en zette als een van de eerste overlevenden van de holocaust eind mei 1945 voet op Hollandse bodem. In het opvangcentrum in Eindhoven liep ze toevallig een kennis tegen het lijf die haar vertelde bij Herman te zijn geweest toen hij stierf. Ze was verdrietig, maar ook blij dat ze al zo snel en definitief wist wat er met hem gebeurd was. Zij kon verder met haar leven, terwijl anderen vaak jarenlang wachtten op geliefden wier dossiers nooit echt afgesloten konden worden. In 1946 trouwde ze een Poolse jood die als vrijwilliger dienst had genomen bij het Britse leger. Samen emigreerden ze naar Palestina, waar Dobbe als maatschappelijk werkster hielp met de opbouw van Israël, de joodse staat die ervoor moest zorgen dat er nooit weer een holocaust kon zijn.

Die zomer van 1945 kwam er nog een onderduiker van de Pijnboomstraat heelhuids terug in Holland. En dat was Gerard van Haringen, de gedeserteerde SS'er die het zo naar zijn zin gehad had bij de familie Nods. Destijds had Rika hem de kaart gelegd en voorspeld dat hij de oorlog zou overleven, en in zijn geval had ze gelijk gekregen. Hij ontliep de kogel die hij wegens *Fahnenflucht* had moeten krijgen en maakte dezelfde gang als zijn gastfamilie. Via Scheveningen en Vught belandde hij uiteindelijk in het Duitse concentratiekamp Dachau. Zijn grote geluk was, zo bedacht hij later, dat hij in tegenstelling tot zijn medegevangenen geen gezin of geliefde had waar hij zich zorgen over maakte. Hij hoefde alleen maar te overleven, en deed dat met verve. Gewapend met een ijzersterk gestel en zijn kennis van het Duits wist hij overal goede baantjes te veroveren. Zo waste hij in Dachau de auto's van hoge officieren, die hem rijkelijk met sigaretten en eten bedeelden. Als een van de weinigen kon hij later zeggen in het kamp nauwelijks hongergeleden te hebben.

Na de bevrijding van het kamp had Gerard enkele maanden als tolk voor de Amerikanen gewerkt en toen besloten maar weer eens op huis aan te gaan. Dit klonk makkelijker dan het was, want de geallieerden waren uitermate gespitst op SS'ers die trachtten in burgerkleding hun berechting te ontlopen. Maar al hadden ze Gerard op school dan niet al te slim gevonden, hij was gis genoeg geweest om zich tijdens zijn korte dienstperiode te onttrekken aan de verplichte SS-tatoeage onder de linkerarm en wist daardoor zonder problemen alle controles te passeren. Op het station van Rotterdam wachtte zijn vader hem op, sloot hem in zijn armen en zei: 'Morgen ga jij jezelf aangeven.'

Meer dan zijn ondoordachte aanmelding bij de SS kon Gerard niet ten laste gelegd worden en na enkele maanden was hij alweer op vrije voeten. Anderhalf jaar later werd de zaak tegen hem geseponeerd: men vond dat hij met de tijd in Dachau voldoende gestraft was en hij raakte niet eens zijn burgerrechten kwijt. Gerard, de overlever, was door alle mazen heen geglipt.

∽

In Suriname was de oorlog, zo zei men, gevierd in plaats van gevoerd. Voor een keer waren de rollen omgedraaid. Want er werden nu schepen met hulpgoederen gestuurd naar het geplunderde en verarmde Holland in plaats van andersom. De kolonie was welgevaren bij de Amerikaanse bezetting en de grote hoeveelheden dollars die in ruil voor bauxiet het land in waren gerold. Onder de bevolking was een nieuw zelfbewustzijn gegroeid, dat decennia later zou resulteren in definitieve losmaking van het moederland.

In de lente van 1946 was het leven in bevrijd Nederland dermate genormaliseerd dat de stranden van Scheveningen weer opengesteld konden worden voor het publiek. Maar de badplaats was geen schim meer van het joyeuze, mondaine werelddorp dat het voor de oorlog geweest was. Voorzover niet gesloopt voor de aanleg van de Atlantikwall, waren de grote hotels volledig uitgewoond door de Duitse militairen en de krijgsgevangenen die er na de bevrijding waren opgesloten en een ambitieuze projectontwikkelaar sloeg ook de laatste restanten tegen de vlakte. Zeekant 56, sinds de sloop van de tankmuur weer met onbelemmerd uitzicht over de Noordzee, behoorde tot de weinige gebouwen die de kaalslag overleefden. Meteen die eerste zomer al werd het herenhuis weer in gebruik genomen als pension, door nieuwe uitbaters en nieuwe gasten op zoek naar een zorgeloze vakantie aan zee.

Terwijl de Nederlandse samenleving haar wonden likte en de draad weer oppakte, kleurde het Oranjehotel zwart van de fascisten die er opgesloten werden. Maarten Spaans en het merendeel van de andere leden van de Jodenploeg waren meteen al in de meidagen van 1945 aangehouden. Ze ontkenden niet als jodenjager te hebben gefungeerd, maar van mishandelingen zeiden ze niets te weten: 'Wij hebben nooit meegemaakt dat er klappen werden gegeven. Onze chefs tolereerden dat niet.' Met name Spaans ervoer die herfst aan den lijve hoe het voelde om aan gewelddadige ondervragers te zijn overgeleverd. Urenlang werd hij als een levende boksbal door de verhoorkamer heen en weer geslagen en in procesverbalen betuigde hij keer op keer zijn al dan niet afgedwongen spijt:

> Ik betreur zeer wat er gebeurd is. Wij hebben de gevolgen niet geweten. Ik heb het in mijn dienst altijd zo gevoeld dat ik als politieman de door de bezettende macht hier ingevoerde verordeningen moest handhaven, dus ook de door de Duitsers tegen de Joden gemaakte bepalingen. Jeugdige overmoed en onbezonnenheid verklaren veel van mijn misdragingen.

Zijn proces vond pas plaats in 1948. Spaans werd medeplichtigheid aan 362 arrestaties alsmede de moord op een vluchtende joodse onderduiker ten laste gelegd. Aanvankelijk leek het erop dat hij vanwege zijn leidende rol en – in de woorden van de aanklager – 'afschuwelijke ijver' de doodstraf niet zou kunnen ontlopen, maar het werd levenslang, waarbij de mishandelingen na zijn arrestatie als verzachtende omstandigheid werden meegewogen. Zijn voormalige kompanen verklaarden stuk voor stuk evenmin op de hoogte te zijn geweest van het bestaan van de vernietigingskampen en diepe spijt te hebben van het gebeurde. Zij kwamen ervan af met straffen van rond de twintig jaar cel.

Alleen Kees Kaptein, die ook in mei 1945 was opgepakt, bleef volharden in zijn totaal verziekte wereldbeeld. Hij legde hierbij een hardnekkigheid aan de dag die in andere omstandigheden bijna heroïsch was geweest. Hij had, vond hij, juist alles in het werk gesteld om jodenhelpers vrij te krijgen – mits ze meewerkten natuurlijk. De 'enkele' handtastelijkheden die hij zich veroorloofd had om ze zo ver te krijgen waren dus gewoon voor hun eigen bestwil geweest. Zelfs 'die joodjes die vergast zijn' hadden dat aan zichzelf te wijten, want 'de houding van de joden was nu eenmaal zodanig dat het onmogelijk was respect voor ze te hebben'. De tientallen aangiften van chantage, mishandeling, verkrachting en afpersing die al tijdens de oorlog tegen hem waren ingediend waren slechts bedoeld om hem kapot te maken, de talloze getuigenissen die sinds de bevrijding tegen hem waren afgelegd kwamen van vrouwen en mannen die hij ofwel als 'hoer' of 'te laf om een kerel te wezen' bestempelde. Op 6 april 1948 werd in wat zijn raadsman omschreef als 'een zaal vol haat' het doodvonnis tegen Kees Kaptein uitgesproken. Ruim een jaar later kwam er een einde aan zijn kort en misdadig leven. Hij was een van de laatste van de in totaal vierenveertig Nederlandse oorlogsmisdadigers die door de Nederlandse staat werden terechtgesteld.

Noch Rika's kinderen noch Kees' ouders hebben ooit geweten van de executie van de beul van hun geliefden, net zomin als ze op de hoogte waren van de processen tegen hem en de andere jodenjagers. Want al konden de meeste slachtoffers hun verhaal dan niet meer zelf navertellen, het bewijsmateriaal was zo overweldigend dat er geen enkele moeite werd gedaan om getuigen te vinden en zelfs mensen die zichzelf als zodanig aanboden niet werden opgeroepen. De zaken Nods en Chardon werden nooit onderzocht en nooit iemand ten laste gelegd. Het zwijgen dat zo essentieel was geweest tijdens de bezetting zette zich daarna gewoon weer voort.

Daardoor kwam er nooit klaarheid in wat nu eigenlijk precies de toedracht van de arrestaties was geweest. Dat de bewoners van de Pijnboomstraat verraden waren, stond als een paal boven water, al was het maar omdat meerdere mensen de lijsten waarop de personalia van de onderduikers tot in detail stonden vermeld hadden gezien. Dobbe Franken wist zeker dat ze verraden waren door een joodse verzetsstrijder uit de vriendenkring van haar zusje. In een vergeefse poging zijn eigen huid te redden zou hij tijdens een verhoor zijn doorgeslagen en hele namenlijsten hebben doorgegeven. Ook de familie Chardon zocht de verrader in joodse kring, zich onbewust van het feit dat de inval aan de Spoorsingel het gevolg was van de loslippigheid van een jonge deserteur met te weinig verbeeldingskracht om zich de impact van zijn woorden te realiseren. Waldy was er ondertussen stellig van overtuigd dat Gerard van Haringen juist de Pijnboomstraat verraden had. Nadat hij had gehoord dat hun voormalige onderduiker de oorlog had overleefd en op een Waddeneiland was gaan wonen, weigerde hij de rest van zijn leven daar ook maar één voet te zetten. Van Haringen zelf ten slotte was zich van geen kwaad bewust. Hij had geen idee hoe het de familie Nods was vergaan en legde de verantwoordelijkheid voor hun arrestatie bij een joodse vrouw uit Schiebroek die hij weleens op de Pijnboomstraat had gezien en die na de oorlog in zijn optiek verdacht veel geld omhanden had gehad.

Het SD-rapport dat naar aanleiding van het oprollen van de groep-Chardon werd opgemaakt, vermeldt slechts dat de inval van 18 januari 1944 was uitgevoerd naar aanleiding van een telefoontje van de Rotterdamse Sicherheitspolizei. Spaans en zijn collega's verklaarden in hun verhoren hetzelfde. Maar degene die de oorspronkelijke melding op zijn of haar geweten had, bleef ongenoemd. En zo verdween de verrader van de Pijnboomstraat in de coulissen van de geschiedenis. De achterblijvers leefden verder, ieder met zijn eigen vermoedens, ieder met zijn eigen gaten in de ziel. En ze zwegen, zoals Albert Helman beschreef in zijn grafschrift voor slachtoffers van nazi-terreur:

> ... zwijgend is daarop het volk uiteengegaan: de doden lagen
> op een grote hoop –
> en ik, ik denk zo menigmaal: zij zijn niet heengegaan,
> de ongenoemden, die toch elk een naam,
> een lot, een hoop, een sprankje toekomst waren.

De strikte goed-foutverdeling met betrekking tot de gebeurtenissen in bezet Nederland werd er pas opgelegd door latere generaties, die de oorlog met al zijn dubbelzinnigheden niet bewust hadden meegemaakt en de grens tussen zwart en wit makkelijk konden trekken. Maar zij die het aan den lijve hadden gevoeld wisten wel beter: alleen de doden trof geen blaam. De overlevenden hadden allemaal wel iets om zich schuldig over te voelen – al was het maar omdat zij er nog waren, terwijl anderen, misschien wel beter, moediger, verdienstelijker dan zijzelf, niet meer waren teruggekomen.

∽

Zo onbevangen als Waldy als jongetje de camera van zijn vader in keek, heeft hij nooit meer op foto's gestaan. Altijd zat er iets verbijsterds in zijn blik, iets beschaamds bijna. Het hechte eilandje dat hij en zijn ouders hadden gevormd te midden van een sceptische, soms zelfs vijandige wereld was verdwenen en hun 'Sonny Boy' was een koekoeksjong geworden, iets waar een oplossing voor gevonden diende te worden. Een probleem dus, een ongewenst pakketje dat niet zonder opluchting van de een naar de ander doorgeschoven werd.

Hoe lief zijn grootouders ook voor hem probeerden te zijn, ze wisten toch niet goed wat ze aan moesten met de bruine kleinzoon die ze voornamelijk uit schuldgevoel weer in huis genomen hadden. Het bericht van de dood van zijn weerspannige oudste dochter had de gezondheid van opa Van der Lans geen goed gedaan en hij overleefde ternauwernood een hartaanval. Zijn vrouw verwerkte haar verdriet en wroeging met zoveel katholieke devotie dat haar woonkamer steeds meer weg kreeg van een parochiezaaltje. Toen Waldy's tante Hilda en oom Jo zich eind 1946 in Amsterdam vestigden en zich bereid verklaarden de zorg voor hun verweesde neef op zich te nemen, namen ze dat aanbod grif aan. Wellicht, dachten ze, was de jongen beter af bij wat, hoe je het ook wendde of keerde, toch meer zijn eigen soort was.

In eerste instantie was Waldy zelf opgelucht geweest dat hij het dompige, van wierook doortrokken huis van zijn grootouders kon verruilen voor de losse sfeer bij de familie van zijn vader. In de Surinaams-Indische kolonie in de hoofdstad werd zelfs een beetje neergekeken op die kleinzielige burgermensen in Den Haag. Hij kreeg mooie kleren, er werd gedanst en uitgegaan en hij hoefde niet meer iedere ochtend naar de kerk. Maar Hilda en Jo, die zelf altijd kinderloos waren gebleven, viel het opvoeden van hun neef een stuk zwaarder dan ze zich hadden voorgesteld. Er was zoveel veranderd sinds zij in de schaduw van de naderende oorlog aan de Zeekant hadden gelogeerd. Waldy was niet meer dat aanvallige, babbelgrage *moksi moksi*-jochie van toen, maar een slungelige jongeman met gebogen schouders en een schichtige blik. 'Hij is zo stíl geworden,' zoals zijn Surinaamse tantes hoofdschuddend tegen elkaar zeiden.

Rond zijn achttiende kwam Waldy in aanraking met het fel-nationalistische Indische studentenmilieu, waar hij kennismaakte met ideologieën die rechtvaardigheid voor iedereen en nooit meer oorlog beloofden. Hij werd politiek bewust en opstandig, en besloot, toch al hopeloos achtergeraakt, zijn schoolcarrière maar te laten voor wat die was. Ondertussen begonnen de draden tussen heden en verleden bij zijn tante Hilda, die geblutst uit het jappenkamp gekomen was, steeds meer in elkaar verward te raken. Ze raakte ervan overtuigd dat er overal mensen waren die het op haar voorzien hadden en haar deurknoppen met elektriciteit insmeerden. Waldy verdacht ze ervan hun van achter het raam tekens te geven. Zo goed en zo kwaad als het ging trachtte hij door de achtervolgingswanen van zijn tante heen te laveren, maar het werd steeds erger en uiteindelijk durfde hij niemand meer op bezoek te vragen uit angst dat zijn tante agressief zou worden.

Met zijn Haagse familie had Waldy intussen nauwelijks meer contact. De meeste mensen voelden zich nogal ongemakkelijk door de hele geschiedenis, juist omdat ze Rika en Waldemar voor de oorlog zo onbarmhartig veroordeeld hadden. Niemand werd graag aan het drama herinnerd, en daarbij was iedereen druk bezig het eigen leven na vijf jaar bezetting weer op poten te zetten. En dus gingen ze ervan uit dat anderen zich wel over de alleen achtergebleven zoon zouden ontfermen en uiteindelijk deed niemand het. Alleen Bertha bleef trouw brieven en uitnodigingen naar Amsterdam sturen. Voor haar was de dood van haar moeder, net op het moment dat ze onder het dictaat van haar vader uit kwam, de rampzalige afsluiting van een toch al verre van rimpelloze jeugd. Naarmate ze ouder werd ontwikkelde ze zich zowel uiterlijk als innerlijk tot het evenbeeld van Rika, en al had ze inmiddels ook zelf een jong gezin, ze deed wat ze kon om de familie bij elkaar te houden en ook Waldy daarbij te betrekken.

Waldy's broers leken het bestaan van het halfbroertje dat altijd zo'n heikel punt in de familie was geweest echter maar het liefst te vergeten. De oudste, Wim, wijdde zijn leven aan zijn gezin, zijn patiënten en zijn twee broers, voor wie hij zorgde als de vader die hij zichzelf gewenst had. Over zijn moeder of het jongere broertje dat hij nog nooit ontmoet had praatte hij nooit. Pas toen zijn eigen kinderen al bijna volwassen waren, kregen zij 'het verhaal' één keer te horen: hun oma Jans was niet hun echte grootmoeder en de vrouw die dat wel was had haar gezin al heel lang geleden in de steek gelaten en was inmiddels overleden. Verdere discussies over het onderwerp waren niet aan de orde.

Heel veel later zou hij toestemmen in een ontmoeting met Waldy en pas in de maanden voor zijn dood begon hij te praten over de moeder die hij als jonge jongen zo rigoureus uit zijn leven had geschrapt. En toen uitte hij voor het eerst wat hem al die tijd had dwarsgezeten: het verdriet om een beslissing die niet meer herroepen had kunnen worden en de angst dat hij als zoon tekortgeschoten was.

Ondertussen dwaalde Waldy door het leven, op zoek naar een houvast dat hij nooit helemaal vond. Dankzij een toevallige ontmoeting met een leraar pakte hij zijn schoolcarrière alsnog op, en slaagde er in 1951 in om, inmiddels tweeëntwintig jaar oud, zijn hbs-diploma te halen. Hij vond een baantje als leerling-journalist bij bevrijdingskrant *Het Parool*, begon een studie politicologie en trouwde een uit een idealistisch-socialistisch nest afkomstig meisje dat hij zwanger had gemaakt. Studie noch huwelijk zou duren, maar zijn voornaamste emotie was opluchting dat hij weg kon uit het huis van zijn steeds dieper in haar wanen verzonken tante. In een van haar laatste heldere momenten regelde Hilda dat zijn achternaam – die officieel nog steeds Van der Lans luidde – veranderd werd in die van zijn vader en grootvader.

Koos Nods zelf liet nog één keer van zich horen. In een brief op poten vroeg hij zijn dochter wat haar bezielde om zijn kleinzoon zo vroeg te laten trouwen – die jongen moest naar Venezuela, waar de kansen en het goud voor het opscheppen lagen. Korte tijd later zou de oude goudzoeker spoorloos verdwijnen in de onmetelijke wildernis van het Braziliaanse binnenland. Het gerucht ging dat hij na de vondst van een enorme edelsteen vermoord was door een andere fortuinzoeker. Zo was Koos in ieder geval gestorven zoals hij had willen leven: als een steenrijk man.

Het verleden greep Waldy bij de nek toen hij tegen de vijftig was. Kort daarvoor was hij teruggekomen uit Suriname waar hij in 1962 met zijn tweede gezin naartoe geëmigreerd was, op zoek naar het paradijs van zijn vader en op de vlucht voor de Koude Oorlog die Europa in zijn greep had. Maar ook daar was hij niet veilig gebleken voor de wereldgeschiedenis, want enkele maanden na zijn aankomst was de Cuba-crisis ontbrand en de dreiging van een Derde Wereldoorlog ook in Suriname voelbaar geworden.

Erg moeilijk viel het de psychiaters niet om de dieperliggende oorzaak van Waldy's overspannenheid te traceren en ze raadden hem aan de confrontatie met zijn verdriet aan te gaan. Gedwee reisde hij zijn ouders na. Ravensbrück sloeg hij over – zijn ooms waren daar in 1946 immers al onverrichter zake van teruggekomen. Wat hij niet wist is dat de plaats aan de Schwedtsee waar de as van zijn moeder in het water gegooid was inmiddels verheven was tot wat de Fransen zo mooi noemen *un lieu de mémoire*, een ankerplaats voor de herinnering. Ieder jaar strooien daar nu Nederlandse schoolkinderen rozen over het water, zodat Rika alsnog de bloemen kreeg die ze op haar graf gewild had. Aan de Oostzee vond Waldy bij een parkeerplaatsje aan het strand bij Neustadt een simpel gedenkteken dat op 7 mei 1945 was opgericht op het massagraf van een aantal in de vloedlijn gevonden slachtoffers. Op de gestapelde keien stond: 'Ter eeuwige nagedachtenis aan de gevangenen van kamp Neuengamme. Ze verongelukten bij de ondergang van de Cap Arcona op 3 mei 1945.' Eromheen zaten gelukkige Duitse gezinnetjes te picknicken.

Toen de reis hem niet veel verder bleek te helpen, stelden de psychiaters Waldy voor de geschiedenis van zijn ouders op schrift te stellen. Schrijven was immers zijn vak, en wellicht was dat een goede manier om het verleden te kunnen afsluiten. Hun voorstel dreef hem echter alleen maar verder in het nauw. Want eigenlijk al vanaf het moment dat hij gehoord had dat zijn ouders niet terug zouden komen, had hij bedacht dat hij zijn herinneringen aan hen zou moeten optekenen. Hij had het werkelijk op alle mogelijke manieren geprobeerd. Als feitelijk verslag ('Mijn vroegste jeugd heeft zich afgespeeld in Scheveningen'); in romanvorm met zijn alter ego Wam Strand in de hoofdrol ('Ik ga nog eens een Duits boek schrijven, dacht Wam, en dan zal ik die rotmoffen eens laten lezen hoe ik ze haat') en als brief aan zijn ouders:

> Vreemd dat jullie vreemden voor mij bent geworden. Ik weet niet meer hoe jullie er uit zien. Het beeld dat foto's van jullie voor mij bewaarden doet mij ouderwets aan, alsof jullie niet meer in deze tijd zouden passen. Ik begrijp wel dat die foto's een momentopname zijn en dat jullie zouden zijn meegegroeid. Misschien hebben jullie dat allebei niet gewild. Misschien was de ellende die jullie meemaakten zo deprimerend dat het niet eens meer een kwestie van willen was.
>
> Ik ben nu ook voor het eerst in Duitsland geweest. Nemen jullie mij dat kwalijk? Iedereen gaat, je moet er gewoon eens geweest zijn. Ik ontmoette een student van mijn leeftijd, die als 16-jarig jongetje naar het oostfront was gestuurd. De Russen vingen hem en lieten hem vijf jaren van zijn reeds door de Führer zo grondig verpeste jeugd in Siberië dwangarbeid verrichten. Ook hij...

> Ik studeer nu filosofie. Zouden jullie dat leuk gevonden hebben? Zouden jullie er trots op geweest zijn?

Maar hoeveel uren Waldy ook achter de schrijfmachine doorbracht en hoeveel proppen er ook richting prullenbak verdwenen, telkens weer liep hij vast. En zo weinig als hij gehuild had toen het nieuws over zijn ouders kwam, zoveel machteloze tranen vergoot hij nu. Voor alles had hij altijd woorden kunnen vinden, maar zijn ouders tot leven wekken lukte hem niet. Iedere keer weer stokte het verhaal op hetzelfde punt en bij hetzelfde beeld: zijn vader aan de vooravond van de bevrijding, staande aan de reling van het mythische, gedoemde zeepaleis dat zijn noodlot geworden was.

De zee, 1945

Het bevel kwam van het hoofdkwartier van de Tweede Tactische Luchtvloot te Süchteln. Al weken deden daar geruchten de ronde dat nazi-kopstukken via de Oostzee naar Noorwegen trachten te ontkomen om vandaar de strijd voort te zetten en op 1 mei had de Inlichtingendienst gemeld dat er Duitse troepenschepen werden volgeladen in de Lübeckerbocht. Op dat moment had het ondersteunen van de Britse pantserdivisies die Hamburg veroverden nog prioriteit gehad, maar toen de havenstad op 3 mei volledig onder controle was, ging bevel 71, ter 'vernietiging van vijandelijke scheepsconcentraties in het zeegebied westelijk van het eiland Poel' alsnog uit naar de diverse RAF-esquadrons.

Omstreeks elf uur in de ochtend stegen acht Hawker Typhoons op van de voormalige Luftwaffe-basis Ahlhorn. Ze behoorden tot de nieuwste en meest geavanceerde jachtbommenwerpers en droegen ieder acht raketten onder hun vleugels, die zowel in een salvo als één voor één gericht afgeschoten konden worden. Na enkele minuten voegden zich enige tientallen vliegtuigen van andere bases bij hen, waaronder jagers van het type Tempest, en een stel kleinere toestellen om de jachtbommenwerpers dekking te geven. Omstreeks 11.35 uur arriveerde de kleine luchtarmada bij Lübeck. Het wolkendek boven de Oostzee bleek intussen echter dichtgetrokken en aangezien de piloten geen idee hadden wat ze precies onder zich zouden aantreffen, besloten ze terug te keren. Onderweg bestookten ze enkele militaire transporten op de wegen van Sleeswijk-Holstein – schietend, zoals een van de vliegers zich later zou herinneren, op alles wat bewoog.

Omstreeks twee uur die middag werd gemeld dat de zon boven de Oostzee weer was doorgebroken. Voor de tweede keer vlogen de vliegtuigen over de smeulende puinhoop die van Noord-Duitsland was overgebleven en na een minuut of tien kwam het doel van de missie in zicht. Om 14.16 uur begonnen de sirenes in het badplaatsje Neustadt te loeien. Een kwartier eerder waren hier de hakenkruisvlaggen gestreken, ten teken van onvoorwaardelijke overgave. Op de schepen voor de kust begonnen de opvarenden bij het naderen van de vliegtuigen te zwaaien met witte lakens. Ze jubelden en juichten, en ze hadden gestreepte pakken aan.

Maar de piloten zagen slechts vijandige doelwitten in het grote schip en de vele kleinere die beneden hen op het glinsterend oppervlak van de Oostzee lagen. Het was hun derde missie die dag, na maandenlang nacht na nacht hun dodelijke lading op Duitse steden afgegooid te hebben. Vooral in het begin waren de overlevingskansen praktisch nihil geweest – het gemiddeld verliespercentage per operatie was een op de drie vliegtuigen – en ze leefden op pillen, drank en bravoure. Voor de burgers die ze hadden moeten bombarderen hadden ze al geen gedachte overgehad, laat staan voor dat nazi-tuig dat nu beneden als ratten in de val zat. Dit zou hun laatste operatie van de oorlog zijn en als altijd concentreerden ze zich automatisch op één ding: het zich zo goed mogelijk kwijten van hun opdracht en er vervolgens zo snel mogelijk weer vandaan komen.

De aanval startte om 14.30 uur. Vanaf een hoogte van 3500 meter dook de ene na de andere bommenwerper naar beneden en schoot zijn raketten salvogewijs af. Enorme vuurballen rolden over de *Cap Arcona* en de nabijgelegen vaartuigen en het geluid was oorverdovend. De witte lakens verdwenen achter rookwolken en hoog oprijzende waterfonteinen, en waren dus ook niet zichtbaar meer voor de kleinere bommenwerpers en de jagers die het precisiewerk voor hun rekening namen. Zij lieten een bommenregen neerdalen op de nog onbeschadigde vaartuigen of delen daarvan en veegden de dekken nauwkeurig schoon met hun mitrailleurs. Tien vernietigende minuten later wendden de RAF-vliegtuigen de neuzen weer richting thuisbasis, over een door een plotseling opkomend onweer betrokken hemel.

In zijn gevechtsdagboek noteerde een van de vliegers die avond dat de 'Big Shipping Strike' 'slechts als briljant' beschreven kon worden: 'Uit de omstandigheden is aan te nemen dat heel wat moffen de Oostzee vandaag zeer koud gevonden hebben.' Die avond werd een Engels frontbericht uitgegeven:

> Bommenwerpers en jachtvliegtuigen deden massale en succesvolle aanvallen tegen grote Duitse troepenconcentraties op de wegen van Sleeswijk-Holstein en op schepen die probeerden vanuit Kiel, Flensburg en andere havens Denemarken te bereiken. Er werden ongeveer 250 tot 300 schepen

> aangevallen, waaronder een konvooi van meer dan 50 eenheden. Tegen het einde van de dag waren de wateren rond Kiel, Flensbrug en Lübeck bezaaid met brandende schepen.

Waldemars wereld verging in vuur en lawaai. Toen het geluid van de vliegtuigen aan de horizon was weggestorven, was de baai die er die ochtend nog zo vredig bij had gelegen veranderd in een inferno. Overal dreven vaartuigen, brandend als fakkels, met daartussen de lichamen van doden en drenkelingen. Het vrachtschip naast hen was midscheeps getroffen en zinkende. Terwijl het ten onder ging klonk nog een laatste knal, afkomstig van het pistool van de kapitein die zich een kogel door het hoofd schoot. De *Cap Arcona* brandde op drie plekken. Brullend vrat het vuur zich een weg door de wandplaten, de tapijten, de betimmeringen en de dekplanken van het ooit zo prachtige schip. De Russische gevangenen die in het kamp heer en meester waren geweest, zaten nu als ratten in de val. Opgesloten in de laadruimen in het vooronder maakten zij geen enkele kans. Hun doodskreten en hulpgeroep werden echter overstemd door glasgerinkel, afkomstig uit de door een glazen dak overdekte eetzaal waar de munitievoorraden van de SS de een na de ander de lucht ingingen.

Duizenden mensen krioelden als angstige mieren over het schip. De gevangenen die in de hutten waren ondergebracht probeerden naar de dekken te komen, SS'ers schoten in de trapgaten, confisqueerden reddingsvesten en baanden zich schietend een weg naar de weinige reddingsboten die niet in brand stonden. Er werd meubilair over de reling gegooid, waar de drenkelingen zich aan vast zouden kunnen houden, maar velen in het water werden erdoor verpletterd. Opeengedrongen op de paar dekken waar nog geen vlammen waren, hadden de overlevenden de keuze tussen het helse vuur achter en het ijzige water beneden hen. Ze zochten de horizon af, hopend op hulp. Maar die kwam er niet, want de paar mijnenvegers die getracht hadden de haven van Lübeck te verlaten om drenkelingen te redden waren meteen door geallieerde tanks buiten de stad onder vuur genomen.

Ongeveer een halfuur na de aanval begon de *Cap Arcona* te kapseizen. Honderden opvarenden vielen als poppetjes van haar gloeiende flanken af en werden door het zieltogende schip mee de diepte in gezogen. Het zeewater was letterlijk adembenemend koud, nog geen vijf of zes graden boven nul. Er dreven zelfs ijsschotsen, herinneringen aan de winter die zo streng was dat hij zelfs de brakke Oostzee had doen dichtvriezen. Veel drenkelingen waren dermate ondervoed en uitgeput dat ze het koude water nog geen paar minuten overleefden. Overlevenden vochten met elkaar om een tafelblad of een reddingsvest te bemachtigen en vanuit de reddingsboten vuurden de SS'ers nog steeds op de mensen in het water. Sommige gevangenen verkozen wraak boven hun eigen minieme kans om levend de wal te bereiken. Ze duwden de boten om, wurgden hun voormalige beulen met hun blote handen en gingen met hen ten onder.

Waldemar, de zwemmer, behoorde tot degenen die de keuze voor het water maakten. Hij had zijn bovenkleding uitgetrokken en zich met touwen in het water laten zakken. Hij had al in geen jaren meer gezwommen, maar zodra hij het water om zich heen voelde kreeg hij het ritme weer te pakken. Hij was weer vrij. Met lange slagen doorkliefden zijn al snel gevoelloze armen en benen het water, weg van het rokende en brandende schip en de verschrikkelijke kreten van hen die daar binnenin opgesloten zaten.

De zon was inmiddels verdwenen en het was gaan regenen, een sprietige, kille regen die zijn gezicht striemde. Maar de zee was bedaard, zoals de Oostzee dat meestal is, en hoe langer hij zwom, hoe rustiger het werd om hem heen. Her en der waren nog andere hoofden te zien van zwemmers, op weg naar de witte duinen die lonkten aan de horizon, zo'n vier kilometer verderop. Ook hier dreven doden, maar deze hadden een vredige, haast gelukzalige uitdrukking op hun gezicht. Want zo afschuwelijk als de doodsstrijd was voor hen die in het schip waren achtergebleven, zo genadig was die in het water, waar onderkoeling mensen zachtjes in de golven deed wegglijden.

Omstreeks vier uur die middag reden tanks van het Britse 98e Veldartillerie Regiment door Lübeck en namen de stad zonder slag of stoot over. Een vooruitgestuurde verkenner meende even een gigantisch, roodgloeiend haardrooster uit de zee te zien oprijzen, tot hij besefte dat het om een karkas van een schip moest gaan. Pas enkele uren later zou een kleine reddingsoperatie op gang komen, waarbij een kleine vijfhonderd van de in totaal vijfentachtighonderd gevangenen levend opgevist of van de kiel van de nog steeds brandende *Cap Arcona* gehaald konden worden. Velen van hen zouden in de dagen die volgden sterven aan de gevolgen van wat een der grootste maar ook onbekendste scheepsrampen aller tijden zou worden.

Rond vijf uur bereikte Waldemar het strand tussen Pelzhaven en Neustadt. Het was eb, en zo'n honderd meter voor de branding voelde hij vaste grond onder zijn voeten. Samen met een andere drenkeling doorwaadde hij het laatste stuk, door en door verkleumd en totaal uitgeput. Toen ratelden opeens mitrailleurs vanuit de duinen. Waldemars medezwemmer liet zich meteen vallen en hield zich dood, maar hij zag nog net hoe de zwarte man naast hem werd geraakt en onder water verdween.

En zo stierf Waldemar Nods in de vloedlijn van de Oostzee, op 3 mei 1945, om omstreeks vijf uur in de middag. Het was nog geen achtenveertig uur voor het officiële einde van de oorlog. Hij werd doodgeschoten door soldaten in slecht zittende uniformen, met verschrikte jongensogen onder te grote helmen. Veel ouder dan zijn eigen zoon Waldy konden ze niet zijn, maar grootgebracht met de triomfen en de heilsleer van hun onoverwinnelijke Führer wisten ze niet wat te doen en schoten dus. Bloed mengde zich met ijskoud water, maar Waldemar voelde al geen kou of pijn meer. Hij wiegde op de golven, en de zee spoelde alle vuil en ellende van hem af. Het water was zijn vriend, zoals het dat altijd was geweest.

In Paramaribo naderde op dat moment het einde van de ochtend. De grietjebies lieten hun roep nog horen, maar de koopvrouwen aan de Waterkant pakten hun waren alweer in en de luiken van de huizen werden gesloten tegen de komende middaghitte. Het grijsbruine, warme water van de rivier klotste loom tegen de steigers en Waldemar zwom, hij zwom naar huis.

Nawoord

Het is nu ruim tien jaar geleden dat de wonderlijke levensgeschiedenis van Waldemar Nods me voor het eerst verteld werd en het is me sindsdien altijd bijgebleven. Het was, althans in mijn beleving, een verhaal dat rondzwierf en graag verteld wilde worden. Wellicht had die fascinatie ook te maken met het feit dat ik me destijds in mijn journalistieke werk specialiseerde in misdaadreconstructies, met als basisvraag: op welke gronden en onder welke omstandigheden maakt een mens de foute keuze? Dit verhaal was daar een tegenhanger van, mijn eigen kleine onderzoek naar het hoe en waarom van heldendom – aan de hand van de lotgevallen van gewone mensen die terechtkwamen in de raderen van de grote wereldgeschiedenis.

Het leven van Waldemar raakt aan twee van de zwartste, meest met taboes beladen bladzijden in de Nederlandse historie, namelijk de slavenhandel en de jodenvervolging. Hoe structureel verschillend deze episodes ook waren – de eerste was voornamelijk gebaseerd op economische motieven, de tweede op ideologische –, ze hadden één ding gemeen en dat is het raciale en etnische denken.

Zoals het overgrote deel van mijn generatiegenoten ben ik opgegroeid met clichébeelden over beide episodes: sadistische blanken versus onschuldige zwarten in de Surinaamse plantagesamenleving en schurkachtige Duitsers versus heldhaftige Hollanders en joodse slachtoffers gedurende de Tweede Wereldoorlog. Gelukkig is er sinds mijn schooltijd aanzienlijk meer ruimte gekomen voor nuancering van dergelijke stereotypen, niet zelden in de vorm van biografieën van onbekende burgers. Zowel in het buitenland als hier in Nederland zijn daarvan de laatste jaren prachtige voorbeelden verschenen, zoals Sebastian Haffners *Het verhaal van een Duitser* (2001); Martin Doerry's *Mijn gewonde hart* (2003), Geert Maks *De eeuw van mijn vader* (1999) en Judith Koelemeijers *Het zwijgen van Maria Zachea* (2001).

Hoe verschillend genoemde boeken ook zijn wat stijl en thematiek betreft, ze bewijzen bij uitstek hoe je door een 'kleine', persoonlijke geschiedenis als uitgangspunt te nemen, de 'grote', algemene geschiedenis invoelbaar en begrijpelijk kan maken. En misschien belangrijker nog, die kan ontdoen van de clichés en morele (voor)oordelen die latere generaties eroverheen gelegd hebben, ongeveer zoals een restaurateur de vervuilde laklagen van een schilderij krabt tot de oorspronkelijke voorstelling weer te zien is.

Voor de schrijver/onderzoeker kleeft echter één belangrijk nadeel aan het reconstrueren van het leven van onbekende mensen. Beroemdheden plegen namelijk aanzienlijk meer tastbare sporen achter te laten dan anonieme burgers, zeker als deze, zoals in dit geval, al meer dan zestig jaar geleden in het niets zijn verdwenen. Aanvankelijk leken er van de bitterzoete liefdesgeschiedenis van Waldemar en Rika geen andere papieren getuigen overgebleven dan enkele alinea's in het *Weinrebrapport*, wat brieven en dikke stapels vergeelde, veelal ongedateerde foto's. In eerste instantie heb ik dan ook even met de gedachte gespeeld om het verhaal in de vorm van een historische roman te gieten. Maar naarmate ik me meer in de hoofdpersonen verdiepte en er steeds meer materiaal boven kwam drijven, besefte ik dat tegen het leven zelf niet op te verzinnen valt – in ieder geval niet door mij.

Aangezien ik het vertellen nu eenmaal niet kan laten, heb ik het beeld zoals dat uit de herinneringen van betrokkenen en archieven opdoemde opgeschreven als een verhaal, me daarbij naar hartelust bezondigend aan wat literatuurhistoricus Kees Fens ooit even fraai als treffend omschreef als 'het plunderen van de gereedschapskist van de fictieschrijver'. Dat laat onverlet dat het boek gebaseerd is op authentiek materiaal en verifieerbare, door de diverse betrokkenen bevestigde feiten. De vindplaats van de geciteerde fragmenten volgt hierna, evenals een lijst van de geraadpleegde archieven en een beknopte literatuurlijst.

Als elke reconstructie was *Sonny Boy* een puzzel, slechts mogelijk gemaakt door degenen die me hielpen zoeken naar de stukjes ervan. Het waren er te veel om ze hier allemaal te kunnen noemen, maar enkelen wil ik toch niet onvermeld laten. Om te beginnen natuurlijk Waldy Nods, zijn vrouw Christine Nods-de Vries en zijn kinderen Carina Frenken-Nods en Remko Nods. Zonder hun enthousiasme en vooral vertrouwen was dit boek niet mogelijk geweest. Even essentieel was de medewerking van Rika's jongste zoon uit haar eerste huwelijk, Henk, en haar kleinkinderen Haaije Jansen (zoon van de inmiddels overleden Bertha), Nynke Lopez Cardozo en Isabel Greydanus (dochters van Wim). Helaas lagen voor Rika's tweede zoon Jan de gebeurtenissen uit het verleden nog dermate pijnlijk dat hij besloot van medewerking af te zien. Teneinde zijn gevoelens te sparen is de achternaam van zijn familie in de tekst veranderd.

Vervolgens waren er vele neven, nichten, vrienden en andere ooggetuigen die hun herinneringen aan Waldemar en Rika wilden delen; met name Annie Swart-Renckens, Marcel van der Lans, Jan Rolandus Hagendoorn, Aat Springvloed, Juanita Treurniet, Georgette Treurniet, Henny Radelaar-Millar, Maggee Leckie-Millar, Tini Hewitt-Hennink en – in Paramaribo – Muriel Sam-Sin Hewitt en Christien van Russel. Ook de twee onderduikers die de inval aan de Pijnboomstraat overleefden, Dobbe Kirsh-Franken en Gerard van Haringen, waren bereid hun verhaal te vertellen.

Hoewel de vorm die ik voor dit verhaal koos tot gevolg had dat ik wetenschappers en (ervarings)deskundigen in het boek zelf zoveel mogelijk buiten beeld gehouden heb, betekent dat niet dat ik niet rijkelijk heb geput uit hun kennis en adviezen. Prof. André Loor, dr. Jerry Egger, Heinrich Helstone, Laddy van Putten, Alphons Levens, Philip Dickland, Willy Oosterlen, Leonoor Wagenaar, de Vereniging Ons Suriname en Pieter Bol van de Stichting voor Surinaamse Genealogie hielpen mij mijn weg te vinden door historisch Suriname. Al heb ik uiteindelijk minder van de geschiedenis van het 'oude' Suriname in het boek kunnen verwerken dan ik aanvankelijk van plan was, ik ben ze zeer erkentelijk voor hun adviezen. Speciale dank ook aan Carl Haarnack, de bezitter van een prachtige collectie boeken over de geschiedenis van de voormalige kolonie die hij met mij grote gulheid uitleende.

Op mijn speurtocht door Den Haag en Scheveningen werd ik bijgelicht door dr. Bart van der Boom, Harold Jansen, Danny Verbaan, Aad Wagenaar en Boris de Munnick. De voetsporen van het echtpaar Nods in het verzet en de Duitse concentratiekampen volgde ik met behulp van onder anderen dr. Hermann Kaienburg, prof. Andries van Dantzig, Margaretha de Bruijn-Chardon, Gisela Wieberdink-Söhnlein, Mies Wijnen, Leo van der Tas en Bert en Lenie Intrès. Dan waren er de veelgeplaagde – door mij wel te verstaan – medewerkers van de diverse archieven waarin ik sporen van mijn hoofdpersonen vermoedde, zoals David Barnouw, Hubert Berkhout van het NIOD; Regina Grütter en Henri Giersthove van het Nederlandse Rode Kruis; Sierk Plantinga van het CABR-archief; Michael Dawson van het Bisschopshuis; Michael Kromodomtjo van het Centraal Bureau voor Burgerzaken en Ernie Esajas van het Landsarchief – de laatste drie allen te Paramaribo.

Cees de Kom ten slotte gaf mij ongeweten de sleutel tot het antwoord op de vraag die uiteindelijk als laatste overbleef. Want Waldemars medezwemmer in de Oostzee vertelde het verhaal aan de kinderen van Anton de Kom in de veronderstelling dat het hier om hun vader ging. Deze was echter al ruim een week eerder in het bijkamp Sandborstel overleden. Uit de archieven van KZ-Gedenkstätte Neuengamme bleek dat er maar één Surinamer op de *Cap Arcona* was ingescheept, en dat was Waldemar Nods.

Kapitein Robert Grabowski en de bemanning van zijn *Marfret Normandie* loodsten me veilig de oceaan over en zelfs de tropische storm *Anna* door, en de medewerkers van Uitgeverij Nijgh & Van Ditmar begeleidden me met grote inzet langs toppen en dalen van het al even woelige maakproces. Minstens zo belangrijk waren mijn eigen hulptroepen, met name Jo Simons en Piroska Nijhof. Zij reisden, leefden en dachten met me mee, tolereerden dat het bij elkaar puzzelen van andermans leven dat van hen en mijzelf regelmatig in de weg zat en lachten me bovendien hartelijk uit als ik ze weer eens in alle ernst bezwoer dat ik me nooit, echt nooit meer zo wilde verliezen in een verhaal. Maar degene die voor dit boek zonder meer de meeste erkentelijkheid verdient is Waldy's schoondochter Sefanja Nods-Muts, die mij en dit verhaal tien jaar geleden samenbracht, er sindsdien op talloze manieren aan heeft meegewerkt en vooral door alles heen een rotsvast vertrouwen had en heeft gehouden in de verwezenlijking van dit project.

Amsterdam, september 2004

Verantwoording

VINDPLAATS FRAGMENTEN

De in de tekst gebruikte fragmenten zijn voornamelijk afkomstig uit diverse privé-archieven. Ter wille van de leesbaarheid zijn de spelling en grammatica zoveel mogelijk aangepast aan het hedendaags Nederlands.

Fragment pagina 7 uit:
Jolson, Al, B.G. de Sylva, Lew Brown en Ray Henderson, 'Sonny Boy', uit: *The Singing Fool*, 1928.

Fragment pagina 7 uit:
Haffner, Sebastian, *Het verhaal van een Duitser, 1914-1933*. Mets & Schilt, Amsterdam 2001. Oorspronkelijke uitgave 1937.

Fragment pagina 14 uit:
'Ter herinnering mijner 1e Heilige communie. Aan mijne dierbare ouders'. H.W.J. van der Lans, 7 mei 1903. Privéarchief W. Nods.

Fragment pagina 36 uit:
Govers, N., *Een Halve Eeuw in Suriname 1866-1916*. C.N. Teulings, 's-Hertogenbosch 1916.

Fragmenten pagina 71, 73, 84, 87, 88, 89, 100, 101, 102, 104, 130 uit:
Dagboeken 1930-1938 van Bertha. Privé-archief H.J. Jansen.

Fragmenten pagina 75, 82, 132, 133, 137, 142, 143, 145, 151 uit:
Brieven 1931-1942 H.W.J. van der Lans aan haar dochter Bertha. Privé-archief H.J. Jansen.

Fragmenten pagina 89, 93-95, 128, 138, 140 uit:
Gastenboek 1933-1942 pension Nods-Walda. Privé-archief W. Nods.

Fragment pagina 89 uit:
Brief 13 juni 1933 H.W.J. van der Lans aan echtpaar J. van der Lans. Privé-archief W. Nods.

Fragment pagina 108, 109 uit:
Helman, Albert, *Zuid Zuid West*. De Gemeenschap, Utrecht 1926.

Fragmenten pagina 140, 141 uit:
Brieven 1941-1943 H.W.J. van der Lans aan haar zoon Henk. Privé-archief.

Fragmenten pagina 144, 145 uit:
Brieven 1941-1942 J.W.G. van der Lans aan M. van der Lans. Privé-archief M. van der Lans jr.

Fragment pagina 159 uit:
Brief 1943 H.W.J. van der Lans aan M. van der Lans. Privé-archief M. van der Lans jr.

Fragmenten pagina 174, 175, 249 uit:
Proces-verbaal 18 januari 1944 en verhoorverslag 1946. CABR-dossier, M. Spaans.

Fragmenten pagina 182, 183, 184, 185, 186, 188, 189, 193, 221, 222 uit:
Chardon, Paula, *Een beschrijving van 13 dagen gevangenisleven in de Polizei-Gefängnis te Scheveningen*. Archief Joods Historisch Museum, 1944.

Fragmenten pagina 191, 192, 193, 194, 199, 202, 203, 204, 214, 215, 221, 222 uit:
Brieven 5 maart 1944-1945 W.H. Nods aan J. van der Lans. Privé-archief W. Nods.

Fragmenten pagina 194, 196, 205, 206, 207, 209, 210 uit:
Brieven 1944 H.W.J. van der Lans aan J. van der Lans. Privé-archief W. Nods.

Fragment pagina 199, 202 uit:
Typoscript van het gesprek met Armand Huss (John Williams), 15 mei 1997. Archiv Dokumentenhaus Neuengamme, Hamburg.

Fragment pagina 218 uit:
Brief 9 december 1944 D. de Montagne aan H.W.J. van der Lans. Privé-archief W. Nods.

Fragment pagina 228 uit:
Rousset, David, Kees Chardon 31 augustus – april 1945. Eigen beheer familie Chardon, Gemeentearchief Den Haag 1944.

Fragmenten pagina 236, 237, 243, 244 uit:
Rode-Kruisarchief Den Haag, dossiernummer 33438, H.W.J. van der Lans.

Fragment pagina 238, 239 uit:
Brief 14 juli 1945 J. van der Lans aan W. Nods. Privé-archief W. Nods.

Fragmenten pagina 240, 258, 259 uit:
Egodocumenten en dagboeken 1955-1994 W. Nods. Privé-archief W. Nods.

Fragment pagina 242 uit:
Bidprentje voor Hendrika Nods-van der Lans. Privé-archief W. Nods.

Fragment pagina 252 uit:
Slob, N. (pseud. van Albert Helman/Lou Lichtveld), 'Niemand sprak; geen kreet, geen kreunen'. In: *De Diepzeeduiker*, 1945.

Fragment pagina 262, 263 uit:
Schwaberg, Gunther, 'Angriffsziel Cap Arcona'. In: *Stern*. 4 dln. 3, 10, 17, 24, 30 maart 2003.

GERAADPLEEGDE ARCHIEVEN EN INSTITUTEN

Archieven Hendrikschool, Paramaribo
Archiv Dokumentenhaus Neuengamme, Hamburg
Bevolkingsregister Den Haag
Bisdom van Suriname, archief Bisschopshuis, Paramaribo
Centraal archief voor Bijzondere Rechtspleging, Den Haag
Centraal Bureau voor Burgerzaken, Paramaribo
Comité Vrouwenconcentratiekamp Ravensbrück, Heerhugowaard
Evangelisch Lutherse Gemeente Suriname, Paramaribo
Joods Historisch Museum, Amsterdam
Koninklijk Instituut voor de Tropen, Amsterdam
Koninklijk Instituut voor Taal-, Land- en Volkenkunde, Leiden
Koninklijke Bibliotheek, Den Haag
Landsarchief Suriname, Paramaribo
Nationaal Archief, Den Haag
Nationaal Monument Kamp Vught
Nederlands Instituut voor Oorlogsdocumentatie, Amsterdam
Oorlogsgravenstichting, Den Haag
Stichting '40-'45, Amsterdam
Stichting Oorlogs- en verzetsmateriaal, Groningen
Stichting voor Surinaamse Genealogie, Leiden
Surinaams Museum, Paramaribo
Vriendenkring Neuengamme, Buren
Vrij in Suriname, database Manumissieregister (zie ook Vrij in Suriname, database Volkstelling Burgerlijke Stand 1921)

Anton de Kom-Abraham Behr Insituut (sam.), *A. de Kom, zijn strijd en ideeën*. Sranan buku, Amsterdam 1989.

Bal, C., *Scheveningen – Den Haag 1940-1945 / Van Dorp en Stad tot Stützpunktgruppe Scheveningen*. Gemeente Den Haag, Den Haag 1996.

Bartelink, E.J., *Hoe de tijden veranderen, herinneringen van een ouden planter*. H. van Ommeren, Paramaribo 1914.

Benjamin, H.D. en Joh. Snelleman, *Encyclopedie van Nederlands West Indië*. Den Haag/Leiden 1914-1917.

Benoit, Pierre Jacques, Chris Schriks e.a., *Reis door Suriname: beschrijving van de Nederlandse bezittingen in Guyana*. Walburg Pers, Zutphen 1980.

Berg, Max van den, 'Zuid-Holland 1940-1945, een jonge provincie, de oudste geschiedenis'. In: *Contactblad '40-'45*. 2003, p. 9-16.

Boekhoven, G. en P. Lanink, *Memoires Neuengamme*. Haren/ Tasmanië 1980.

Bolwerk, P.B.M., *Paramaribo in oude ansichten*. Europese Bibliotheek, Zaltbommel 2000.

Boom, Bart van der, *Den Haag in de Tweede Wereldoorlog*, Den Haag 1995.

Bruijning, C.F.A., J. Voorhoeve (hoofdredactie), W. Gordijn (sam.), *Encyclopedie van Suriname*. Uitgeversmaatschappij Argus Elsevier, Amsterdam-Brussel 1977.

Chardon, Paula, *Een beschrijving van 13 dagen gevangenisleven in de Polizei-Gefängnis te Scheveningen*. 1944. I.b.v. het Joods Historisch Museum.

Doerry, Martin, *Mijn gewonde hart, het leven van Lilli Jahn, 1900-1944*. De Bezige Bij, Amsterdam 2003.

Emmer, P., 'Slavernij-debat is aan herziening toe'. In: *de Volkskrant*, 26 juni 2004.
Emmer, P.C., *De Nederlandse slavenhandel 1500-1850*. Uitgeverij De Arbeiderspers, Amsterdam 2000.
Gerding, Pearl I., *Op weg naar grotere hoogten, de geschiedenis van een kerk. Evangelisch Lutherse kerk in Suriname*. Paramaribo 2002.
Giltay Veth, D. en A.J. van der Leeuw, *Het Weinreb Rapport*. Staatsuitgeverij Den Haag, Den Haag 1976.
Haarnack, Carl, uitgave [z.t.] van toespraak bij tentoonstelling boeken Lou Lichtveld. Koninklijk Instituut voor de Tropen, Amsterdam 8 november 2003.
Helman, Albert, *Avonturen aan de wilde kust*, Sijthoff, Alphen aan den Rijn 1982.
Helman, Albert, *De foltering van Eldorado, een ecologische geschiedenis van de vijf Guyana's*. Uitgeverij Nijgh & Van Ditmar, 's-Gravenhage 1983.
Helman, Albert, *De stille plantage*. Uitgeverij Conserve, Schoorl 1997. (Eerste uitgave Nijgh & Van Ditmar, 's-Gravenhage 1931.)
Helman, Albert, *Zuid Zuid West*. De Gemeenschap, Utrecht 1926.
Hijlaard, Marius Th.C., *Zij en ik*. Paramaribo 1978.
Hove, Okke ten en Frank Dragtenstein, 'Manumissies in Suriname 1832-1863'. In: *Bronnen voor de Studie van Afro-Surinaamse samenlevingen*, deel 14. Utrecht 1997.
Janssen, René, *Historisch-geografisch Woordenboek van Suriname naar A.J. van der Aa, 1839-1851*. Utrecht 1993.
Jong, L. de, *Het koninkrijk der Nederlanden in de Tweede Wereldoorlog*. 14 dln. Staatsuitgeverij Den Haag, Den Haag 1969-1994.
Kaienburg, Hermann, *Das Konzentrationslager Neuengamme*

1938-1945. Verlag J.H.W. Dietz Nachfoler, Bonn 1997.
Klein, P.W. en Justus van der Kamp, *Het Philips Kommando in kamp Vught*. Contact, Amsterdam 2004.
Kom, A. de, *Wij slaven van Suriname*. Het Wereldvenster, Amsterdam 1990.
Korver, H.J., *Varen op de West*. De Boer, Bussum 1975.
Leuwsha, Tessa, *Reishandboek Suriname*. Uitgeverij Elmar B.V., Rijswijk 2002.
McLeod, Cynthia, *Herinneringen aan Mariënburg*. VACO Uitgeversmaatschappij Paramaribo, Paramaribo 1998.
Munnick, B. de, *Uitverkoren in uitzondering? Het verhaal van de Joodse 'Barneveld-groep' 1942-1945*. Schaffelaarreeks nr. 24, Amsterdam 1992.
Neus-van der Putten, Hilde, *Susanna du Plessis, portret van een slavenmeesteres*, Amsterdam 2003.
N.N., *De Vraagbaak – Almanak voor Suriname 1925, 1928*. Paramaribo 1925, 1928. (Voortzetting van: *Surinaamsche almanak*). Signatuur depot: 53 A 11.
N.N., *Het Grote Gebod – Gedenkboek van het verzet in LO en LKP* (2 delen). Uitgeverij J.H. Kok, Kampen 1951.
N.N., 'In memoriam Cornelis Chardon'. In: *De Zwerver, weekblad van de stichting LO-LKP*, 22 juni 1946.
N.N., *Kees Chardon 31 augustus – april 1945*. Eigen beheer familie Chardon, Gemeentearchief Den Haag, z.j.
N.N., *Surinaamsche (staatkundige) Almanak, Almanak voor de Nederlandsche West-Indische bezittingen*. Den Haag 1792-1846 (met hiaten). Signatuur depot: V 151.
N.N., 'Verkeerde medische behandeling? Een doodelijk malarie-geval aan boord van het s.s. "Oranje Nassau". Aangifte van een Deensche familie'. In: *De Telegraaf*, 15 november 1927.
Nods, C., 'Vijftig jaar geleden ging Lily Nods naar het

"Verre Rio"'. In: *Weekkrant Suriname*, 7 april 1984.
Olink, Hans, 'De nodeloze ondergang van de Cap Arcona'. In: *de Volkskrant*, 30 mei 1987.
Oostindie, Gert en Emy Maduro, *In het land van de overheerser. Antillianen en Surinamers in Nederland 1634/1667-1954*. Verhandelingen van het Koninklijk Instituut voor Taal-, Land- en Volkenkunde, Dordrecht 1986.
Rolsma, H., *Neuengamme. De ramp in de bocht van Lübeck*. I.b.v. Stichting Oorlogs- en Verzetsmateriaal Groningen, Groningen z.j.
Samuels, Jacques, *Schetsen en typen uit Suriname*. Paramaribo 1904.
Schön, Heinz, *Ostsee '45*. Motorbuch, Stuttgart 1998.
Schwaberg, Gunther, 'Angriffsziel Cap Arcona'. In: *Stern*. 4 dln. 3, 10, 17, 24, 30 maart 2003.
Slob, N. (pseud. van Albert Helman), 'Niemand sprak; geen kreet, geen kreunen'. In: *De Diepzeeduiker*, 1945.
Stipriaan, A. van, *Surinaams contrast*. KITLV Uitgeverij, Leiden 1993.
Stuldreher, Coenraad J.F., 'Das Konzentrationslager Herzogenbusch – ein "Musterbetrieb der SS"?' In: *Die Nationalsozialistischen Konzentrationslager – Entwicklung und Struktur*. Herausgegeben von Ulrich Herbert, Karin Orth und Christoph Dieckmann. Wallstein Verlag, Göttingen 1998. Band I, p. 327-349.
Verbaan, Danny, *Verlaten vesting, de evacuatie van Scheveningen in 1942/ '43*. Museum Scheveningen, Historische reeks No. 11, Uitgeverij Elmar B.V., Rijswijk 2003.
Vernooij, J.G., *De Rooms Katholieke kerk in Suriname vanaf 1866*. Paramaribo 1974.
Vink, Steven, *Suriname door het oog van Julius Muller, fotografie 1882-1902*. KIT/SSM, Amsterdam 1998.

Weber, E.P., *Gedenkboek van het 'Oranjehotel': celmuren spreken, gevangenen getuigen, onze gevallen verzetshelden.* Nelissen, Amsterdam 1947.

paperback
160 bladzijden
ISBN 978 90 388 8737 1
€ 12,50

In haar debuut *Jagtlust* reconstrueert Annejet van der Zijl de geschiedenis van het gelijknamige Gooise landgoed dat gedurende de jaren vijftig en zestig uitgroeide tot een artistieke vrijplaats van on-Hollandse allure. Met veel aandacht voor beeldende details beschrijft ze hoe bijna heel jong en artistiek Nederland in de ban raakte van de mooie dichteres Fritzi Harmsen van Beek en de sfeer van tomeloze passie en ongebreidelde creativiteit om haar heen. 'Je stampte met je voet op de grond en het was feest,' zoals Remco Campert zei. Maar ook aan dit feest kwam een einde, en toen bleek dat niet iedereen even welgevaren was bij de prachtige chaos die Jagtlust heette.

'Wat een heerlijk boek ... in één adem uitgelezen.'
TROS NIEUWSSHOW

'Levendig en terdege gedocumenteerd.' OPZIJ

'Geweldig goed idee ... bijzonder aardig om te lezen.'
DE VOLKSKRANT

'Kostelijk ... dat boek had ik verdomme ook wel willen schrijven.'
HET PAROOL

'Een plezier om te lezen.' TROUW

'Overtuigend ... Annejet van der Zijl heeft een scherp oog voor de sociale mobiliteit van de opeenvolgende generaties.' VRIJ NEDERLAND

'Vermakelijk en doorleefd.' GPD

'Wervelende geschiedenis ... vlot geschreven.' DE TELEGRAAF

gebonden

480 bladzijden

ISBN 978 90 388 8752 4

€ 29,90

Iedereen kende Annie M.G. Schmidt, maar wie kende haar nu eigenlijk echt? Voor Nederlands populairste kinderboekenschrijfster kwam de grote roem pas laat, en wat er over haar leven bekend was, was vooral datgene wat ze er zelf over kwijt wilde: het sprookje van de bleue bibliothecaresse die het min of meer per ongeluk tot een gevierd schrijfster bracht.

Aan de hand van Schmidts privé-archief en een schat aan nieuw materiaal reconstrueerde Annejet van der Zijl het ware verhaal achter de mythe. Ze toont hoezeer Schmidts werk verweven was met haar persoonlijke lotgevallen en hoe de schrijfster haar leven keer op keer in eigen hand nam, tot zij zelfs haar eigen geschiedenis verzon. Een sprookje was het niet, maar dit levensverhaal is er niet minder meeslepend om, en het liep toch uit op een *happy end* - al was dat wel een ander dan dat Annie M.G. voor zichzelf had gehoopt.

'Geschreven met veel gevoel, inlevingsvermogen en beeldende bijzonderheden ... prachtige biografie.' NRC HANDELSBLAD

'Een meeslepende, strak geschreven biografie ... Prachtig boek.' HET PAROOL

'Van der Zijl werkt met wetenschappelijke accuraatheid en schrijft met literair talent.' JURYRAPPORT GOUDEN UIL 2003

'... een ontroerend en zeer menselijk portret.' DE MORGEN

'*Anna* is een eerlijk boek. Hoe verwend, nurks en leugenachtig AMG ook kon zijn, je blijft van haar houden.' TROUW

'Leest als een roman.' DE VOLKSKRANT